초고령화 사회,
환자가족을 위한 건강한 부모
돌봄 실천 가이드

오늘이, 당신 인생의
마지막 날이라면

오늘이, 당신 인생의 마지막 날이라면

초판인쇄	2023년 4월 3일
초판발행	2023년 4월 11일
지은이	김선영, 김영오
발행인	조현수, 조용재
펴낸곳	도서출판 더로드
기획	조용재
마케팅	최관호 최문섭
편집	강상희
디자인	오종국 (Design CREO)
주소	경기도 파주시 초롱꽃로 17 305동·205호
물류센터	경기도 파주시 산남동 693-1 1동
전화	031-925-5364, 031-942-5366
팩스	031-942-5368
이메일	provence70@naver.com
등록번호	제2015-000135호
등록	2015년 06월 18일

정가 28,000원
ISBN 979-11-6338-450-2 03810

초고령화 사회,
환자가족을 위한 건강한 부모
돌봄 실천 가이드

오늘이, 당신 인생의
마지막 날이라면

김선영, 김영오

죽음이 내게 가르쳐 준 것들

2024년 2월 17일 토요일 새벽 조카 수인이한테서 전화가 왔다.

'고모! 할머니가 이상해요. 귀에 이어폰 꽂고 있어서 제대로 못 들었어요. 할머니가 뭐라고 하셨는데..' 말이 횡설수설 이어졌다 끊겼다 했다.

'할머니 돌아가신 거 같아요' 울먹이면서, 말을 잇지를 못했다.

갑자기 머릿속이 멍해지면서 상황이 정리가 되지 않았다.

'아직은 아닌데, 아직 돌아가시면 안 되는데...' 조금 있다 동생에게서 전화가 왔다.

'엄마 죽었다. 엄마 죽었다.!!! 엄마!!! 엄마!! 빨리 집에 온나!! 엄마 죽은 거 같다!!'

통곡과 함께 울부짖는 짐승과 같은 소리를 내퍼붓는 동생의 목소리다.

당직이어서 병원을 나가지도 못하고, 부랴부랴 병원 다른 과장님들께 전화를 돌려, 당직 인수를 돌리고, 집으로 향했다. 그렇게 많이 엄마를 원망하고, 싸우고, 울고, 더 이상 눈물이 남아 있지 않는 줄 알았는데, 내 눈에 눈물이 그렇게 많이 고여있는 줄 몰랐다. 눈물이 앞을 가려서 운전을 제대로 할 수가 없었다.

집에 도착하니 동생이 엄마몸이 부서질 정도로 끌어안고 곡성과 포효를 뿜어내고 있었다.
"엄마 이래 가면 안 된다!! 엄마 엄마!!",
한동안 가족들이 울고 불고, 어느 정도 정신을 차리고, 엄마 눈을 감겨드리려 해도 눈에 살이 없어 붙지를 안았다.
한동안 먹지를 못해서, 뼈가 앙상하게 다 드러나있었다.
그래도 인지력도 멀쩡하시고, 호흡기 쪽도 가래소리 없이 깨끗했고, 열도 나지 않고, 손발 청색증도 없으셔서, 최소 봄까지는 견디시리라 생각하고 있었는데...

슬프지 않을 줄 알았는데, 아니었다.
오빠한테 연락했을 때도 오빠도 담담히 받아들일 줄 알았는데, 폭풍 오열을 하였었다.

하나같이 다들, 엄마의 죽음 앞에 무너져 내렸다.

39세 젊은 나이에 아버지가 암으로 돌아가신 게 내 나이 열 살 때였다.

나는 지금도 그날이 생생하다. 추웠고, 길에는 사람들도 없는 황량한 시골길, 상복 입은 우리 남매들, 아버지의 한지로 만든 꽃송이라 뒤덮인 아버지의 상여, 우리 남매들에게 죽음은 너무 일찍 찾아왔다.

우리가 작은 사고라도 칠라치면, 아버지 없이 자란 놈들, 호로자식들 소리 들을까 봐 엄마는 노심초사하셨고, 우리를 더 엄하게 다루셨다. 그런 엄마를 미워하고 원망하고 그러면서도 그리워하고, 보면 제일 반갑고, 눈물 나게 만드는 사람. 엄마.

나뿐 아니라 모든 사람들에게 '엄마'는 그러한 존재이리라.

근 8년간의 엄마의 투병생활을 함께하면서, 엄마를 엄마가 아닌, 사람으로서의 엄마를 알게 되었고, 삶에 대해 더 깊이 깨달을 수 있었다.

그런 엄마의 마지막이 현실로 다가옴을 알게 되고, 엄마와, 이 세상의 모든 부모님들, 그리고 우리들의 삶에 있어서의 죽음을 이야기해 보고 싶었다. 세상을 바쁘게 살아가다 보면 죽음이란 것이 아주 멀게만 느껴지고, 죽음이 다가오면 더 무섭고, 더 낯설게 느껴질 수 있다. 죽음이 내게 가르쳐 준 것들 나에게 죽음은 단지 일상 중 하나일 뿐이다.

보호자들에게는 그 죽음은 한 세상이 무너지는 것이다.

심전도 기계 플랫 음이 뜨면 결재하듯이 진단서 싸인 후, 오열하는 가족들에게 가벼운 목례로 끝내는 일과 중 하나일 뿐이다.

그 죽음이 나에게도 다가왔다. 그동안 수많은 가벼운 일상의 죽음은, 엄마가 죽음의 지경에 이르렀을 때, 나에게도 하늘이 무너지고 땅이 꺼지듯 견디기 힘든 무게로 다가왔다.

병원 종사자들, 특히 호스피스병원, 요양병원에서 일하는 우리들은 이 죽음들을 더 자주 경험하게 되고, 우리가 경험하는 이 죽음들이 우리의 인생에서 뭐가 더 중요한 것인지를 깨닫게 해주는 역할을 한다는 것을 이 책을 통해 알려 주고 싶었다.

내 주변의 죽음이 아니라 낯선 타인의 죽음을 들여다보게 된 것은 요양병원 생활을 하게 되면서이고, 병원 당직생활과, 코로나 시국을 겪으면서 수백 명의 사망진단서를 작성했던 거 같다. 그들의 마지막을 지켜보고, 의학적 죽음을 선언한 것이다.

이 글을 쓰기 몇 시간 전에도 나는 한 사람의 심장 박동이 서서히 멈춰가는 것을 옆에서 지켜보고 있었다. 너무 많은 죽음을 보아서 그런 건지 그래서 익숙할 수도 있는 죽음이 더 낯설게 , 더 두렵게 느껴지는 것일 수도 있겠다.

나는 죽음의 전문가도 아니고, 죽음 전문가는 어디에도 없을 것이다.

그렇지만, 요양병원에서 마주하는 늙어감, 아픔과 죽음의 얼굴을 들여다보려 한다. 우리의 삶을 잘 살기 위해 죽음의 얼굴을 들여다보면서 우리가 잘 늙는 법을 배워야 하고, 잘 늙기 위해서, 잘 사는 법을 알아야 하는 것이다.

이 책의 글들이 나이 들어가는 우리 모두에게, 늙어가는 누군가에게, 길잡이 이정표라도 되었으면 좋겠고, 이 글들이 죽어가는 누군가에게 작은 위로가 되었으면 한다.

또한, 아픈 이들을 돌보는 슬프고 힘든 이가 있으면, 이 책과 같이 하면서 용기와 위로가 되었으면 좋겠다.

저자 **김선영**

수명연장 한계행복

초고령사회는 준비해야 하는 미래가 아니라 이미 와버린 현재입니다. 그러나 우리 사회는 아직 적응을 하지 못하고 고성장시대의 개념을 고수하고 있습니다. 건강관리 분야도 마찬가지입니다. 수명이 60~70세일 때와 수명이 80세~100세일 때 건강의 개념은 다를 수밖에 없습니다.

과거 건강의 개념은 영양소를 풍부하게 공급하여 노동력을 극대화하는 것, 그리고 노동력의 훼손을 불러오는 질병을 치료하여 수명을 연장하는 것이 건강의 개념입니다.

반면 100세 시대에 풍부한 영양공급은 더 이상 건강을 의미하지 않습니다. 오히려 과도한 영양공급은 현대인들을 괴롭히는 비만과 대사질환의 원인으로 지목되고 있습니다.

코로나 이후 인류는 건강이 무엇인가에 대해서 다시 생각해보는 계기가 되었습니다. 코로나 직후 최근년에 포만감을 유발하여 음식을 덜 먹게 하는 비만주사제가 전례 없는 판매량을 보인 것은 단순히 트렌드 아이템 하나가 생긴 것이 아니라 건강의 개념이 "영양공급"에서 "영양축소"로 바뀌었다는 상징적인 사건입니다. 성욕이 전통사회에서는 종족보존 측면이 강하다가 의학의 발달로 유아생존율이 올라가자 쾌락 향유를 위한 개인의 권리로 의미가 바뀌었듯이 이제 식욕 또한 생존과 노동력 유지의 수단보다는 균형 잡힌 섭취 가운데의 심미적 충족으로 의미가 바뀌고 있습니다.

오랜 세월 건강관리의 목표였던 수명연장 또한 100세 시대에는 그 의미가 바뀔 수밖에 없습니다. 경제학의 한계효용 개념을 차용하여 수명이 10년 늘어날 때 인간의 추가적인 행복을 "수명연장 한계행복"이라고 이름지어보겠습니다. 수명이 60세에서 70세로 늘어날 때의 "수명연장 한계행복"은 매우 큽니다. 한참 정신 없이 일할 때는 갈 수 없었던 제주도 한달살이도 해보고 못해본 취미생활도 가지는 등 연장된 수명만큼 개인의 행복도 늘어났습니다. 하지만 수명이 80세에서 90세로 늘어날 때의 수명연장 한계행복은 전만큼 크지 않습니다. 이 때는 수명연장 그 자체에서 오는 행복보다는 늘어난 수명을 어떻게 하면 건강하게 보낼 것인가가 더 중요해집니다.

이렇듯 건강의 개념이 달라지면 영양학적으로 "보충"에서 "밸런스"로 중심축이 바뀌어야 합니다. 장건강의 밸런스, 뇌건강의 밸런스, 관절건강의 밸런스를 중심으로 건강관리를 해야 하며 이를 위한 생활수칙 및 보조제에 대한 관심과 연구가 더욱 필요합니다.

더불어 질병 관리 측면에서 이미 발생한 질병에 대한 수술/약물 치료도 중요하지만 질병의 사전 예방이 더 강조되어야 합니다. 그리고 과거에는 질병에 속하지 않는다는 이유로 큰 관심을 받지 못했던 노화에 따른 기능감퇴를 늦추기 위한 노력도 병행되어야 합니다. 가령 근감소증이나 장기능약화는 그 자체로 질병으로 분류되지는 않지만 노년의 건강한 생활에서 핵심적인 역할을 하는데 이에 대한 대중이나 사회 전반의 관심은 아직 충분하지 않습니다.

수명이 100세로 늘어나더라도 각종 질환으로 고통받거나 혹은 신체의 기본기능이 무너져 정상적인 일상생활이 힘들다면 이는 결코 행복한 노년이 될 수 없습니다. 개인도 고통이지만 장기간의 질병치료에 따른 건강보험재정 악화 등 사회적 비용도 막대합니다.

개인을 위해서도 사회를 위해서도 질병예방과 신체기능 유지를 위한 다양한 노력이 있어야 하며 본 저서가 그러한 노력에 작은 디딤돌이 될 수 있기를 기원합니다.

저자 **김영오**

Prologue

차 례

1장

요양병원 의사로
산다는 것은

요양병원 노인층 환자분들은 거의 기본적으로
치매를 깔고 있는 경우가 많다.
치매 환자를 돌본다는 것은 다른 질병의 환자들에도
거의 대부분 통용될 수 있을 것이다.

나는 한 번도 좋은 딸인 적이 없습니다

한밤중에도 삶과 죽음의 경계를 넘나들며, 잠을 이루지 못하는 환자들이 많다.

병동에서 오는 응급콜을 놓치지 않으려고, 당직실 전화와 스마트폰 볼륨을 항상 제일 큰 소리로 설정해 놓는다.

거의 매일을 죽음과 함께하면서도, 여전히 죽음에 익숙해지지 않는다.

환자들 응급콜이 오면, 환자한테 급하게 가면서도, 자동적으로, 우리 엄마는 괜찮은가? 동시에 불안감에 휩싸인다. 우리 엄마 역시 몸이 상당히 안 좋아서 병석에 누운 지 몇 년째 접어들고 있다.

매 순간 죽음을 살펴야 하고, 어떻게 살릴지를 빠르게 생각의 속도를 높여야 하고, 보호자한테 어떻게 전하지? 여러 생각들이 한꺼번에 떠오른다.

보호자에게는 "마음의 준비를 하셔야 합니다. 임종 가능하십니다." 라고 죽음이 임박함을 통보하면서도, 한편으론 다른 환자들에게 "안녕하십니까!! 좋은 아침입니다!" 라고 새벽을 연다.

보통 우리는 삶을 살기 위해, 내 삶을 성장시키기 위해 일하지만, 요양병원이나, 호스피스 병원, 요양원 등은 가치 있는 죽음을 위해 일한다고 볼 수 있다.

나는 나의 일터에서는 상당히 괜찮은 일꾼이다. 같이 일하는 동료로서도 그렇게 괜찮은 평가를 내리기도 하고, 나 스스로도 감히 그렇게 평가할 수 있다.

보통 글을 쓰는 사람들은 밖에서도 마음이 따뜻하고, 배려 있고, 다른 이들을 격려, 지지를 잘하는 참 괜찮은 사람들인 거 같다. 가족들에게도 역시 글을 쓰듯, 밖에서 표현하는 마음 그대로 가족들을 따뜻하게 대할 줄 아는 사람들이다.

밖에서는, 직장에서는, 나는 괜찮은 인간일 수 있지만, 집에서, 엄마나 가족을 대하는 못난 딸이다.

이 글을 쓰는 순간에도 , 이렇게 못난 사람이 괜찮은 사람인척 해도 되는 걸까 싶다.

성인이 되어서는 엄마를 오랜 세월 동안 원망이라는 감정을 앞세워 까칠하게 대했다.

어릴 때도 툭하면 엄마한테 대들고 가출했다. 가출이라고 해봤자, 버스정류장 몇 정거장 걷다 걷다 지치고, 다시 밤이 되면, 갈데없으니 집으로 되돌아올 수밖에 없는 흔한 아이들의 가출이었다.

나는 늘 그렇게 인생이 서글프고, 나한테 불공평하게 느껴졌다. 왜 나를 위로해 줄 아버지도 없고, 매일 엄마한테 꾸지람만 듣고, 아무튼 인생이 구질구질하게 느껴졌다. 나는 왜 태어났나 늘 불만투성이었다.

아버지는 내가 열 살이던 해에 겨울방학 때 돌아가셨다. 아버지 나이 37세, 청춘의 나이에 하늘나라로, 이 세상을 떠나셨다.

엄마 나이 34세, 꽃다운 나이에 청상과부가 되었다.

아버지는 약 6년 정도의 긴 세월을 고통 속에 병마와 싸우시다 돌아가셨다.

수술비, 병원비 등으로 우리는 셋방을 전전했다.

초등학교 2학년 때부터 나는 딸이라는 이유로, 고사리손으로 연탄불에 냄비 밥을 하던 아이였다. 생일도 늦은데 학교를 빨리 들어가서 여섯 살이 채 되지 않던 나이였다.

하루는 졸다가 아버지 죽을 태워서 엄청나게 꾸지람을 들은 적도 있었다. 나는 너무 슬펐다. 밤에 골목으로 도망 나와 전봇대 밑에 숨어서, 울면서 스스로를 달랬다. "나는 아직 아이인데. 엉엉엉, 나도 아버지 죽 태우고 싶지 않았는데... 왜 졸았을까?"

아무튼 하루에도 몇 번씩 꾸중을 들었던 거 같다. 무얼 해도 잔소리를 들었다. 설거지 못 한다고 꾸지람 듣고, 빨래 때 안 빠졌다고 꾸지람 듣고, 동생 제대로 안 돌본다고 꾸지람 듣고, 다른 애들은 다 밖에서 노는데, "나는 아직 애인데.." 스스로를 그렇게 달랬다.

엄마는 아버지 병간호하랴, 돈 벌랴, 엄마의 상황을 이해를 하면서도, 그렇게 밉고 섭섭하였다.

아버지도 아프시고, 나한테는 큰 콤플렉스가 있다. 뜨거운 물에 빠져서, 오른쪽 팔에 큰 화상흉터가 있다. 여자애가 그런 큰 흉터가 있다 보니, 손을 앞으로 내미는 적극적인 표현을 하기가 힘들었고, 아버지도 안 계시고, 가난하다 보니, 애들 앞에 잘 못 나서고, 말도 더듬더듬거려 바보 같다 보니, 집안일도 온통 도맡아 해야 했으니 자연스레 집에만 있게 되어 집순이가 돼버렸다.

몇 권 안되는 동화책만 책이 닳도록 읽었다. 키다리 아저씨, 빨강머리 앤, 이 책들의 주인공들은 왜 그렇게 마음이 예쁠까? 저렇게 구박받으면서 살아도 왜 착하지? 나는 왜 이렇게 못 돼 처먹었지?

나도 착하다는 말을 듣고 싶었던 건지, 밖에 나가면 사람들한테, 참 잘했던 거 같다. 그러면 사람들이 착하다고 칭찬해 주고, 혼자서 가슴 뿌듯해하곤 했다.

아마도 나는 칭찬과 관심에 목말랐었나 보다.

아버지 돌아가시고, 우리집 형편은 더 나빠졌다. 빚쟁이들도 몰려오기 시작했고, 엄마를 마당에 내동댕이 치기도 했다.

엄마는 하루 5000원을 벌기 위해 서문시장 일용직으로 나갔다. 오천원을 못 받아올 때는 손에 고등어 한 손이 들려있기도 했다. 그게 하루 품삯이었던 것이다. 나와 동생은 신문배달을 했다. 새벽 4시에 일어나는 것이 그렇게 싫었다.

몇 년을 겨울에 방에 불을 안 때고 살았다. 이불을 덕지덕지 펴고 안 얼어 죽기 위해 전부 한방에 한 이불을 덮고 잤다. 중, 고등학교 때 등록금을 못 내어, 교실 앞에 나와 서있기를 밥 먹듯 했다.

친척 할머니들은 내가 중학교 후에 인문계 고등학교에 진학했을 때 왜 여상을 안 보냈냐며, 엄마를 나무라기도 했다.

우리집은 종갓집이다 보니, 찢어지게 가난해도, 제사가 매달매달 있었다.

난 제사가 싫었다. 내가 다 일을 해야 하니 정말 싫었다.

그렇게 어려운 날들을 보내고, 지방대학에 진학하고, 졸업하였으나, 변변한 직업하나 가지지 못하였다, 공무원 시험 준비를 하면서 여러 알바를 전전했다. DVD방 알바도 해보고, 공장일도 해보고, 보험영업도 하였다. 참 많은 직업을 가졌으나 이렇게 살다간 평생 친척언니들 헌 옷 입는 신세를 못 벗어나겠구나 싶어서, 죽자고 공부했다.

재수학원 들어가서는 하루 24시간을 분단위로 쪼개서 공부했다.

그 당시는 전국적으로 드라마 허준이 어마어마한 시청률을 내면서 허준 신드롬으로 전국 한의대들이 엄청난 인기를 누렸다.

서른이 넘어서 당당하게 한의대에 붙었고, 나는 한의대 입학생 중 여학생 중에서는 제일 나이 많은 언니로 한의대에 서른이 넘어서 입학하게 되었다.

한의대 입학해서도 열심히 살았다. 공부도 열심히 하고 열심히 알바도 하여, 거의 6년간 장학금으로 학비를 해결했고, 모든 생활비는 알바로 다 해결하였다.

우리집은 다른 집보다 모든 것이 빠듯하여, 서로서로를 돌봐주어야 하는 상황이었다.

나는 한의원을 개원하고 얼마 후 엄마가 동생네 아이들을 돌봐줘야 하는 상황이 생겼고,

엄마는 어린 젖먹이 아이들을 키우다 보니 육아 스트레스로 큰 병을 얻게 되었다.

그 당시 엄마는 24시간, 365일 1살 3살 아이들을 키우는데 온 힘을 쏟다 보니 몸과 마음이 이겨내지 못하고, 어느 날 갑자기 자리에서 일어나지 못하게 되었다. 나 역시 엄마를 돕기 위해 한의원을 폐업하고, 엄마 있는 곳 근처 병원으로 근무처를 옮겼다.

내가 근무하던 병원에서 모든 검사를 해도 검사상으로는 아무 문제가 없었으나, 엄마는 걷지도 못하고, 소변을 볼 수도 없었다. 허리 아래쪽으로는 모든 신경이 마비가 온 것이었다.

어릴 때부터 나도 힘들었지만, 엄마가 감당해야 하는 짐은 너무나도 컸었다. 가장으로서, 엄마로서, 할머니로서, 평생을 한순간도 쉬지 못하고 살아오셨던 것이다. 여자 대 여자로서 엄마를 이해하고 공감도 되어서, 이럴 때는 엄마한테 내가 더 잘했어야 했는데 하면서 후회하는 순간들도 많았다.

그렇지만, 일상적으로 나는 늘 뒷전에 집안에 일이 벌어지면, 뒤치다꺼리나 하는 존재감 없는 존재였기 때문에 늘 불만에 가득 차 있었다.

평생을 엄마와 나와의 관계는 늘 애정과 증오로 얽히고설킨 관계였다.
나는 늘 내가 힘든 것만 생각하고, 엄마가 힘든 것을 크게 헤아릴 줄 모르고, 나만 생각하는 어리석은 인간이었다.
엄마가 아프고 나서야, 반찬 투정을 그렇게 많이 하는 줄 처음 알았다. 싫어하는 반찬, 싫어하는 음식도 많았고, 특별히 좋아하는 음식도 있었던 것이다.
내가 어릴 때 엄마는 계란은 비린내 나서 싫다고 했던 말이 기억난다. 고기도 싫다고 하셨다. 나물만 좋다 하셨다. 엄마가 계란프라이를 먹는 것을 본 적이 없다. 나에게도 돌아올 계란 프라이는 없기는 마찬가지였다.

아프고 나서야, 계란프라이를 이렇게 잘 먹고 고기반찬을 좋아하는 줄 알았던 것이다.

아마도, 세상의 엄마들이 다 이럴 것이다.

때로는 밉고 때로는 원망스럽지만, 여전히 나를 낳아준 엄마이다. 나를 배에 가진 채로, 제사 때문에 제주도와 육지를 왔다 갔다 하면서 뱃멀미에 죽도록 고생하던 엄마였는데, 나는 왜 몰랐을까? 이렇게 나이를 들어서야, 조금 아주 조금, 그 힘든 시절의 엄마를 조금 알게 되다니, 바보도 이런 바보가 없다.

엄마가 힘들면 나도 힘들다.

다른 환자들이 통증으로 너무 힘들어하면, 우리 엄마 아픈 거 같아서 우리 아버지 아픈 거 같아서, 가슴이 많이 아프다.

나는 어릴 때부터 유난히 공감능력이 뛰어났다.

다른 사람들 마음에 들어갔다 나온 사람처럼, 항상 그 사람의 입장에서 생각하고 말하는 게 천성인 것인지, 어릴 때부터 아버지 아프셔서 고생한 것을 온몸으로 겪어서 습관이 된 건지 타인의 입장에서 생각하는 것이 자연스럽게 몸에 배어 있다. 그래서 더 사람들을 돌보는 직업이 천직으로써 받아들인 게 아닌가 생각한다. 나는 늘 다른 환자들한테는 친절과 배려로 대하지만, 항상 엄마한테는 벽을 두고 대했다.

약 10년간 병환에 시달리시고, 몇 번의 죽음의 고비를 넘기셨는데, 항상 간병과 집안 살림이 나의 몫이다 보니, 늘 엄마를 원망의 대상으로만 여겼다.

엄마는 현재까지 몇 번의 죽음의 고비를 넘겼다. 식사를 전혀 못 하고, 골반의 욕창도 하루가 다르게 점점 그 범위를 넓혀가고 있었다. 우리 병원에 입원하자해도 절대 말을 듣지 않는다. 집이 좋다. 집이 편하다. 하신다.
집이 편한 건 당연한 거지만, 스스로 오줌도 못 누고, 폴리카테터를 차야하는 상황이고, 똥도 못 누신다.
밥도 엄마 손으로 스스로 못 드신 지 벌써 몇 개월째 접어들고 있다.
솔직히 내가 해야 할 일이 너무 많아서, 이것저것 수발들 때는 나도 숨이 목구멍까지 차올라온다. 그럴 때마다, 나도 목소리가 제대로 안 나오고 막 분노가 치솟아 오르고 짜증을 있는 데로 다 내게 되는 것이다.
엄마는 그럴 때는 미안하다 미안하다를 연발하면서도, 병원은 안 가신다 한다.

작년 가을 한번 큰 고비를 넘길 때, 나는 엄마한테 절대 후회하지 않을 만큼, 잘하겠다고 , 짜증 내지 않겠다고 혼자서 수없이 많은 다짐을 했음에도, 여전히 엄마한테 온갖 역성을 다 부린다.

나는 병원에서 당직의로 근무를 하고 있기 때문에 오전에 퇴근했다가, 오후에 출근해야 하는 상황이므로, 낮동안 엄마가 필요한 수발 다 들어놓고, 병원 가버리면, 적막한 집에 혼자 덩그러니 있게 되는 것이다.

물론 조카들도 있지만 학교도 가야 하고, 자기들 일로 다들 바쁘기 때문에, 엄마 혼자 있는 시간이 더 많은 것이다.

 내가 역정을 낼라치면, 엄마는 "소리 질러라! 지랄 떨어라, 사람 사는 거 같아서 듣기 좋다" 하신다. 그럴 때마다 너무 부끄럽고 한없이 찌질해지는 내 모습을 발견한다.

나는 평생 엄마를 용서 못 할 줄 알았다. 한때는 오빠, 남동생보고, 나는 엄마 죽어도 장례식 안 간다. 너희들끼리 다 해라. 여태껏 내가 다 돌봐왔으니, 그 뒤는 너희들이 책임져라. 하고 선언을 했었다. 오빠도 말했다. "그래, 네 마음 다 이해한다. 너 하고 싶은 데로, 너 마음 가는 데로 해라." 했었다.

그때도 엄마에 대한 나의 원망은 풀리지 않았던 것이다.

엄마를 돌보면서 엄마와 이야기도 나누고, 엄마를 더 잘 알게 되고, 엄마의 상황을 이해하게 되면서부터, 엄마의 많은 부분이 이해되고, 용서되었다.

오히려, 내가 더 잘할 수 있었는데, 제대로 못 한 거 같아 안타까울 뿐이다.

엄마의 시간을 훨씬 더 행복한 시간으로 만들어 줄 수 있었을 텐데 그렇게 못한 게 서러울 뿐이다.

한 번도 엄마한테 사랑한다고, 나를 낳아줘서 고맙다고 말해본 적이 없었다.

엄마와 여러 번 같이 손잡고 누워서 눈물 흘리며, 우리 둘만의 고별식을 가졌었다. 엄마의 남은 시간을 훨씬 더 행복한 시간으로 만들어 줄 수 있었을 텐데, 참 바보 같았다.

며칠 전 처음으로 고백했다. 앙상한 나뭇가지 같은 손을 잡고, "엄마, 이태세씨, 배에 가지고 제주도 육지 왔다 갔다 하면서 참 많이도 고생했다. 나를 낳아줘서 고맙심데이. 사랑합니다."

그 소리에 엄마 눈에 눈물이 어찌나 줄줄줄줄 흘러내리는지, 마른 엄마 눈에 어디서 그렇게 솟아나는지, 얼마나 많은 눈물을 쏟아 내던지, "내가 미안하다. 내가 미안하다." 연신 미안하다 하셨다.

그렇게 둘이서 응어리를 다 쏟아내고 풀어내고는 한참을 같이 웃고 울었다.

내 속도 그렇게 후련할 수가 없었다. 그렇게 엄마와 나는 고별식을 가졌다.

아픈 환자를 둔 가족들에게 말해주고 싶다. 인생을 행복하게 살기 위해 지금 당신이 할 수 있는 일이 무엇일까?

사랑을 준 만큼 사랑받지 못했다거나, 나를 당연히 사랑해줘야 할 사람이 사랑하지 않는다는 불만을 갖고 있었다면, 혹은 자신이 사랑받기에 부족한 사람이라고 위축되어 있었다면, 이제는 당신이 사랑을 줄 엄마, 아버지의 손을 따뜻이 감싸 잡아보자.

그리고 나직이 이름도 불러 드려 보자. '사랑해요. 미안해요'라고 한 번 이야기 시작해 보자.

마음에 있던 거대한 얼음덩어리가 녹아내릴 것이다.

엄마, 사랑해요.

02

생의 마지막에서 찾아오는 고독

병원이 있는 동네는 서울에서도 구시가지 재개발 구역, 인구밀도가 빡빡한 동네이다.

그러다 보니, 독거노인들이 심심찮게 입원하신다. 주민센터 사회복지사등의 도움을 받고 입원하신다.

특히나 할아버지 환자들의 경우 죽음을 눈앞에 두고 있음에도, 연락할 보호자가 아예 없거나, 보호자가 전화를 받지 않는 경우, 전화를 받아도 나타나지 않는 경우들이 종종 있다.

주위로부터 보살핌이 끊기거나, 버려진 환자들은, 당직인 나나 밤근무 간호사만 옆에서 덩그러니 지켜주는 경우가 꽤 있다.

우리는 심전도기기에 플랫라인(flat line)이 언제 뜰지 지켜보고 있다.

숨이 붙어있는, 심장이 아직도 뛰고 있음을 보여주는 생명의 전기 신호는 아직 살아있어 약하게 반짝 거린다.

생의 모든 신호가 언제 멈출지를 주시해 가며, 보호자들과 연락이 되었는지, 언제쯤 도착하는지를 체크하고 있다.

보호자들께 환자가 위중하다고 연락을 한 지 한 시간이 지나도 아무도 나타나지 않는다.
태어날 때는 엄마, 할머니, 의사, 간호사, 조산사등 누군가는 지켜보고 있다.
아무도 지켜주지 않는 죽음은 적막하고 쓸쓸하고 공허하다.
심전도와 심장의 마지막 청진음과 함께 그런 환자분은 쓸쓸히 이승을 떠나게 된다.
아무도 찾아주지 않는 이 외로움, 고독은 형언할 수 없이 황량하다.

우리 아버지는 남자나이 황금 같은 30대 37세의 나이로 저 세상으로 가셨다. 30대 얼마나 날아다니는 청춘의 시대인가?
우리 형제는 너무 어렸다. 내 동생은 5살, 엄마는 무기력했다.
아버지의 고통은 너무나도 처참하게 컸다. 마약성 진통제로도 잡히지 않던 단발의 비명과 함께 세상을 떠나셨다.
내 머릿속에는 아직도 아버지의 욕창이 눈에 선명하다. 수술 칼자국은 목 끝에서 사타구니 치골 위까지 나 있었다. 그 시절은 암도 흔하게 발견되던 시절이 아니어서인지, 원인을 찾기 위해, 개구리 해부하듯 몸통 전체에 수술 자국을 내 놓았던 것이다.

엄마도 현재 욕창으로 고생하시지만, 아버지도 욕창으로 심하게 고생하셨다.

커다랗게 골반 위 척추에 악마의 눈처럼 자리 잡고 살 안으로 썩어 들어가고 고름으로 꽉 차 있었다. 고름을 닦아내면 뼈가 드러났다. 욕창으로 인한 고통은 화상으로 인한 고통에 견줄 만큼 고통의 순위에서 상위를 차지하고 있다.

아무리 우리가 이해를 한다 손 치더라도, 환자가 당하는 고통을 우리가 온전히 이해할 수는 없다. 그 고통을 환자 오롯이 혼자 감당해야 하기 때문에 더 외롭고 힘든 것일지도 모른다.

출산을 제외하고, 사람이 감당하는 고통 중 제일 큰 것이 화상이고, 욕창 역시 그 고통의 크기는 어마어마하다.

그 황금 같은 청년기에 근 6년을 병석에서 외로이 힘겹게 싸우고 계셨던 것이다.

그 외로움과 아픔을 어떻게 표현할 수가 있으랴.

아프면 외롭다. 혼자서 오롯이 그 아픔을 감당해야 하니까. 누가 대신 아파줄 수 없는 거니까.

나이가 많든 적든, 마음이 아프든, 몸이 아프든, 아프면, 아픈 것도 괴로운 것이지만, 그 고독감이야말로 더 힘든 것이다.

내가 두 살 때 입은 화상을 엄마의 기억을 빌어 이야기해보자면,

내가 두 살이던 해에 셋방살이하면서 방문 바로 아래에 연탄아궁이가 있었다.

시골에서 할아버지가 올라오셔서, 할아버지를 대접하기 위해, 나를 방에 두고, 아궁이에 엄마는 국수 삶는 물이 펄펄 끓는 것을 보고, 국수를 넣으러 나갔다. 엄마가 방문을 어느 정도 열어 놓고 나간 모양이었다.

그새 나는 뽈뽈 기어서 방문 밖 매끈한 시멘트 문지방에 미끄러져 펄펄 끓는 냄비에 빠진 것이다.

그 갓난아이가 그 고통을 어떻게 이겨냈을까?

혼자 있으면 많은 시간 그때를 혼자서 상상해 본다.

얼마나 아팠을까? 그걸 이겨낸 나 스스로가 너무도 대견해서, 스스로, 내 영혼을 쓰담쓰담해준다. 죽지 않고 살은 것만 해도 축복인 건가?

이런 상처 때문이었는지 유년기, 사춘기 나는 아이들과 잘 어울릴 수가 없었다.

그래도 나이를 먹어가면서 학교에 적응하고, 사회에 적응하면서 점차 사회 한 조직원으로 살아가면서 어릴 때의 아픔과 외로움이 조금이나마 희석이 되었다.

젊고 건강할 때는 외로움에 대한 두려움이 크지 않겠지만, 나이가 들면 혼자가 되는 것이 두려워진다.

나아가 죽음이라는 산을 앞에 두게 되면 고독이 온 세상을 검게 휘감게 될 것이다.

외로움을 벗어날 가장 좋은 방법은 가족을 만드는 것이고, 가족이 있더라도 사이가 나쁘면 외로움에서 벗어날 수 없게 된다.

그래서 가족 간의 사이는 나빠져서는 안 될 것이다. 같이 소소한 일상을 같이 할 수 있는 관계를 유지해야 할 것이고, 단단한 유대를 가진 가족은 나의 든든한 지원군이 될 수 있을 것이다.

가족도 가족이지만, 인생에 있어 친구 또한 중요한 부분이다.

친구가 있어 서로 연락하고 지낸다고 해서 외로움이 완전히 해소되지는 않는다.

보통 연세 드신 노령의 상황에서는 하나둘씩 세상을 떠나기도 하려니와, 코로나 이후 사회가 많이 변하여, 젊은 세대에 있어서도 , 사회와 단절된 채 외톨이로 지내는 사람들이 많이 늘어나기도 했다.

살아있더라도, 병석에 누워있거나, 은둔형 외톨이들의 경우 집 밖 출입이 거의 없는 상태가 된다. 건강한 친구 배려심이 많은 친구가 있더라도 피붙이가 아닌 이상 친구가 아픈 친구를 지속적으로 돌봐주는 경우는 거의 보지 못했다.

새로운 친구를 만들거나, 오래된 친구도 앞서 말한 것처럼 외로움을 없애주지 못 하기 때문에 주위 사람들과 말을 트고, 친하게 지내야 한다.

'먼 친척보다 가까운 이웃이 더 낫다' 라는 말도 있듯이 이웃과 가까이 지내야 한다.

최근에는 독거노인 가구가 급증하고 노인 인구뿐 아니라 전 세대에 걸쳐 혼자 사는 가구가 예전에 비해 아주 큰 숫자로 늘어났기 때문에, 주변 이웃들과 조금이라도 안면을 트고 살아야 한다. 고독사 하여 수 주일이 지나서 발견되기도 한다.

나와 친한 후배의 동생도 20대의 어린 나이에 혼자 자취방에서 외로이 죽고, 일주일이 넘어서 발견되었다는 소식에 망연자실할 수밖에 없었다.

그리고 주민센터 사회복지사에게도 지속적으로 적극적으로 연락을 취하고, 주변 재가 보호센터에도 등록을 하여서 늘 사람들과 교류를 하면서 지내야 한다.

보통은 여성의 경우는 혼자 살다 죽더라도, 며칠이내에 발견될 가능성이 높지만, 남성의 경우 얼굴을 아는 이웃은 있을지라도, 딱히 친하게 지내는 이웃이 없어 며칠 동안 모습이 보이지 않아도 아무도 신경 쓰지 않아 시신 발견이 늦어지기도 한다.

나이가 들면 들어 갈수록, 나와 코드가 맞는 대화 상대도 줄어들고, 심한 외로움을 느끼게 되므로 건강할 때부터 이웃과 친하게 지내고,

주민센터 문화센터 등에서 하는 여러 취미 교실등에도 적극적으로 참여하여 지역 내에서 조금씩이라도 활동을 하는 것이 좋다. 그래야 고독사도 예방할 수 있다.

03

언제 죽어도 괜찮다는 말은 진심인가?

근무하는 병원에서 며칠 전 임종하신 할머니 한 분은 연세가 104세셨다.

체구도 조막만 하고 24시간 눈 감고 계시는 분이신데, 식사 시간 때는 식사도 곧잘 하신다. 항상 밤마다 그 체구에 어디서 그런 큰 소리가 나오는 줄 정말 놀라울 정도로 큰 소리로 '살려주세요! 살려주세요! 사람 살려요!!', 몇 날 며칠 밤새도록 소리를 지르신다.

워낙 연세도 많고, 체구도 작아서, 주치의과장님은 진정제 쓰기를 꺼려하신다.

그 방에 같이 있는 타 환자들이 정신적 고통을 호소하면서 이런 식이면 병원 나가겠다고 아우성이다.

100세가 훌쩍 넘으셨는데도 끝까지 생명의 줄을 놓고 싶지 않으신 것이다.

살고 싶으신 것이다.

우리 엄마는 매일같이 밥 몇 숟가락이라도 맛있게 먹고 나면, 꼭 하는 말이 있다. "내 내일부터는 절대로 입 안 벌릴끼데이, 밥 먹이지 마라, 내 물도 안 마실 끼다." 밤에는 다리통증, 욕창통증 등 통증이 심해질 때는 "지발 내 좀 죽이도! 칼 좀 가져 온나. 제발 내를 좀 죽이도" 아무리 진통제를 많이 드셔도, 통증이 잡히질 않고 잠을 못 주무시니, 허구한 날 죽여달라 하신다.

그러면서도 약 먹을 때 이거 따지고 저거 따지고, 밥 먹을 때도, 실컷 소고깃국, 시금치나물, 콩나물 계란 부침등 여러 반찬을 조금씩 놓아서 가져가면, 애들처럼, 반찬투정을한다.

꼭 그 상에서 없는 반찬을 찾는다. 된장찌개 가져 온나. 깍두기는 없나? 양배추 사라는 와 오늘 안 만들었노?

꼭 그날 만들지 않은 반찬을 찾는다. 된장 끓여주면, 다른 국물 찾고, 김치 새로 담은 거 가져다주면, 무 생채 찾고, 정말 그 비위 맞추기가 쉽지 않다.

"맨날 죽여달라면서, 저렇게 입에 맞는 거 찾는다. 쳇!" 혼잣말로 중얼거린다.

엄마는 그 소리는 바로 귀에 들어오는지 "내일 죽어도 제대로 묵고 죽어야지!!" 치매기도 없는데 꼭 애들 투정하듯 한다.

정말 늙으면 애가 된다는 말이 맞고, 일찍 죽어야지 일찍 죽어야지

하는 사람치고 일찍 죽고 싶은 사람 없다는 것이다.

병원 환자들 역시 그렇다.

집중치료실로 오는 경우는 호흡기 문제가 생겨서 오는 경우가 대다
수이다.

음식을 잘못 삼켜서 생기는 흡인성 폐렴이라던지, 폐수종, 폐렴등,
돌아가시기 전에 호흡기 쪽에 문제가 생기시는 경우가 많다.

가래 가득한 기침을 수도 없이 하시면서 숨차하면서도 두 손을 꼭 움
켜쥐시면서 머라고 하신다. 귀를 갖다 대면, 숨찬 목소리로 '나 좀 일
으켜줘, 나 좀 살려줘, 나 숨 좀 쉬게 해 줘.' 살려달라고, 삶에 대한 열
망이 가득 차 계시다.

특히, 코로나 기간 동안 전국적으로 사망자 숫자가 어마어마했다. 그
렁그렁, 짙은 가래가 폐포까지 가득 차서, 아무리 석션을 해도 가래
가 폐포를 막아 버리니, 정말 고통 속에서 끝을 맞이하신다. 그러면
서 살려달라고 손을 꼭 잡으시고 손을 놓지 않으신다.

어떻게 손을 써드릴 수 없으니, 너무 안타까울 따름이다.

코로나 백신, 치료약 부작용으로도 많은 분들이 돌아가시기도 했다.

입원환자의 많은 수가 노인 환자인 요양병원은 상급병원보다 더 많
은 환자의 임종을 경험하게 된다. 그런데 그 많은 임종을 경험하면서
도 죽음에 익숙해지는 것이 아니라 시간이 지날수록 죽음은 더 두렵
고, 공포로 나에게 다가왔다.

대부분의 환자들이 죽음에 대한 두려움으로 그 생명의 끈을 쉽사리 놓지 못했다.

평소 쉬이 지나가는 말로 '너무 오래 살았다. 이제 가야지. 빨리 죽어야 할 텐데' 다들 그렇게 말씀하시지만, 누가 됐건 죽음을 앞에 두고 있는 환자나, 가죽만 남은 엄마의 모습을 보면 '지금 이 순간이 얼마나 두려울까?

이 세상에 사랑하는 가족들을 두고 얼마나 떠나기 싫을까?'

엄마는 자주 '너 때문에 내가 눈을 못 감는다'라고 하셨다.

가끔씩 생각한다. '내가 지금 죽음을 앞두고 누워있으면 어떤 생각이 들까?'라고 생각하니 등골이 오싹해졌다.

인생에 있어서, 내 힘으로 내 노력으로 행복한 인생을 꾸려 나가고, 그 행복을 지키려고 노력하하는 순간에도, 혹은 내가 아무리 부자여도, 아무리 온갖 권력을 다 꿰차고 있다 하더라도, 결코 이길 수 없는 것이 '죽음'이다.

이렇게까지 가난에서 벗어나고, 조금이라도 행복하게 살아보려고, 버둥거리며 살아왔는데, 엄마를 저렇게 저세상으로 보내면 무슨 의미가 있나 싶기도 하고, 삶이 무기력해지고, 나 역시 같이 죽어버릴까? 하던 때가 있었다. 죽는 것을 상상해 보면 여전히 무섭다는 단어가 먼저 떠오른다.

환자의 죽음 앞에서 좀 더 의연해야 할 텐데 사사로운 엄마에 대한 감정 때문에 환자에 감정이입이 돼서 눈시울을 붉힌 적이 많았다.

임종 선언 할 때는 가끔 무섭기도 했다. 엄마와 자꾸 겹쳐 보이고, 내가 죽는 순간도 생각에 같이 겹쳐 보이기도 해서 두렵고 떨렸다.

남들은 인생의 가장 정점에 서 있는 모습으로 나를 볼 텐데, 가장 행복한 인생이 아닌가 생각할 텐데....

현재의 나의 상황을 마음껏 즐길 자격이 주어졌음에도 불구하고 엄마 아프고 난 후 나 역시 인생이 무의미해지고, 엄마간병에도 지치고 한 상태에서 '이래 살아서 머하노? 나도 고마 죽어 버릴까?'하면서 자꾸 죽음을 생각하게 되었던 것이다.

삶이 무의미하게 여겨지면서, 죽음을 생각하고, 또 죽음에 대한 두려움으로 하루하루 불안하고 위태위태한 삶을 이어 가고 있었다.

그러다가 문득 깨닫는 바가 있었다.

현재의 삶이 나의 힘과 능력으로 가졌다고 생각되었던 것들이 실제로는 나의 소유가 아니고, 설사 죽음이 아니더라도 현재의 내 삶을 망치고 내 소유를 빼앗아 갈 수 있는 것들은 많다는 것을 알았다.

나는 한낱 나약한 인간이고, 자연 앞에 나 혼자 힘으로는 도저히 나의 것을 지킬 수 없다는 것을 깨달았다. 죽음이 끝이 아니고, 현재의 삶도 가치가 있고, 죽음 너머의 삶도 가치를 두고 살아야 하는 것이다.

그렇게 조금씩 죽음에 대한 두려움이라는 감정에서 벗어날 수 있었고, 죽는 순간을 상상하는 습관도 사라지게 되었다.

누구나 한 번씩은 죽음에 대해서 진지하게 생각해 보았을 것이다.
누군가의 장례식을 가거나, 부모님이나 가족이 심각한 병에 걸렸거나, 자연재해로 수백 수천 명의 목숨을 잃었다는 뉴스를 본다든지, 큰 교통사고 소식을 듣는다든지 하면 나의 죽음에 대해서 생각하게 되는 것이다.

나이가 들어갈수록 죽음은 더 가까이 다가오게 된다. 젊었을 때 보다 더 구체적이고 더 두려운 대상으로 다가오게 된다.
하지만, 언제 올지도 모르는 죽음을 어떻게 준비하면서 살아야 할지도 우리는 알 수 없다.
남은 생을 두려움에 떨면서 살 수도 없는 노릇이다. 죽음에 대한 성찰이 있을수록, 그래, 내일 어떻게 될지, 아무도 알 수 없는 것이다. 그렇기 때문에 오늘 나에게 주어진 이 하루를 잘 살아야 하는 것이다. 하루하루를 충실하게 사는 게 최선이 아닌가 한다.

죽음에 대해 진지하게 고민을 해보게 되면, 오늘 하루의 삶이 얼마나 감사한지 알게 된다.

04

혼자 아픈 사람은 없다는 사실

아픈 가족을 둔 대부분의 가족들은 상황이 비슷할 것이다.

가족 중 누군가 난치병에 걸리면 생활의 모든 것이 무너진다. 물론, 병을 앓는 사람만큼 힘들까 하지만 실제로 여러 통계 자료들이나, 주위 지인들, 입원 환자들과 간병하는 보호자들을 보면 대단히 큰 마음의 병과 육체적 병을 가지고 있는 경우가 허다하다.

육체적으로도 많은 경우, 골격 질환, 소화기 질환, 스트레스로 인한 암 발생등이 심심찮게 보인다.

지방자치단체에서 운영하는 여러 심리상담센터에서 운영하는 상담사들의 이야기를 들어보면, 간병가족들의 심리 상담 사례가 상당히 많다고 한다.

2020년경부터는 엄마의 병이 날로 심해져서 보행이 거의 힘들어져

갔고, 소변, 대변, 가장 기본적인 생리 현상을 처리하는 것들이 엄마 일상의 가장 큰 화두가 되어갔다.

나 역시 너무 힘들어졌다.

병원에서는 코로나 비상상황이 되어서 일은 갑절로 많아졌다.

나 스스로는 신체적으로, 정신적으로 갱년기로 어마어마한 호르몬 변화로 인한 몸의 변화, 감정의 출렁임, 번아웃 증상이 심하게 와서, 나 하나만 감당하는 것도 힘들었다.

엄마 간병해야지, 코로나로 애들이 학교 등교를 안 하니, 낮에는 애들 밥 차려주기 바쁘고, 엄마 간병하고, 장보고, 빨래, 청소, 해도 해도 끝이 없었다.

집안일, 간병일은 24을 쉬지않고 일을해도 일한 표시 하나 나지 않았다.

일한 표도 안나는 일해야 하지, 출퇴근길은 멀지, 몇 년간 너무 지쳐 있다 보니, 아주 사소한 일에도 감정의 일렁임으로 터져 나오는 분노를 주체할 수 없는 미친년이 되어 가고 있었다. 명절, 휴일등 쉬지도 않고 당직일을 하다 보니, 잠까지 부족해, 혼이 나가서 인간이 아니었다.

아주 신경질적이었고, 마구마구 소리 지르고, 조카들도 내가 입을 열까 다들 조심스러워했다.

급기야, 내가 나 스스로가 자제가 안되어, 내가 경찰을 불렀다. 제발 나 좀 잡아가라고, 112에 신고했다. 경찰이 2회 출동하였고, 나중에

시에서 운영하는 상담센터에 등록해 주었다.

이런 집들이 생각보다 많다고 하였다.

지금 이 글을 쓰면서 그 당시를 회상하니, 어디 쥐구멍이라도 찾아 들어가고 싶을 정도로 부끄럽다.

가끔씩 뉴스를 보면, 가족 간 존속살해 사건이 가끔씩 난다.

부모와 싸우다 홧김에 살인을 하는 경우도 있지만, 오랜 투병생활을 하는 가족을 돌보다 가족을 죽이고, 본인도 자살하는 그런 뉴스가 심심찮게 나온다.

그런 뉴스가 나면 정말 마음이 형언할 수 없이 복잡하고 인생이 서글프다. 그 가족들이 꼭 내 가족인 양 가슴 아프다.

아주 예전 법대 다닐 때일이다. 선배 한분이 백혈병인지, 무슨 혈액암으로 투병 중이어서 몇 학기를 휴학하고 다시 우리 학년으로 등록하였다.

당시 선후배들이 그 선배의 일상을 많이 도와주었다. 가방을 들어주고, 식당에 가면 식판 받아주고, 도서관 책 빌려다 주고, 사람들이 많이 같이 움직여주었다.

주위에 많은 사람들이 일체가 되어 신경 써 주었다.

나중에 겨울 방학 때 그 선배집에서 가까운 선후배 동기들 십 수명을 초대해 주었다.

그 선배 어머니는 아들 병 수발에 중년의 나이임에도 불구하고, 할머니처럼 아주 얼굴이 메마른 나뭇가지처럼 쭈글쭈글한 모습을 하고 계셔서 놀랐다. 우리에게 도와줘서 너무 고맙다고 우시면서 하셨던 말이 기억이 난다.

'내가 저 놈 하고 같이 약묵고 콱 죽을라 캤는지 몇 번인지 모른다 아이가. 정말 고맙데이' 하시면 저 정말 많이 우셨다. 이 어머니도 이 아들 병간호 때문에 우울증이 오셔서 오랫동안 고생했다고 나중에 전해 들었다.

지금은 누구나 다 알고 있듯이 노인인구 비율이 전체 인구 중에 차지하는 비율이 아주 높아지고 있는 초 고령사회로 가고 있다.

요즘은 예전과는 달리 아픈 노인이나 환자들을 요양병원이나, 요양원, 호스피스병원으로 모시는 경우가 많지만, 여전히 가정간호를 하고 있는 집들도 아주 많다.

대부분의 고령자는 '가족에게 부담주기 싫다'라고 말하면서도 요양시설에 들어가는 것은 꺼린다.

내가 정말 엄마를 아끼고 사랑하면서도 인생에, 하늘에 화가 났던 큰 이유 중에 하나가,

가족부양, 엄마 간호, 집안 돌봄 등으로 나에 대해 나 자신을 위해

시간을 전혀 낼 수가 없고, 신경을 전혀 쓸 수 없었던 게 너무 화가
났다.

나도 사람인데, 다른 사람들처럼 살고 싶었다.

병원 근무하면서 간호사, 간병사들과도 이야기할 때가 종종 있는데,
나와 비슷한 처지에 있는 사람들이 간혹 있었다.

한 간호사 선생님 역시, 어릴 때는 막내여서 언니 오빠들은 다 일하
러 나가고, 막내여서 엄마를 간호해야 했고, 중학교도 겨우 마치고,
고등학교 진학도 못했다고 한다.

나중에 그 선생님 어머니께서 돌아가시고, 우여곡절을 겪고, 결혼 후
에는 시어머니 간호를 또 몇 년간 했다 하신다.

그 간호사 선생님도 소위 산전수전 공중전 다 겪으신 분들 중 하나였
다. 정말 힘들었고, 성경에 의존해서, 그 상황을 이겨냈다고 하셨다.

나의 경우나, 이 선생님 사례처럼 가족의 병간호와 집안일을 도맡아
하는 사람들을 'young carer_젊은 부양자'라고 한다.

영케어러의 가장 큰 문제점은 가족을 돌보기 위해, 가장 중요한 자신
의 시간을 희생한다는 것이다.

일본에서는 영케어러가 사회 문제화 되면서 정부 지원책도 늘어나
고 있다고 한다.

한국도 일본의 전철을 밟고 있다고 생각한다.

누군가의 도움 없이는 생활할 수 없는 상태가 되었을 때는, 집에서 지내고 싶은 마음이야 다 똑같을지라도, 가족에게 부담이 크게 되어서는 안 된다. 요양시설에 입소를 하는 것이 바람직하다고 본다.

특히 최근 사회가 초고령화의 단면을 보여주고 있는 노노케어(老老 care)라 해서, 나이 많은 자녀가 더 나이 많은 부모를 모시는 집들이 주변에 꽤나 많다.

자식이 부모 돌보다 먼저 세상을 떠나는 케이스도 여러 차례 본 적이 있다.

그렇게 되면 돌봄 부담이 손주에게 전가될 수도 있는 것이다. 본인이 오래 살기를 바란다면, 가족에게 짐이 되지 않도록, 정신이 온전할 때 미래에 내가 살 길을 미리 마련해 놓아야 할 것이다.

05

살아있는, 죽은 자들

고령사회가 되면서 치매는 주요 노인 질환 중의 하나가 되어, 사회문제화 되고 있고, 주요 사망 원인이 되었다.

계속 증가하여 2018년 사망원인 10위권 안에 들어왔다.

이는 알츠하이머병으로 대표되는 치매 환자들이 이미 우리 가운데 상당히 많이 있음을 보여주는 것이다. 치매처럼 주변을 힘들게 하는 병도 드물 것이다.

사랑하는 사람들을 몰라보고, 그들에게 고통을 주는 병이기에 더하다.

나이가 들면서 다양한 질병에 노출되면, 우리의 뇌도 그에 따라 건강함을 잃어버리고 서서히 녹슬기 시작하고 뇌 기능이 퇴화된다.

최근에 일어난 일에 대한 기억 상실은 뇌 기능이 퇴화하고 있다는 것을 나타내는 가장 일반적인 신호이며, 대부분의 사람들이 치매라는 단어를 들었을 때 가장 많이 생각하는 현상 중의 하나이다.

아주 예전 컴퓨터 IBM 286, 386, 436, 586등의 시절, 대학교 리포트 작성하고 저장할라 치면, '하드 디스크가 꽉 찼습니다'라는 글자가 껌뻑거렸다.

꽉 찬 컴퓨터 디스크는 치매의 뇌기능과 어느 정도 유사하다.

뇌에 오래된 기억들이 많이 저장되어 있지만, 새로운 기억을 저장할 능력이 없는 것이다.

그러나, 치매는 단순 기억 상실뿐만 아니라 다른 많은 문제들과도 관련이 있다.

일단 우리는 모든 형태의 치매가 질병이고, 정상적인 노화의 일부는 아니라는 것을 알아야 한다.

치매에 걸린 사람들은 자신에게 일어난 일을 스스로 통제 불가능 하므로, 그 환자들에게 비난을 퍼붓거나, 분노를 표출해서는 안 되는 것이다.

치매로 인해 힘들 때 우리는 문제는 병이지, 사람 때문이 아니라는 것을 항상 명심하고 있어야 한다.

치매뿐만 아니라 모든 질병에 있어서 다 그러하다.

누구에게나 모는 형태의 노화로 인한 질병, 치매가 닥칠 수 있기 때문이다.

치매는 단기 기억 상실, 건망증 같은 경도 인지 장애로부터 시작된다.

혹은 말의 어려움, 성격의 변화가 나타날 수도 있다.

경도 인지 장애를 가진 사람의 50퍼센트 정도가 치매로 치닫게 된다.

치매 초기 증상

치매 초기는 바로 알아차리기가 쉽지 않다. 일상생활이 거의 모두가 가능하고 가벼운 실수정도만 보일 수도 있다. 건망증으로 보일 확률도 높다.

예를 들면 가스불 잠그는 거 잊어버리기, 스마트폰을 냉장고 안에 둔다든지, 충분히 아침마당 토크쇼에 나올 재미있는 에피소드 정도로 보일 수 있는 건망증 같은 증상으로 보일 수 있다.

건망증과 치매의 차이는 힌트가 주어질 경우에도 기억을 못 하는 것이 치매 초기 증상일 확률이 높아진다.

또 다른 증상으로는 갑자기 성격이 변하는 경우이다. 배우자를 의심하는 말투, 갑자기 욕설과 화를 자주 낸다든지, 주위 사람들을 도둑으로 몰아가는 도둑망상등 행동, 성격, 말투에 변화가 생긴다. 이런 경우 갱년기 증상으로 치부해 버리는 경우도 많다.

이렇듯, 가족들과 지인들 사이에서 가끔씩 생기는 에피소드들을 소홀히 여기지 말고, 주관적인 인지저하가 경도 인지장애로 넘어가고 치매로 이어지기 때문에, 경도인지장애부터 관리해야 치매는 예방이 가능하다.

치매 초기 증상을 알아서 미리 검사하고 예방하려는 노력이 필요하다.

치매 증상 자기 진단체크

-오늘의 날짜는? 몇 월 며칠 무슨 요일

-지금 계절은 어떻게 되는지?

-물건을 어디에 두고 잘 잊어버리는지? TV리모컨, 스마트폰,
  열쇠 등등 평소 쓰는 물건

-약속을 하고 잘 잊어버리는지?

-예전에 비해, 물건정리, 주변정리가 제대로 잘 되고 있는지?
  빨래를 개고 평소 두던 곳에 두는지

-사람이름을 부를 때, 물건 이름을 댈 때 금방금방 떠오르는지

-계산 능력이 제대로인지, 떨어지는지

-대화 내용 중 이해 못 해서 반복적으로 물어보는지.

진단검사 리스트 중 4~5개 이상 해당될 때는 보건소에서 하는 간단한 선별검사를 받아보는 것을 권해드린다.

치매 예방

평소 외롭고, 단조로운 삶, 우울함이 지속되거나, 운동부족, 타 질병으로 인한 2차적 정신우울상태, 뇌손상, 여러 경로를 통해서 치매가 발생할 수 있다.

치매 예방을 위해서 평소 일상에서 주의를 기울일 필요가 있다.

1. 뇌손상 예방을 위한 3가지 피하기

-술은 1~2잔 이하로 가급적 줄인다

-담배는 직접흡연, 간접흡연, 다 피해야 한다.

- 머리 다치지 않게 조심해야 한다.

2. 뇌 혈행순환을 좋게 하기 위한 3가지 꼭 하기

- 걷기, 물속운동(수영, 아쿠아워킹)등 유산소운동 주 3회 하기

- 잡곡 생선과 채소를 하루 3끼 식사 때마다 챙겨 먹기

- 매일 천천히 또박또박 좋아하는 책을 입으로 큰소리로 읽고, 쓰기

3. 활기찬 삶을 위한 3가지 챙기기

- 건강검진 : 혈압, 혈당, 콜레스테롤을 정기적으로 검진한다.
- 주변 친구, 가족들과 정기적으로 통화하고 만나서 소통하고
  즐거운 시간을 가진다.
- 매년 치매 조기 검진을 받는다.

치매의 종류

1. 신경퇴행성 치매

-알츠하이머병
-전두측두엽퇴행
-루이 소체 치매
-파킨슨병 치매

2. 혈관성 치매 : 뇌 내부 혈액 순환 문제에 의한 발생 한 번의 심각한 발작이나 연속되는 작은 발작을 일으킨다.
권투선수치매가 여기에 해당한다.

3. 뇌증 : 뇌의 대사성 손상에 의해 발생한다. 만성적 폐질환, 폐쇄성 수면 무호흡증, 또는 중증의 장기적인 빈혈에서 볼 수 있는 저산소 증, 저혈당증, 알코올남용, 약오남용이 포함된다.

4. 감염성 치매 : 에이즈 크로이츠펠트 야곱병, 매독 말기등이 여기에 해당한다.

5. 유전적 치매 : 대표적인 것으로 헌팅턴병을 들 수 있는데 근육을 스스로 조절할 수 없이 쉼 없이 떨고 강직되는 진전과 강직이 대표적인 증상인데 치매를 동반하기도 한다.

6. 뇌의 구조적 문제 : 경막하 혈종 같은 뇌종양 도 종종 치매를 일으킬 수 있다.

7. 혼합형 치매 : 많은 경우 딱히 하나의 진단 범주에 꼭 들어맞는 것도 아니기 때문에, 한 치매환자가 여러 원인을 복합적으로 가지고 있는 경우가 허다하다.

보통의 치매로 가장 대표되는 치매가 알츠하이머병이다.
알츠하이머병은 치매의 약 70%에 해당한다.
전형적으로 삽화적, 단기적 기억 상실로부터 시작되며, 그다음에 보다 예상 가능한 방식으로 뇌 전체에 퍼진다.
이 병은 마치 처음에 타는 연기가 나면서 천천히 번지는 불과도 같다.
기억 상실은 일반적으로 삶의 진행과 반대로 이루어지는데,

병이 더 악화되면서 환자는 순차적으로 점점 더 많이 기억을 상실한다.

결국 그들은 초기의 어린 시절만을 기억하게 된다.

이와 동시에 갈수록 어린아이와 같은 행동이 늘어나고 타인에 대한 의존성이 높아진다.

그러나 다양한 종류의 기억 상실이 모두 똑같은 속도로 발생하지 않을 수도 있다. 예를 들면 감정적, 절차적 기억은 다른 기억보다 좀 더 오랫동안 유지 될 수 있다.

나는 우리 할머니의 치매 말기를 기억한다.

당시는 할머니는 내 이름을 기억하지 못했지만 감정적 기억은 남아 있어서, 옆에 있던 엄마에게 나보고 빤스를 사주라고, 하셨다.

아주 오래전 할머니가 잠깐 나를 시골 할머니 댁으로 데려가서 잠시 키우신 적이 있었다.

그때 내 물건 없이 몸만 데리고 가셔서 , 내 빤스가 없어서,

시골 5일장에 나가셔서 내 사각 빤스를 사 오신 기억이 있다. 사과무늬가 있는 사각 빤스였다.

그 빤스가 할머니 마음에 내내 걸리셨던 모양이었다.

또한 나는 중증의 치매를 앓고 있는 환자들 가운데 일부가 여전히 화투를 기가 막히게 잘 친다는 사실에 흥미를 느꼈다.

그 할머니 환자들은 점심에 무엇을 먹었는지는 기억 못 하지만, 절차적 기억은 남아 있어서, 병원 놀이실에서 하는 화투판에서는 기가 막

힌 타짜들이 되셔서, 병원 사회복지사들을 가뿐히 이기셨다.

치매로 의처증이 심한 경우도 있고, 의부증인지, 평생 맞고 사셔서 그런 건지, 병원 입원해서 계신 내내 보는 남자마다 욕설을 해대는 할머니들도 계시다.

치매인지 확인은 어떻게 확인할 수 있을까?

일차적으로 보건소, 치매 안심센터를 이용해 볼 수 있고, 확진을 위해서 병원 검사가 필요하다.

치매 검사방법

치매 검사는 보건소에서 선별검사 ⇨ 추가 정밀 검사를 받을 수 있고, 병원에서 진단검사 ⇨ 감별검사로 확진할 수 있다.
60세 이상인 경우 누구나 보건소의 치매안심센터에서 무료로 치매 선별 검사를 받을 수 있다.
선별 검사 이후에 경도 인지장애 및 치매 의심자는 무료로 치매 정밀 검사를 받을 수 있다.
이후, 결과에 따라 병원을 통한 진단 검사와 감별검사를 받아야 할 수도 있다.

1. 치매 선별검사

치매선별검사로는 간단하게
MMSE(mini-mental state exam), CIST(cognitive impairment screening test) 두 가지가 있다.

MMSE는 간이 정신 상태검사이며, 세계적으로 오랜 기간 동안 사용되었던 간단한 검사방법이고, 이를 통해 인지력 감퇴가 있는지 평가한다.
만 60세 이상으로 치매를 진단받지 않은 사람은 모두 가능하고 '정상'으로 확인되었을 경우 2년마다 검사할 수 있다. 해당검사에서 인지저하로 판정되면 협약병원으로 의뢰하여 진단검사를 받을 수 있도록 보건소에서 상담해 준다.

CIST는 인지선별검사라고 하며 국내 보건복지부에서 개발해서 2021년부터 보건소, 치매안심센터에서 치매 선별용도로 활용하고 있다. CIST는 기존의 MMSE보다 문항수가 많고 국내 실정으로 반영하여 변별력이 우수한 검사이다.

치매 선별검사는 검사에 걸리는 시간도 짧고 검사도 간단하다.

2. 2차 추가 정밀 검사

신경 심리 검사이며, 시간은 조금 더 많이 소요된다.
이 검사에서는 집중력, 시공간 기능, 언어 능력, 기억력, 실행 기능,
일 처리 능력 등 다양한 인지 기능을 종합적으로 검사하게 된다.

결과에 따라 병원에 의뢰를 하여야 하는지 결정을 위해 보건소와 협
약된 병원에서 의사 진료가 필요할 수도 있다.

3. 병원 진단, 감별 검사

-진단검사 (확진) : 뇌 MRI검사는 방사선이 아닌 자기장을 이용해
해상도가 CT보다 정확해 뇌의 미세구조를 명확하게 볼 수 있다.

-감별검사 (치매원인 추적) : 뇌척수액 검사를 통해 치매의 원인을 알
수 있게 된다. 예를 들면 알츠하이머 병 같은 흔한 치매의 경우 뇌척
수액에 특정 물질의 농도 변화가 발생되기에 중요한 검사이다.

-병원 검사비용 : 병의원에 따라 50~100만 원 이상까지 책정될 수 있
기에 보호자분이 먼저 여러 병원, 치매상담센터, 보건소에 상담을 해
보아야 한다.

치매 진단을 받은 후에는 무엇을 해야 할까

치매로 진단을 받은 후에는 환자와 그 가족은 주치의와 허심탄회하고 솔직하게 이야기를 나눌 필요가 있다.

보호자 가족들은, 환자가 겪고 있는 치매의 종류, 원인, 예후 및 이용 가능한 치료 선택 사항 등에 대해 알아야 한다.

치매에 걸린 사람들이라도 앞으로도 의미 있고 즐거운 삶을 살아갈 수 있다는 사실이 특히 중요하다.

그 사람들은 미친 것이 아니고, 항상 그 똑같은 사람이며, 보호자 가족들이 환자 자신을 여전히 아끼고 사랑하고 도와줄 것이라는 점을 환자에게 확신시키는 것도 큰 도움이 된다.

치매와 연관된 모든 사람들은 어느 정도 상실을 경험하기 때문에 슬픔, 분노, 좌절은 한 번쯤, 아니 지속적으로 감정적 굴곡을 경험할 수밖에 없는 것은 솔직히 인정해야 한다.

아마도 가장 시급한 일은, 누가 가족이나, 친지 중에 주 보호자가 될 것이냐 이다.

그리고 가족들 친구들 앞에 환자를 떳떳하게 밝힐 수 있어야 하고, 도움과 지원을 공개적으로 솔직하게 구해야 한다.

요양병원 노인층 환자분들은 거의 기본적으로 치매를 깔고 있는 경우가 많다.

병원에 근무하다 보면, 많은 보호자 아들들, 딸들은 우리 엄마가, 우리 아버지가, 치매라는 것을 인정하기 싫어하는 경우를 많이 보아왔다.

병원에 입원할 때는 크게 인지력 장애 검사 등에서는 큰 변화가 없었더라도, 병원 생활 과정 중에 치매 증상을 보이는 경우가 왕왕 있다.

예를 들면, A할머니가 점심시간에 점심 100퍼센트 다 드시고 나서 아들한테 전화해서, 밥 안 준다고 배고프다고 하소연한다. 그러면 보호자들이 화가 나서 병동 스테이션으로 전화해서 다짜고짜 따진다. 왜 우리 엄마 밥 안 주냐?

점심 식사 다 하셨는데요?.. 간호사들이 조심스레 혹시 집에서도 치매증상이 있으셨느냐? 여쭈어 보면 대부분은 강경하게 시치미 떼는 경우가 많다.

우리 엄마를 왜 치매 환자로 내모느냐..

이런 경우가 심심찮게 있다.

그래서, 솔직하게 용기 있게, 가족들, 지인들에게 환자의 객관적인 상태를 알려야 적극적인 도움과 지원을 받을 수 있는 것이다.

가족은 내가 누구인지 주장하는 것이 중요한 게 아니라. 우리 부모님을 위해 무엇을 할 것인가를 결정 내리는 게 중요하다.

비록 한 사람이 책임을 지고 중요한 돌봄과 의사 결정을 하는 것이 환자에게 최선의 방법이기는하지만, 가능하다면, 많은 사람이 치매 환자를 위해 결정을 내리고 그를 돌보는 부담을 나누어야 한다.

나는 치매에 걸린 부모를 매달 아들 집에서 딸네 집으로 다달이 옮기면서 돌보는 가족을 본 적이 있는데, 이는 환자에게 더 큰 혼동과 혼란을 더할 뿐이며, 재앙이나 다름없다.

물론 한 사람이 주요 책임을 떠맡을 때라도 다른 사람이 시간을 정하고, 집에 와서, 세탁, 집안 청소, 재정관리 같은 다른 일들을 돌봐줄 수 있는 것이다.

주요 책임을 감당하고 있는 부양자가 조금이라도 정기적으로 쉴 수 있는 틈을 주는 것이 너무나도 중요하다.

나는 병원 출근할 때 빼고는 전적으로 엄마 간호와 조카들 양육, 식사 준비, 빨래, 집안 청소, 온갖 집안 잡다한 일 , 장보기를 하루도 안 빼도 몇 년을 하다 보니., 몸과 마음이 지칠 대로 지쳐서, 마음속에 향할 데 없는 분노와 원망만 쌓여서 우울감, 무기력이 찾아오고, 자살 충동까지 심하게 겪었었다. 심지어 경찰 출동도 두어 번 있었다.

그 뒤로 경찰 쪽에서 심리 상담센터에 연결해 주어서, 도움을 받을 수도 있었으나, 상담받으러 갈 시간조차도 나지 않았었다.

이런 식으로 가족이 와해될 뻔한 적이 한두 번이 아니었다.

다른 가족들은 이런 바보 같은 실수를 하지 않았으면 한다.

치매 환자를 돌본다는 것은 다른 질병의 환자들에도 거의 대부분 통용될 수 있을 것이다.

노인 질환 대부분이 우울증 무기력감 치매등, 정신적 장애를 동반하는 것이 대다수이기 때문이다.

긍휼이라는 단어는 사랑과 친절을 보여줄 뿐만 아니라 다른 사람들이 어떻게 느끼는지를 이해하고, 우리 자신도 그 사람의 입장에서 느끼고 생각해 보는 것을 말한다.

다른 사람들이 보는 것처럼 세상을 보며 그들의 삶 속으로 뛰어들기 위해서는 오랜 시간과 노력이 필요하다.

예를 들어 그들이 좌절에 빠진다면, 우리도 그들의 좌절감을 느껴야 한다.

이는 치매에 걸린 사람과 라뽀, 관계 형성 시 매우 중요하다.

내가 어떤 말을 하고 싶은데 그 말이 입에서 나오지 않고 남들이 알아들을 수 없는 이상한 소리만 나오고, 새벽에 화장실 가고 싶어서 일어났는데, 화장실이 어디 붙어있는지 알 수 없을 때, 나는 저 사람이 누군지 모르겠는데, 저 사람이 내 옷을 훌러덩 벗기고 있다고 상상해 보면, 정말 황당하고, 두렵고, 불안하고, 좌절감을 느낄 것이다.

아마도 치매환자들의 기분이 그렇지 않을까 한다.

이런 식으로 내가 치매환자의 입장에서 저런 상황에서는 어떤 기분일지 잠시 생각해 보고 반응하고 행동하면 어떨까 한다.

06

기적을 바라는 사람들

기적은 종교에서나 이야기하는 것인 줄 알았다.

종교가 있던, 무교이든, 의식의 차원이 높아서, 스스로를 믿는 사람이든, 인생에 있어서 크게 성찰을 하고 인생에 있어서 가장 충격적인 사건이나, 가장 싫어하는 사람을 용서하거나 감사히 받아들임으로써, 기적같이 암이 낫거나, 만성 위장 질환이 사라지는 사례를 종종 있다.

미국에서 딸을 죽인 범인을 교도소로 찾아가 지속적으로 그 범인과 교류를 하며 그의 범죄를 용서를 함으로써, 그 부모들이 겪고 있던 모든 정신적 장애, 불면, 우울증, 공황장애등이 일시에 극복되는 이야기를 다큐멘터리를 통해서 본 적이 있다.

그대에게 죄를 지은 사람이 있거든,

그가 누구이든 그것을 버리고 용서하라.

그때에 그대는 용서한다는 행복을 알 것이다.

우리에게는 남을 책망할 수 있는 권리는 없는 것이다.

-톨스토이

뇌성마비 2급 중증 장애인 윤정호님은 수영을 시작하고, 수영대회에 출전해서 수상까지 하게 된다.

장애인 재활체육지도자 자격증과 장애인 스포츠 지도자 자격증 획득을 한다.

뇌성마비 환자들은 손발다리의 움직임이 원활하지 않다는 것은 누구라도 다 안다.

수영모조차 스스로 쓸 수 없는 환자, 걷기도 힘든데, 물에 떠서 수영을 한다는 것 자체가 불가능한 일이었다.

수많은 냉대와 편견을 뿌리치고, 연습에 연습, 연습에 연습의 결과 기적이 찾아왔다. 장애인 전국체전에서 배영과 평영에서 금메달을 딴 것이다.

전신 마비 1급의 몸이지만, 십수 년간 무사고의 모범택시 기사, 박성현님, 찰나의 순간 일하다가 언덕 아래 떨어져 목 안의 중추신경을 다쳐 전신 마비가 와서 전신 마비 1급인 상태에서 병원 생활을 마치고, 일상으로 돌아왔으나, 밥 한 숟가락 본인의 손으로 먹을 수 없던 악몽 같은 생활을 한 지 5년, 그즈음 후배의 도움으로 차를 타고 달리며 만끽했던 햇살과 바람과 세상을 보면서, 자신이 허약해져 있음을 깨닫고, 세상은 그대로인데, 자신만 변했구나, 세상은 늘 그렇듯 제 속도로 꾸준히 앞길로 가고 있는데, 나만 뒤처져 있구나 를 느끼고 다시 삶의 현장에 뛰어들어야겠다는 생각을 한 순간, 기적이 일어났다.

'내 육체가 일어서진 못해도, 내 마음이 일어설 수 있으면 모든 게 가능하다. 그 순간 모든 것이 변했다'라고 말한다.

노력한 결과 전신 마비 1급, 십수 년 무사고 모범택시 기사로 당당히 설 수 있었던 것이다.

기적이란 멀리 있는 것이 아니다.

우리 마음만 아주 조금만 일으키면 된다. 5도만 틀어서 일으키면 되는 것이다.

기적은 내가 만드는 것이란 것을 위 사례들만 봐도 알 수 있는 것이다.

병원에서는 죽음이라는 극단적인 상황을 매일 경험한다.

암을 더 이상 치료할 수 없는 삶의 마지막을 정리하는 호스피스병동에서는 환자와 가족들이 죽음을 맞는 연습을 한다.

최근에 본 어떤 영화가 특이해서 기억에 남는다. 주인공의 엄마가 암에 걸려 곧 죽음을 앞두고 있는 상황에서, 살아 있는 장례식을 한다는 내용의 영화이다.

살짝 충격적이고, 상당히 여운이 남는 장례식 장면이었다.

암에 걸린 엄마는 한껏 치장을 하고 예쁘고 화장하고, 어머니와 가족들의 모든 친구 친척들 다 초대해서, 살면서 같이 했던 아름다운 추억을 영상으로 , 편지로, 노래로, 춤으로 , 서로 좋았던 때를 추억하면서 웃고, 울고, 한바탕 거나한 축제의 장을 만들고 있었다. 그게 장례식이었다.

죽음을 웃음과 축제의 장으로 만든 것이다.

이스라엘에서도 장례식은 축제처럼 웃고 노래하고 춤추고 떠들고 먹고 마시고 한다고 한다.

우리 문화의 사고방식으로는 거짓말 아닌가 할 정도로 믿기 힘든 것이다.

다 보고 나니 깊은 여운과 함께, 아... 나도 엄마 살아있을 때 저런 거 해보면 좋기는 좋겠다. 싶었다.

비록 축제의 장으로는 만들지 못하더라도, 최소한 그동안 쌓인 원망과 회한이라도 풀고 엄마를 마음 편하게 보내야겠다 싶었다.

작년 늦가을, 엄마가 며칠간 먹지도 못하고, 매일같이 저승사자가 데리러 온 건지, 아주 예전에 돌아가신 모든 분들을 매일 같이 꿈인지 생시인지 본다는 것이었다.

그때 참 많이도 울었다. 가슴이 꽉 막힌 듯, 울음이 북 받쳐 나왔고,, 엄마 손을 잡고 온갖 기도문들을 외우고, 예살 서운했던 기억들 다 끌어올려, 엄마한테 고백하고 용서를 빌었다.

엄마 역시 기운 없어 입술하나 제대로 움직일 수 없었지만, 엄마도 나에게 미안하다. 연신 연발을 했다.

그런 순간을 여러 차례 지내면서, 나는 그것들이 나만의 엄마 장례식, 엄마 고별식이었다는 것을 지금 와서 깨닫는다.

어릴 때는 크게 놀이에 잘 못 끼이다 보니 항상 동화책을 끼고 살았다. 동화책을 읽으며 늘 상상 속에 살았다. 그때 읽었던 동화 하나가 분홍신이었다.

그 신발을 신으면 춤을 자동으로 추게 되는 병이었다.

현실적이고 객관적으로 이야기해보자면 그것은 헌팅턴 디지즈, 무도병이다.

운동을 주관하는 소뇌기능의 장애로 인한 지속적으로 근육 진전이 일어나는 것이다.

파킨슨병

엄마는 비교적 젊은 나이에 파킨슨병 진단을 받았다. 두 조카가 아주 어릴 때부터 봐오다 보니, 그것도 하나도 아닌 둘을 24시간 키우다 보니, 육아 스트레스가 극심한 상태였다.

가끔씩 응급 상황이 생기기는 했지만, 약물 조절로 어느 정도 일상생활, 천천히 밥을 하고 반찬하고 정도는 가능했다.

다른 청소야, 빨래, 김치 담기, 며칠 먹을 저장 반찬 만들기 등등 큰 집안일은 내가 했지만, 사소하게 조카들 밥 차려주기는 가능했었다.

그러다가 몇 년 전부터 상태가 조금씩 악화되기 시작했고, 급기야 1년 반 정도부터는 파킨슨 말기 증상을 보이며, 집에서는 일상생활을 유지할 수 없는 지경에 이르렀다.

내가 출근하는 오후부터 밤시간은 어린 조카들한테 신신당부해서, 할머니 부르면 머 해드려라, 머 가져다 드려라등등 여러 가지 해야 할 일을 알려 놓고, 김치볶음밥 큰 웍에 만들어 여러 통에 나눠 담고 냉장고 넣어 놓으면 조카 애들이 전자레인지에 데워 먹는 식으로, 하루하루 일상을 이어 오고 있었다.

중간중간 응급상황시에는 내가 근무하던 병원에 입원을 시키기도 하고 좀 호전되면 다시 퇴원시키기를 반복했다.

최근에는 증상이 좀처럼 호전되지 않았고, 섬망과 통증으로 힘들어했고, 급기야, 꼬리뼈 부근에 욕창까지 생겼다.

요양병원에서 가장 중요하게 여기는 것이, 욕창과 낙상사고이다. 그만큼 욕창은 계속 누워있는 와상환자에게는 힘든 문제이다. 통증도 어마어마할뿐더러, 관리가 쉽지 않다.

매일 밤 섬망에 시달리며, 하지통증이 극심할 때는 진통제를 아무리 먹어도 듣지를 않고 다리 잘라달라고 , 죽여 달라고 비명 지르며 고통스러워했다.

병세가 악화되면서 내 마음도 진정이 안되었다.

출퇴근 차 안에서 혼자서 오열을 터뜨렸고, 미친 듯이 하느님 부처님, 천지신명 모두 다 찾으며, 내가 잘못했으니, 우리 엄마 살려달라 기도하고 애원하고, 눈물 콧물 줄줄 흘리면서 운전했다. 여름날 차가 막힐 때 차문이 열려있으니, 옆 차들이 나를 이상한 눈길로 쳐다보는 시선들이 많았다.

부끄럽지도 않았다.

파킨슨을 10년 이상 앓아온 엄마는 이제 마지막을 향해 가고 있다. 이 글을 쓰는 지금도, 오늘내일, 하고 있다. 특히 주말에는 금요일 출근하면 월요일 아침에 들어가게 되므로 , 금요일 출근인사할 때 '엄마, 월요일까지는 살아있어라' 그런 식으로 인사를 하고 나온다.

엄마는 의식이 명료한 짧은 순간마다 '고통 없이 죽고 싶다. 아버지 옆으로 보내달라, 나를 위해서 더 이상 아무것도 하지 마라, ' '밥도 갖다 놓지 마라' '물도 갖다 놓지 마라' 하신다.

음식물 삼키는 기능이 저하된 엄마 옆에, 손을 뻗어서 먹을 수 있는, 아니 하루라도 목숨 연장할 수 있는, 사탕, 옥수수강내이뻥튀기, 물병, 진통제등을 두고 가는데, 약 빼고는 다 치워라. 아무것도 필요 없다. 하신다.

엄마의 고집이 완강할수록 증상이 빠르게 악화될수록 나의 고민도

깊어졌다.

엄마의 뜻을 따르자니, 아직 엄마를 떠나보낼 준비가 되지 않았고, 내 뜻대로 하자니, 엄마의 고통이 눈앞에 훤히 보이고, 하루하루 선택의 기로에 있다.

병원에서 다른 환자들의 임종 앞에서는 담담하게 보호자와 면담도 잘 해내는 나인데, 진정성 있는 위로도 할 줄 알고, 가끔은 한발 떨어져서, 혹은 감정이입 돼서 마음 아파하면서, 보호자들의 삶을 위해서, 환자를 위해서도 합리적인 조언도 해줄 줄 아는 나이지만, 정작 내 문제가 되면 달라진다. 우리 엄마의 죽음 앞에서는 무력해진다. 우리 모두 마찬가지일 것이다.

저 멀리 나오는 상관없을 것 같던, 죽음이 온갖 불치병 꼬리표를 달고 우리를 향해 오면, 누구나 당황할 수밖에 없을 것이다.

내가 근무하고 있는 병원은 유난히 응급환자, 위급환자가 많아서 거의 매일 임종을 맞이한다.

임종을 맞이하는 게 당연한 일상이 되어버린 지금, 느닷없이 다가오는 이별, 그 이별 후에 밀물처럼 밀려드는 여러 모양의 감정들은 사람을 지치게 한다.

병원근무는 사람에 대한 애정이 없다면 오래 할 수가 없다. 아무리 인체에 대한 지식과 기술, 경험을 가지고 있더라도, 기본적으로 사람에 대한 공감능력이 있어야 한다.

죽음을 앞둔 환자와 그의 가족들에게 따뜻한 눈길, 따뜻한 말 한마디를 건네지 못한다면, 병원일은 더 어려울 수밖에 없다.

나 역시 아직 많이 부족하고 모자란다. 다만 내가 한 말들, 모든 행위들이 환자와 그 보호자 가족들에게 진정성 있게 다가갔으면 좋겠다.

우리 인간은 스스로 치유가능한 건강 주체이다.

인간은 몸 마음 정신 영혼으로 이루어져 있다.

흔히 건강이라 하면 육체적 건강만 이야기한다.

하지만 사람은 몸만이 아니다. 짧은 내 생각으로는 인간은 몸 마음 정신 영혼의 4개의 층이존재한다고 본다.

몸, 마음, 정신, 영혼이 전체적인 조화로움과 균형을 이룬 상태가 한 개인의 진정한 건강이다.

치우친 건강개념은 더욱더 조화로움과 행복으로부터 멀어지게 한다.

현대인들은 대부분 외형적인 몸 키우기와 몸의 건강에만 관심 있다.

물론 외형적인 몸관리, 몸건강도 매우 중요하다. 그러나 몸만 관리하고 꾸미고 외형적인 것에만 신경 쓰고, 마음의 건강 관리가 안되면 방종에 빠지기 쉽다.

그것은 진짜 건강이 아니다. 몸보다는 마음이 더 높은 단계의 층위이기 때문이다.

그렇게 대부분 사람들은 온전하게 건강하지 않다. 그래서 현대 사회도, 가정도 , 밖에서 보는 것처럼 건강하지 않은 상태가 많다.

몸은 좋은 먹거리와 좋은 습관으로 몸의 건강을 최대로 연장 가능하다.

나는 예전에는 마음, 정신, 영혼 등을 제대로 구분하지 못하고 혼용해서 썼던 것 같다.

어느 정도 나이가 들고, 환자들을 대하면서, 관련 한의서적, 의학서적, 여러 인문학 책들을 읽으면서 조금씩 그 단어들이 가진 함의 등을 건강과 관련해서 나의 해석방식으로 풀어 볼까 한다.

마음은 뜨거운 가슴에서 나온다. 심장 Heart, 이는 동양이나 서양이나 다 같은 맥락에서 보는 것 같다.

마음은 몸의 기본적 욕구와 상태와 관련되어 있다고 볼 수 있다.

그래서 마음은 따뜻한 사랑, 돌봄으로 자라난다. 사랑을 받으면 마음이 넓어지고, 사랑 없는 무관심에는 마음은 문을 꽁꽁 닫는다.

마음은 가족, 친구, 동반자, 사랑하는 사람, 동료들 사이에서 통하며 서로를 감싸고 지켜내는 감정이다.

그래서 심장처럼 늘 따뜻해야 한다. 그러면 몸도 마음도 건강을 지킬 수 있다.

정신은 차가운 머리에서 나온다. 정신이 건강한 사람은 이성적이고 논리적이고 침착하고 평온한 상태를 유지할 수 있다. 차갑다고 표현할 수 있다.

정신은 좋은 책, 예술, 경험등으로 함양되고, 나쁜 것들을 접하면 타락할 수도 있다.

정신세계를 바꾸려면 오랫동안 뼈를 깎는 자기 극복의 노력도 필요하다.

좋은 정신은 이지적이고 지혜롭다. 늘 삶의 대의를 따르게 한다.

육체가 번듯해도 정신은 야위고 죽을 수 있지만, 몸은 죽어도 그 사람의 위대한 정신은 영원히 살 수 있는 것이다.

오스카 와일드는 '고귀한 육체가 영혼의 호텔방이라면, 타락한 육체는 영혼의 감방' 이라고 표현했다.

영혼은 육체를 정화시켜 고귀하게 해 준다. 고통과 시련으로 단련되었을 때 영혼은 건강해진다. 특히 자신을 넘어선 타인의 아픔까지 내가 담아냈을 때 더 맑고 고결해진다.

그렇게 자라난 영혼은 숭고하다.

영혼은 성장할수록, 차원의 상승이 가능하여 창조주와 성인의 마음과 지혜를 닮아가는 것이 아닐까 한다.

내면에 쌓인 고통은 새로운 아름다움으로 승화되어,예술적으로 재창조 되는 경우가 많다.

예술가, 성직자의 정신이 생기는 것이다.

내면에 쌓인 고통을 양식으로 단련된 영혼의 숭고함은 세상의 구원이 되고자 빛을 발한다.

성직자의 정신이 생기는 것이다.

영혼은 구원을 위해 존재한다. 다 병들어도 영혼은 병들지 않는다.

영혼에는 하늘을 닮은 무한함, 불변함, 영원함이 담겨있다.

한 인간이 건강하고 아름다운 삶을 살아가기 위해서는 몸, 마음, 정신, 영혼의 조화로운 균형과 성장이 이루어져야 한다.

07

마지막 삶은 요양병원
들어오면서부터 시작된다

K할아버지, 아주 부지런하시다. 매일 4시에 일어나서, 집에서 하듯 그대로 다 하신다.

양치, 면도, 세수하시고 하루를 시작하신다.

대부분의 환자들은 아픈 것도 아픈 것이지만, 집에서 일상적으로 해오시던걸 병원에 들어오게 되면 늘 하던 사소한 일상들을 멈추게 된다.

여기는 병원이니까, 나는 아픈 사람이니까, 스스로를 환자복의 환자로 가두어 버린다.

일상의 작은 습관들, 나를 깨끗하게 단정하게 하는 일들, 내 주변을 정리하는 일들, 이런 일을 지속적으로 하는 사람들은 우울감, 무기력감에 빠지지 않는다.

그래서 늘 긍정적이고 활기차고 병 회복력도 빠르다. 요양병원은 대부분이 마지막을 맞이하러 오는 경우이지만, 저렇게 열심히 하루하루를 살면 집으로 다시 돌아 가시는 케이스도 왕왕 있기도 하다.

우울감에 빠진 사람들에게 가장 먼저 권하는 것이 내 방 청소하기, 내 침대 정리하기이다. 사소한 정리가 다른 일을 시작하게끔 하는 끌어당김의 단초가 되는 것이다.

물리치료실에서 자전거도 열심히 타시고, 책도 읽으시고, 유튜브도 보시고 TV도 보시고 사소하지만 중요한 일상생활을 영위하려는 의지만 있어도 실천으로 이어지게 된다.

이런 경우 암, 뇌경색 관련 질환을 가지고 계셔도 확실히 회복력이 빠른 게 눈에 보이게 된다.

병원이다. 나는 환자다. 이렇게 나를 가두면, 나는 점점 더 좁은 한계의 공간에 갇히게 되고 병은 더 회복하기 어려워질 수 있다.

내가 내 마음을 열어야 하는 것이다. 병원은 나의 집이다. 집에서 하듯이 그대로 일상을 이어나가야 하는 것이다.

요양병원은 어떤 면에서 인간시장이라고 볼 수 있다.

별의별 인간 군상들이 다 있다.

예전 근무했던 지방 외곽지 있던 한 병원은 많은 숫자의 환자들이 알코올 의존증을 가진 젊은 환자들이 많았다. 그리고 그 주변 연로하신 노인 만성 질환으로 입원해 계신 분들, 가끔은 일부러 보호자들이 면회 가지 않으려고 타 대도시에서 멀리 부모들을 유배해 놓은 경우도 있었다.

아주 젊고 멀끔한 사람도 있었는데 전에 삼성전자 엘리트 사원이었다 한다.

사귀던 사람이 다른 사람하고 결혼하는 소위 고무신 거꾸로 신는 꼴을 보고, 그 길로 술에 찌들어 살다가 췌장기능이 망가져서 병원 들어와 어느 정도가 치료가 되었다.

다시 사회에 복귀를 했는데 도저히 사회 적응이 안 되어서, 다시 술에 손을 대었다.

사회 부적응자로 판단되어 병원으로 다시 돌아온 케이스가 있었다.

병원에서는 생활을 아주 규칙적으로 잘한다. 그래서 다시 사회로 복귀시키면, 며칠도 안 돼 사고를 치거나, 본인이 못 견뎌서 병원으로 다시 들어온다.

별별 사연을 가진 사람들이 많다.

근무했던 타 병원은 병원 환자층이 큰 비율로 교도소 수감자들이 있는 곳도 많다. 예를 들어 조직폭력배들 이권다툼의 칼부림등으로 경추가 나가서, 목아래 온몸이 마비된 환자들이 꽤 있었다. 그런 사람들은 병원에서도 인권에 대해 상당히 예민하다.

다른 환자들에 비해 정부 혜택도 많이 받고 있다. 정부는 떠들고 소동 부리는 걸 싫어해서 인지, 이런 교도소 복역하는 환자들한테 더

많은 혜택을 주는 거 같았다. 세상이 좀 불공평하다는 느낌이 들게
했다.

YH환자님은 병원에 들어오신지도 꽤 오래됐음에도, 아직 병원에 적
응을 못하신건지, 밤마자, 주말마다, 집에 가겠다고, 아우성이다.

바로 맞은편 병실(여자환자방)이 '우리집인데 우리 대문인데, 나 집에
가게 해달라,' 사복으로 갈아입고, 집에 간다고, 아들 부르고, 난리다.

그 병동 나이트 선생님의 표현으로 "우리 병동은 밤이 되면 난리부
르스에요. 육이오 난리는 난리도 아닙니다." 농담반 진담반, 힘들지
만 어쩌겠냐, 하시며 인자함을 보이신다.

늘 밤이 되면 병원에 적응을 못하시는 환자들이 꽤 많다. 집에 간다
고 소란 부리시는 분들이 생각보다 많다. 특히 우리 병원은 매일 신
환들이 몇 명씩 되신다.

보통 자발적으로 오시는 것이 아니라, 자녀들에 의해 타의 반 자의
반 강제적으로 마지못해 오시는 경우가 많으시기 때문에, 집에 대한
집착이 심하시다.

한 분이 외출복으로 갈아입고 나설라 치면, 다들 줄줄이 따라나선다.
병원에 오래 계셔도 적응을 잘 못하시고, 여전히 낯선 곳, 곧 떠날 사
람으로 생각하시는 것이다.

그분들에게 여전히 병원은 삶의 터전이 아닌 것이다.

귀 천

천상병

나 하늘로 돌아가리라
새벽빛 와닿으면 스러지는
이슬 더불어 손에 손을 잡고
나 하늘로 돌아가리라
노을빛 함께 단 둘이서
기슭에서 놀다가 구름 손짓하면은
나 하늘로 돌아가리라.
아름다운 이 세상 소풍 끝내는 날
가서 아름다웠더라고 말하리라.

우리 병원 B할머니는 고관절 수술 후, 보존치료차 우리 병원에 들어오셨다고한다. 병원이 생길 때부터 계셨다 하니 약 8년째 접어들고 계시고, 병원이 집이다. 할머니 침대장과 침대 밑에는 온갖 살림살이가 빼곡히 들어차있다.

좀 의아한 점이 많았다. 평소 걸어 다니시는 거 보면, 환자가 아니셨는데,, 그냥 가벼운 노인 질환 정도, 고혈압도 없고 당뇨도 없고 , 가끔씩 무릎 아프다고 진통제 받아 드시는 정도셨다.

간호사들하고도 매우 친하게 지내셨는데, 사연을 들어보아 한 즉슨 손자 둘을 갓난아기 때부터 키우셨다고 한다.

아들이 결혼 후 2년 있다가 교통사고로 돌아가시고 남편도 그즈음 백혈병으로 돌아가셨다고 한다. 소위 청상과부셨다.

집의 가장이 병환으로 누우면 그 집의 재정은 곧바로 파탄을 맞는다. 며느리도 아들 죽자마자 바로 갓난쟁이 버리고 바로 어디론가 홀연히 사라져 버린 것이다.

이 할머니는 손자 하나 등에 업고 손에 잡히고, 시장들을 전전하며 바느질해서 먹여 살렸다고 한다.

힘들었지만, 정말 금이야 옥이야 키우셨고, 잘 키웠고, 손자도 우리 할머니 우리 할머니, 정성을 다했다 한다.

나중에 아주 작은 집 한 칸 손자 결혼자금으로 다 대주고, 병원으로 들어 앉으셨다고 한다. 할머니는 그야말로 오갈 데 없는 분이 되신 것이다.

이 할머니 주위에는 늘 잡음이 따른다, 시기, 질투 사랑, 등등등 일상 우리 일반 동네에서 벌어지는 일들이 그대로 벌어진다. 그래서 이 할머니께는 병원이 집이고 일상생활의 터전인 것이다.

그렇지만, 할머니 노후의 끝자락은 고단함으로 끝나는 것이 아니다. 평생을 감당하기 힘든 벅찬 삶을 살아왔지만 , 오로지 손자만을 바라보며 버텨왔던 삶이어서, 지금 병원의 삶도 의연하게 받아들이신다. 꼬부랑진 할머니의 작은 몸이지만, 그분의 삶은 무척이나 커 보였고,

위대해 보였다.

환자들 대부분이 누군가의 아버지, 어머니로 세상을 그냥 살아온 것이 아니라, 큰 파도들을 헤치며 견뎌온 분들인 것이다. 죽음을 가까이해서 병원에 들어오신 분들 "이제는 편히 쉴 수 있겠다." 하신다.
'이제는 쉬고 싶어.. 너무 힘들었어, 이제 그만하고 쉬고 싶다는 생각이 드니, 죽는 것도 아무렇지 않아' '우리 손자만 나 한 번씩 보러 오면, 그것만큼 더 바랄 것도 없어.'하신다.

'삶이 주는 무게와 짐을 내려놓으니, 이렇게 모두 내려놓으니, 홀가분하게 이제 살 거 같다.'라는 표현을 하시는 분도 계신다.
'오히려 이렇게 내려놓으니 행복하고 편안하게 죽음을 맞이할 수 있을 거 같다.'라는 말씀을 남기시는 분도 계신다.

각자의 삶을 정리하면서 각각의 하늘을 자기만의 색상으로 노을을 그리면서 편안해하시는 모습들을 보면서, 죽음을 두려운 무엇으로 받아들이는 게 아니라, 아름답고 영원한 휴식으로 받아들인다. 우리 삶은 각각의 깊이와 의미가 있다.
어떻게 마지막을 우리의 하늘을 어떤 색상으로 노을을 물들일지 우리 살아온 길을 뒤돌아보고, 앞으로 살아갈 길을 다시 한번 관조해 보자.

2장

죽음이 내게
가르쳐준 것들

인생이라는 것은 사람에게 주어진 시간을
의미하는 것이다.
시간은 모두에게 평등하게 주어진 것이다.

사망의 객관적 정의는 무엇인가?

우리는 사망을 정의할 때, 그것이 일련의 변화 과정으로 볼 것이냐, 아니면 하나의 사건으로 볼 것이냐를 우선 결정해야 한다. 너무 깊이 까지 들어가게 되면, 사망에 관련된 논문적 성격을 띨 수 있으므로 의료적 기준에서만 살펴보는 것이 나을 거 같다.

사망의 기준으로는 심폐 기능의 영구한 상실(심폐사)과 뇌기능의 완전하고 불가역적 상실 (뇌사)의 두 가지가 있다.

원칙적으로는 어느 사망 기준을 채택하든지 간에, 그 기준이 충족되었는데도 환자가 아직 살아있는 경우나, 그 기준이 충족되지 않았는데도 환자가 이미 죽어있는 경우는 그 기준이 잘못 적용되어있음을 증명한다.

심폐 사는 인류 역사에서 오랫동안 사망의 기준이 되어 왔기 때문에 우리에게 매우 친숙한 기준이지만, 현대 의료기술의 발달로 더 이상 무비판적으로 수용될 수만은 없는 형편이 되었다.

과학과 의료기술의 발달로, 인공심장이식도 가능한 상황이 되었다. 그럼에도 불구하고, 현재 사망진단을 내릴 때는 심폐기능의 정지가 판단의 기준이 된다.

심폐기능의 정지를 판단하는 것은 뇌사 판정에 비해서 상대적으로 쉽다.

어느 정도의 의학적 지식과 EKG심전도 기계등의 간단한 장비만 갖추고 있으면, 심폐사의 판정을 선언할 수 있다.

그러나 이제는 환자의 심폐기능이 정지되더라도, 인공 심장과 인공 폐의 보조를 받아서 그 환자는 삶을 계속할 수 있기 때문에, 심폐기능의 유지가 사망기준의 독점적 위치를 차지할 이유는 절대적 사망선언에서는 그 차지가 상당히 줄었다고도 할 수 있다.

모르슨이라는 학자는 유기체 조직에서 생기는 파괴적인 변화 과정은 궁극적으로 심폐기능의 정지로 이어진다고 주장한다.

이에 대해 학자 칼버와 거트는 사망을 하나의 사건으로 보아야 하는 이유로 사망(DEATH)과 죽어가는(dying) 과정의 구별이 힘들고, 사망의 명확한 시점 설정이 가지는 막중한 사회적, 법적 중요성을 들고 있다.

칼버와 거트는 궁극적으로 사망을 전체로서의 유기체 기능이 영구히 중지하는 사건으로 정의한다.

전체로서의 유기체(the organism as a whole)의 개념은 조직과 유기체 부분들의 총합을 의미하는 전체 유기체(the whole organism)를 가리키는 것이 아니라, 유기체 하부 체계들 사이의 상당히 복잡한 상호작용을 말한다.

즉, 사망은 이러한 조직들 간의 상호작용이 영구히 파괴된 상태를 가리키는 것이다.

이런 논의가 왜 중요한가 하면, 생물학적 사망의 정의와 사망과 식물인간 상태를 구분하는데 중요한 역할을 하기 때문이다.

02

사망과 뇌사, 식물인간은
어떤 차이점이 있을까?

식물인간(vegetative state)과 뇌사상태(brain death)의 차이는 어떻게 될까? 드라마나 영화를 보다 보면, 종종 식물인간 상태의 사람들이 5년 만에 10년 동안 무의식상태에 있다가, 갑자기 깨어나는 그런 스토리를 심심찮게 볼 수 있다.

이런 경우는 식물인간에 해당하는데 이 경우는 모든 뇌 기능이 정지한 상태를 말하는 뇌사와는 달리, 뇌간 기능은 살아 있는 경우를 식물인간이라 한다.

뇌사는 뇌간을 포함한 모든 뇌 기능이 정지한 것으로 이 기능은 절대 되돌아올 수 없는 상태를 말한다.

식물인간과는 달리 뇌간의 기능이 정지하여 기계의 도움 없이는 호흡이나, 심장박동을 할 수 없는 상태이다.

그러나 요양병원 집중치료실에 있는 대부분의 환자들의 경우 뇌사와 식물인간 사이를 왔다 갔다 규정하기 힘든 경우가 대부분이다.

식물인간 상태인 경우는 대뇌에 심각한 손상을 입어 모든 인지 기능이 소실된 경우를 말한다.
따라서 환자는 의식이 없고, 외부 환경과 자극에 대한 반응이 불가능하다. 즉 대뇌가 판단하여 반응하는 의미 있는 반응을 할 수가 없는 것이다.

하지만, 뇌간은 손상이 없기에, 호흡, 심장근육에 의한 박동, 위장운동, 무의식적 반사 반응, 수면 상태에 들고 깨어나는 등은 스스로 할 수 있다.
즉 식물처럼 외부에서 영양분만 공급해 주면, 기계의 도움 없이 생명 유지가 가능한 것이다.
뇌사상태는 위에서도 언급했듯이 모든 뇌기능, 뇌간을 포함한 전 기능이 정지한 경우이고, 이 기능은 비가역적인 상태 즉 기적이 없는 한 회복이 불가능한 상태라 볼 수 있다.

식물인간과 달리 뇌간의 기능이 정지하여 기계의 도움 없이는 호흡이나 심장 박동을 할 수 없는 상태를 말한다.

뇌사상태에서는 잠에 들고 깨는 행동, 무의식적 반사 반응등을 보이지 않는다.

이런 경우 환자는 호흡기등 기계에 의해 생명이 유지되고, 장기가 살아, 기능을 하고 있는 상태이기 때문에 장기 이식이 가능하여서 한 목숨으로 여러 목숨을 살리는 경우가 종종 있다.

효용적인 측면을 주장하는 입장에서는 아름다운 장엄한 죽음이라고 표현할 수도 있겠지만, 영혼과 사후세계, 임사체험등을 주장하거나, 도덕적, 윤리적 측면을 보는 입장에서는 한 사람의 온전한 육체와 영혼을 중시하기 때문에 여전히 논란의 여지가 있다.

뇌사는 뇌간을 포함한 모든 뇌 기능이 정지한 것을 말한다. 이 기능은 절대 되돌아올 수 없는 상태라고 규명하지만, 그것을 함부로 속단하기도 이르다.

C환자는 젊은 나이임에도 불구하고, 식물인간 상태로 우리 병원 ICU로 실려왔다.

뇌내출혈, 특히, 체온 조절하는 뇌간 중추 쪽 출혈이 있어, 40도를 넘는 고온과 35도 저체온을 왔다 갔다 했다.

며칠이 멀다 하고 보호자이신 어머니께 마음의 준비를 하셔야 한다고, 임종 상황이다. 임종 가능하다는 설명차 전화를 새벽이야, 늦은 저녁이야 여러 차례 전화를 드렸었다.

어머니는 한숨반 눈물반 '알겠다'하셨다.

보통 보호자들은 최대한 살려달라고 애걸하신다.

이 C 환자 어머니는 형편이 어려우신 편이란 걸 2 병동 간호사 선생님들로부터 듣고 있었기에 병원비 나가는 게 큰 걱정거리 중 하나셨다.

끝내, 12월 중순, 한해를 더 넘기지 못하고 돌아가셨는데, 돌아가시기 며칠 전, 병원비도 밀려 있던 터라, 조심스럽게 2 병동 간호사선생한테, 어디 기증할 데가 없는지, 알아봐 달라 하셨다.

그 소리를 듣고 너무 가슴이 아팠다.

보통 가족 중 하나가 병석에 누워버리면 경제적으로 파탄 나는 것은 허다하다.

이 어머니는 혼자 몸 살림도 꾸려 나가기 힘든데, 젊은 청춘 아들까지 병석에 눕고 보니, 살림살이가 말도 못 하게 기울어졌던 것이다.

그러던 찰나, 작년 12월 중순 추운 날 새벽 2시 집중치료실에서 전화가 왔다. "C환자님 숨소리가 보통때와 많이 다르시다. 빨리 중환자실로 와주십시오."

콜 받는 즉시 부랴부랴 내려갔다. 워낙에 평소 임종을 많이 맞이하던 터라, 보기만 해도, 위중하나 곧 깨어나실지, 혹은, 아!.. 지금은 아니구나. 그런 촉이 바로 온다.

대부분은 또 그런 촉이 맞아 들어갔다.

바로, C환자님 어머니께 전화드리고, 빨리 오시라, 오늘은 못 넘기실 거 같다. 지금 전화드리는 와중에도 임종 가능하시다.

결국 그날은 못 넘기고, 그렇게 허망하게 젊은 목숨 하나를 또 그렇게 떠나보냈다.

청년 가장으로서, 집안을 책임지던 아들이 식물인간 상태로 너무 오랫동안 병석에 계시는 바람에 어머니는 사랑하던 아들임에도 불구하고, 시신을 기증을 하면 병원비는 다 해결해 준다더라라는 소리를 어디서 들어신건지, 빨리 아들을 하늘로 보내고 시신 기증할 곳을 재차 찾아다닌다라는 이야기를 들었다. 죽음과 현실이 합쳐지니, 아들 잃은 슬픔보다, 앞으로 살아갈 길이 더 막막해지신 어머니, 참으로 안타까워져서 가슴이 먹먹했었다.

내가 어떻게 도와드리고 싶어도, 해드릴 수 없다는 게, 무력감이 밀려왔다.

> 목숨을 잃는 것이 최악이 아니다.
> 최악은 삶의 이유를 잃어버리는 것이다.
> – 요 네스뵈

말이 떠올랐다. 살다 보면 '내가 왜 사나, 무엇 때문에 살고 있나'하는 무력감, 자괴감이 밀려오는 때가 있다.

그러나, 이렇게 죽는 순간에도, 죽음을 당하고도, 하늘은 무관심해 보이고 심드렁해 보이고, 우리를 하찮은 인간으로 보이게 만들고 있다. 예전에는 이런 순간들이 오면 하늘을 원망하고, 내 사주를, 내 전생을 저주하고, 온 세상에다 다 퍼부었다.

나이가 들면서, 인생을 살아가는데 지혜도 생기고, 삶과 나의 인생, 환자들을 돌보면서 삶에 대해 조금이나마 성찰할 수 있게 되었다.

다양한 죽음을 맞이하면서 성숙해진 것이다.

하늘이 우리에게 무심한 것 같아 보일수록, 삶이 우리를 속이고 기만하는 것 같이 보일 때에도, 그렇기 때문에 더더욱 순간, 순간을 최선을 다해서 살아야 하는 것이다.

어떤 순간에 어떤 일을 당할지 그 누구도 알 수 없다.

그 순간이 오기 전까지는 내게 주어진 일을 소가 쟁기 끌듯, 한 땀 한 땀 최선을 다해서 살아야, 죽음 앞에서 내 삶이 빛나게 되는 것이다.

모든 사람의 끝은 같다.
오직 그가 어떻게 살았는지
그리고 어떻게 죽었는지와 같은 세부적인 부분이
그 사람을 다른 사람과 구별하는 것이다.
-어니스트 헤밍웨이

02

두려움과 불안은 지혜로운
어른으로 키워준다

대부분의 사람은 '죽음'에 대해 막연한 두려움을 가지고 있다.

누구나 예외 없이 죽음을 맞이 하지만, 닥치지 않는 이상, 죽음은 나와는 상관없다고 생각하고, 죽음을 구체적으로 생각하게 됐을 때 제일 먼저 드는 감정이 두려움과 불안 일 것이다

아무도 죽음 이후를 제대로 말해 준 사람이 없고, 상식화 이론화 되지 않았고, 소위 과학적으로 증명된 무엇인가가 없기 때문일 것이다.

죽음에 대한 것은 이 세상을 떠난다는데 있다.

육신은 화장이 됐던 땅 밑으로 가 됐던, 육체로서의 존재가 사라지게 되는 것이다.

보고 싶어도 볼 수 없고, 듣고 싶어도 들을 수 없기 때문이다.

우리가 평소 질병 중에 일반적으로 제일 무섭고 두렵게 여기는 병이,
암이다.

암이라는 단어는 듣기만 해도 꺼림칙하다.

암이라는 단어에 죽음의 그림자가 자연스레 연상되는 만큼, 암이라
는 단어의 부정적인 뉘앙스를 숨길 수 없다.

암은 무서운 병이다. 그러나 그것이 전부는 아니다.

'암'은 인간에 대한 도전이다.

보통 인간은 자신에게 주어진 잠재능력과 가능성을 불과 5퍼센트도
채 사용하지 못한다 한다. 나머지 95퍼센트는 단순한 노력만으로는
깨어나지 않는다고 한다.

인생에 있어서의 갖가지 도전이 잠들어 있는 95퍼센트의 잠재능력
을 깨운다 한다.

도전은 고통스러운 과정이다. 하지만, 그 과정에서 인격적인 성장을
도모할 수 있다.

암은 인간에게 거대한 위협인 동시에 귀중한 도전이 될 수 있다.

도전은 고통스러운 과정이다. 하지만 그 과정에서 인격적인 성장을
도모할 수 있다.

암은 인간에게 거대한 위협임과 동시에 귀중한 도전이 될 수도 있다.

자신의 생명이 한정되어 있음을 자각한 암환자는 시간의 귀중함을
깨닫고 남은 시간들 속에서 새로운 인생을 창조할 수도 있다.

누구나 다 아는 세상을 IT세계로 패러다임을 바꾼 스티브 잡스를 모르는 사람이 없을 것이다. 그 스티브 잡스의 유명한 스탠퍼드 대학교 졸업식 연설에서 한 말이다. 그 당시 스티브 잡스는 췌장암 말기였다.

> "곧 죽게 된다는 생각은 인생에서 중요한 선택을 할 때마다 큰 도움이 된다. 사람들의 기대, 자존심, 실패에 대한 두려움 등 거의 모든 것들은 죽음 앞에서 무의미해지고 정말 중요한 것만 남기 때문이다. 죽을 것이라는 사실을 기억한다면 무언가 잃을 게 있다는 생각의 함정을 피할 수 있다. 당신은 잃을 게 없으니 가슴이 시키는 대로 따르지 않을 이유도 없다."
>
> - 스티브 잡스의 스탠퍼드대학교 졸업식 연설(2005년)

그는 곧 죽을 거란 사실에 두려워하지 않고, 오히려 곧 죽음이 다가왔으니 더더욱 가슴이 시키는 데로 살아야 한다는 역설적인 이야기로, 스탠퍼드 대학교 졸업생들의 마음에 큰 반향을 주었다.

그는 젊어서부터 상당히 유니크하고 몽상가, 괴짜 경영인으로 손에 꼽혔다. 세계 최초의 퍼스널 컴퓨터 '애플', '아이팟', 전 세계 얼리 어답터들이 원하는 모든 애플의 제품들, 스마트폰 '아이폰' '아이패드' 매킨토시 컴퓨터, 등 늘 사람들이 생각지 못한 다른 것을 볼 줄 아는 앞서나 가는 도전가였다. 만약 그가 남들과 같았다면, 최고가 될 수 없었을 것이고, 췌장암에 굴복했다면, 애플은 그냥 수많은 IT회사의 하나로 남게 됐을 것이다.

자신이 암에 걸렸다는 사실이 그에게 더욱더 도전정신에 불타게 했고, 자신의 일에 매진했던 것이다.

췌장암으로 병상에 누워서 자신의 과거를 회상하며 마지막으로 남긴 메시지이다.

나는 사업에서
성공의 최정점에 도달했다.

다른 사람들 눈에는
내 삶이 성공의 전형으로 보일 것이다.

그러나 나는
일을 떠나서는 기쁨이라고는 거의 느끼지 못했다.

결과적으로
부(돈)라는 것은 내게는 그저 익숙한 삶의 일부일 뿐이었다.

지금 이 순간 병상에 누워

나의 지난 삶을 회상해 보면
내가 그토록 자랑스럽게 여겼던

주위의 갈채와 막대한 부는 임박한 죽음 앞에서
빛을 잃고 의미도 다 상실했다.

어두운 방 안 생명 보조장치에서 나오는
큰 빛을 물끄러미 바라보며

낮게 웅웅 거리는 기계 소리를 듣고 있노라면
죽음의 사자가 점점 다가오는 것을 느낀다

이제야 깨닫는 것은

평생 굶지 않을 정도의 부만 축적되면
더 이상 돈 버는 일과 상관없는
다른 일에 관심을 가져야 한다는 사실이다.

그것은 돈 버는 일보다
더 중요한 무언가가 되어야 한다

그것은 인간관계가 될 수도 있고
예술일 수도 있으며
어린 시절부터 가졌던 꿈일 수도 있다

쉬지 않고 돈 버는 일에만 몰두하다 보면
결과적으로 비뚤어진 인간이 될 수밖에 없다
바로 나같이 말이다.

부에 의해 조성된 형상과는 달리
하느님은 우리가 사랑을 느낄 수 있도록
감성 이라는 것 을 모두의 마음속에 넣어 주셨다.

평생에 내가 벌어들인 재산은 사후에 가져갈 도리가 없다

내가 가져갈 수 있는 것이 있다면
오직 사랑으로 점철된 추억뿐이다.
추억!

그것이 진정한 부이며
그것은 우리를 따라오고 동요하며
우리가 나아갈 힘과 빛을 가져다줄 것이다

사랑은

수천 마일 떨어져 있더라도 전할 수 있다.

삶에는 한계가 없다.

－스티브 잡스가 병상에서 남긴 글

몸과 마음은 하나로 연결돼 있어서 몸이 아프면, 마음도 아파지고, 마음이 아프면, 몸도 따라서 안 좋아진다.

몸이 혹사당하고 있으면 마음에게 신호를 보내 '쉬어야 하는 시간' 임을 알려준다.

그래서 우울하거나 불안하고 기분이 나빠지면 원인이 무엇인지 전반적으로 살펴보아야 한다.

부정적인 생각이 원인이라면 생각을 전환 시켜야 하고, 질병이나 통증 때문이라면 적절한 치료와 관리가 필요하다.

암 혹 뇌, 심혈관계 질환 같은 큰 병 경험자들은 이런 커다란 문제에 직면한 순간부터 부정적인 감정의 인질이 될 가능성이 높다.

몸이 아프기 때문에 마음도 약해지고 주변의 작은 말과 행동에도 쉽게 상처받는 상태가 된다.

그중에서도 가장 많이 나타나는 감정이 불안, 두려움, 슬픔 우울함, 분노, 죄책감 외로움 등이다.

이런 내 마음에 올라오는 감정들의 실체들을 제삼자의 눈에서 객관적으로 구체적으로 살펴볼 수 있어야 현명하게 대처할 수 있는 시작이 될 것이다.

아무리 밝고 활발한 사람이라도, 암, 심장병, 뇌혈관질환 같은 5대 큰 질환의 병명을 받으면 불안감을 느낄 수밖에 없다.

평온하던 하늘에 갑자기 먹구름이 끼고 먼 곳에서부터 태풍의 기운이 느껴진다면 불안해하지 않을 사람이 없을 것이다.

또한 치료 과정 중에 나타나는 통증과 약물 부작용도 불안의 씨앗을 키우는 요인이 된다. 평상시에도 불안감을 자주 느꼈던 사람이라면, 더 패닉상태에 빠질 수도 있고, 사람마다 조금씩 다르게 다양하게 나타난다 볼 수 있다.

일반적으로 심장 박동이 빨라지고 매사에 긴장하게 되고, 짜증 내고, 신경질적으로 반응하게 된다.

숨 쉬는 것도 힘들어지고, 또 목이나 몸에 이물질이 있는 것 같은 불편함을 느끼고, 사소한 일에도 두려움, 공포를 느끼게 된다.

병에 걸리게 되면 통증에 대한 두려움에서부터, 치료 부작용, 달라진 내 모습, 죽음, 가족, 돈 문제, 직장 등 다양한 변화가 무섭게 한꺼번에 닥치게 된다.

두려움과 지혜는 항상 같이 온다. 그러나 두려움은 항상 한 치 앞서서 온다.

두려움을 의지만으로 조절한다는 것은 무척 어려운 일이다.

하지만 앞으로 어떤 일이 벌어질지 알게 된다면 두려움이 반으로 감소 될 수 있다.

암 환자라면 담당의에게 앞으로의 치료 계획과 암의 진행 과정 그에 따른 대처에 대해 자세하게 질문하고, 수술을 마친 단계라면 건강 회복을 위해 생활에서 할 수 있는 방법을 아는 것이 두려움을 이기는 힘이 될 것이다.

두려움은 자신뿐 아니라 같은 과정에 있는 사람들도 겪는 자연스러운 현상이기 때문에 도움을 요청하는 일을 미룰 필요가 없다.

나 스스로가 병에 대한 두려움, 앞으로 살아갈 일에 대한 두려움에 휩싸여 버리면, 슬픔과 우울이라는 감정 역시 내 마음, 내 머리를 장악해 버린다.

누구나 한계, 두려움, 불안을 가지고 있다. 이 한계는 우리를 옥죄는 사슬과도 같다. 더 이상 나아질 수 없다고 믿으면 영영 치유의 기적을 가질 수 없지만, 언제든지 갑자기라도 기적같이 나을 수 있는 사례를 많이 보아 왔다.

일에서의 성공 사례, 병에서의 기적적인 치험사례 등을 가진 이들은 한계와 두려움을 장벽으로 보지 않는다. 한 단계 내가 도전하고 넘어야 할 과정으로 생각한다. 반면, 실패자들은 한계를 장벽으로 여긴다. 그 결과 장벽 앞에서 멈춰 버리게 되는 것이다.

불안과 두려움보다 더 큰 자신감을 가지자. 나을 수 있다는 확신을 가지자. 목표를 이룰 수 있다는 자기 확신으로 전력투구하자. 반드시 원하는 결과를 만들 수 있다.

마틴 루터 킹의 말을 다시 한번 마음에 되새겨보자.

"새가 머리 위를 지난가는 것은 막을 수 없다. 그러나 머리 위에 집을 짓는 것은 막을 수 있다. 두려움과 나쁜 생각은 마치 머리 위를 스치는 새와 같아서 막아 낼 도리가 없다.
그러나 그 나쁜 생각이 머리 한가운데 자리를 틀고 들어오지 못하게 막을 힘은 누구에게나 있다."

우리는 살아가면서 많은 두려움과 만난다. 그럴 때마다 두려움으로부터 도망치고 싶은 것이 사람의 본능이다. 두려움을 극복하는 유일한 방법은 도망치는 것이 아니라, 지금보다 더 가까이 가서 두려움을 꼭 껴안는 것이다.
인생을 살아가면서 느끼는 두려움은 성장하고 있다는 신호이다. 시험에 부담을 느끼고, 두려움을 느끼는 사람들일수록 성적이 좋을 확률이 높다. 미래에 대한 불안을 느낀다는 것은 미래에 대한 준비를 하고 있다는 것이다. 두려움은 제거해야 할 대상이 아니라, 성장의 엔진으로 활용해야 할 것이다.

두려움과 포옹하자. 새로운 기회가 생길 것이다. 의식 성장이 되어
더욱 지혜로워 질 것이다.

04

'지금'이라는 이름의 선물

인생이란
모래시계의 모래처럼 끊임없이 빠져나가는 것이다.
그러다가 언젠가는 마지막 모래알이 떨어지는 것처럼
내 인생의 마지막 날이 오겠지.
나는 항상 그 마지막 날이 오면 어떻게 살아야 할까,
살 날이 딱 하루밖에 남지 않았다면 무엇을 할까,
그 생각으로 살았다.
그러다가 하루하루가
그 마지막 날처럼 소중하다는 걸 깨달았다.
그리고 하루하루를 마지막 날처럼 의미 있게 잘 사는 게
인생을 잘 사는 것이란 걸 깨달았다.
인생이란 하루하루가 모여서 된 것이니까.

나는 여태껏 나 자신으로 못 살았다. 나는 늘 부모와 형제를 삶의 우선순위에 두며 살았고 24시간 내 마음속에 여러 가족들이 살고 있었다. 평생 내 마음대로 내 옷 사입을 수가 없었다. 옷 한 벌 사려하면, 엄마 조카가 먼저 머리에 떠올라, 조카옷부터 먼저 손이 갔다.

항상 가족이 먼저고 나 스스로를 뒷전으로 밀려났다. 내 것을 잘 챙기지 못하고 거절을 못했으니 사는 삶은 현재인데 삶의 방식은 늘 과거였다.

여러 정신과책들을 섭렵하고 나서야 그것이 '착한 아이 증후군'이라는 것을 알게 되었고, 그 역할을 맡은 사람은 늘 이곳도 아니고 저곳도 아니고, 또 과거나 미래에 묶여 살 수밖에 없는 존재라는 것도 알게 되었다. 그런 나를 보고 , 친구들은 '니 거부터 좀 챙기라, 지발'라고 입버릇처럼 말한다.

남의 행복을 먼저 생각하고 나의 행복을 뒤로 미루는 것은 사실 내가 정말 행복하기를 바랐던 마음이 너무 컸기 때문이다. 그런 나를 인정하고 난 후에 비로소 거절도 할 줄 알고 표현도 베푸는 것과 받는 것의 균형을 맞출 수 있게 되었고, 지금의 나이가 되고 보니 '지금 여기'를 살게 되었다.

결국 사람이란 외부환경에 의해 불행하기보다는 자기 스스로 만든 생각의 틀이 불행하게 한다. 따라서 인간은 늘 순간순간 지금 여기를 살아가는 지혜를 가져야 한다.

행복하려면 자신이 누구인가. 자신의 정체성을 아는 것이 우선이다. 나는 누구인가?

나의 뿌리는 무엇인가? 자신에 대해 깊이 생각해보지 않은 사람은 행복하다는 말이 성립되지 않는다.

자신에 대해 깊은 고민이 있었던, 사람은 진짜 나로 살 것 인지, 남들한테 잘 보이는 나, 체면 차리는 나, 내가 아닌 남으로 살 것인가에 대한 선택의 기로에서 자신의 가치를 새롭게 인식하게 된다.

자신의 가치를 새롭게 정리하고 나면 삶의 방향을 알게 되고, 그 이후의 삶은 달라질 것이다.

이제 나는 나의 나침반을 가지게 된 것이다.

진정한 내가 누구인지를 모르면, 나는 매일 가면을 쓰게 된다.

내가 어떤 사람인지, 내가 무엇을 좋아하는지, 혼자 있을 때의 나의 모습이 어떠한지, 내가 무엇에 상처를 받는 사람인지, 나 어렸을 때 꿈은 무엇이었는지, 나와의 대화를 해보는 것이 중요하다.

그래야 자신의 마음을 잘 알아차리고, 자신을 위로할 줄 알고, 스스로에게 격려와 용기를 , 응원을 보내줄 줄 알게 될 것이다.

나와의 대화가 되어야, 진정 내가 무엇을 할 때, 콧노래가 나오고, 다 하고 났을 때 뿌듯함과 성취감이 오는지, 어떤 사람과 있을 때 편안한지, 어떤 식으로의 휴식이 나에게 평온함을 주는지 제대로 아는 것이 중요한 것이다.

사소한 것 하나하나를 알아놓아야, 진정한 나만의 행복을 찾을 수 있을 것이다.

당신은 인생을 사랑하고 있는가? 만약 그렇다면, 시간을 낭비하지 마라. 왜냐하면 인생은 시간으로 되어있기 때문이다. 벤자민 프랭클린의 말이다.

인생은 시간이다.

더 깊이 파고들어 가면, 시간은 생명 그 자체라고 해도 과언이 아닐 것이다.

나의 시간은 나의 생명 그 자체. 당신의 시간은 당신의 생명 그 자체인 것이다.

그런데도 우리는 얼마나 우리의 목숨 같은 시간을 낭비하고 사는지, 우리 자신에게 물어보고 들여다보자.

"오늘이라는 하루를 충실함을 가지고 즐기면서 마음껏 보냈는가? 지금 이 순간을 어떻게 보낼 것인가? 어떤 마음으로 보낼 것인가? 무엇을 하고 무엇을 선택하고, 어떻게 살아갈 것인가?" 스스로에게 진지하게 물어보자.

시간이란 없는 것이다.

다만 있는 것은 이 일순간뿐이다.

그리고 그 일순간에 우리의 모든 생활이 달려 있다.

그러므로 이 일순간에 있어서

우리의 모든 힘을 발휘하지 않으면 안 된다.

–톨스토이

인생이라는 것은 사람에게 주어진 시간을 의미하는 것이다. 시간은
모두에게 평등하게 주어진 것이다.

지금 나에게 주어진 시간을 유영하게 사용하는 것도, 낭비하는 것도
자기 관리하기 나름이다. 그래서 삶과 시간과 생명은 같은 의미라고
생각한다.

시간은 모름지기 순간 스쳐가는 화살과 같다 한다.

주어진 시간을 의식하면 그것은 그렇게 길지 않다.

게다가, 그것은 단지 일회성, 단 한 번밖에 주어지지 않았다.

그러므로, 더더욱 치열하게 살아야 한다. 하루만을 살더라도...

05

존엄하게 죽을 권리

돌연사나 자살등을 제외하면 어떤 질병을 앓고 있느냐에 따라 죽음을 맞이하는 양상이 다르다. 대표적으로 암, 노인질환, 치매를 앓고 있는 분들의 경우 어떤 식으로 죽음을 맞이할까?

암에 걸린 환자들은 임종 약 1~2개월 전부터는 여러 가지 임종 전 증상들이 나타나므로 어느 정도 자신의 인생, 일, 주변정리 등에 대해 스스로 여러 가지를 챙길 수가 있고, 주변 사람들과도 소통이 가능하다.

반면 치매에 걸렸거나, 뇌질환등으로 인한 인지능력의 부조화가 있는 경우에는 자신이 언제 치매에 걸렸는지 모를뿐더러 하루가 다르게 체력과 사고력도 떨어지게 된다.

그리고 혼자서 일상생활을 할 수 없게 되면 가족이 간병하거나, 요양시설에 입소해야 한다.   고령자 중에는 '가족에게 폐를 끼치고 싶지 않지만, 그래도 요양시설에도 들어가기 싫다'라고 말하는 분들이 생각보다 꽤 많다.

우리 엄마가 대표적인 케이스이다.

혼자만의 자유로운 공간, 자유로움을 빼앗기는 것에 대한 강한 거부감이 있으시다.

혼자서 TV채널 여기도 틀어봐야 하고, 저기도 틀어봐야 하고, 화장실도 혼자서 기어가든, 누워가든 화장실도 내가 익숙한 데 쓰시고 싶으신 것이다.

그렇지만 정말 가족에게 폐를 끼치고 싶지 않다면 요양시설에 들어가기를 권한다.

처음에는 간단한 일상생활을 혼자서 할 수 있다고 생각하겠지만, 점차 체력이 떨어져서 누워서만 지내게 되면 음식도 먹을 수 없는 상태가 된다.

현재 우리 엄마 같은 경우, 물병의 빨대를 빨 힘조차도 없다.

그래서 내가 숟가락으로 물도 떠서 먹여드려야 한다. 집은 아무래도 병원과는 달리 환자가 생활하기에는 마음이 자유로운 거 빼고는 환자의 치료와 관리에는 불편할 수밖에 없다.

환자가 극구 병원을 원하지 않을 때는 어쩔 수 없는 것이다. 가정에서 간호를 해드리는 것이 환자가 그나마 마음 편히 임종을 준비할 수 있는 것이다.

오늘, 한 할머니 환자도 갑상선 암에 폐 부종으로 호흡이 쉽지 않으심에도 불구하고 극구 나, 집에 가게 해 줘, 나 집에서 죽게 해 줘, 하소연을 하신다. 결국은 보호자인 사위가 집으로 모셔갔다.

만약 '평온한 죽음'을 원한다면, 연명치료를 받지 않겠다는 의사를 미리 밝히거나, DNR(do not resuscitate, 종말기 의료에서 본인 혹은 가족의 의사 결정에 따라 심폐소생술을 시행하지 않는 것) 동의서 쓰는 게 좋다고 생각한다. 연명치료를 포기하면 아픈 사람을 방치하는 것처럼 느껴져 가족이 괴로울 수도 있지만, 정맥 주사, L-tube 등 여러 보조장치에 의해 영양을 공급하면, 누워서 지내는 생활이 언제 끝이 날지 아무도 알 수 없다.

보통 임종 전 전조 증상으로 보이는 증상들로서는
1. 호흡곤란이 심해지고,
2. 소변량이 많이 축소되며
3. 식욕저하가 나타나 입으로도 받아들이시지 못하고, L-tube로 들어간 경관식도 다 구토로 나오게 되는 경우가 잦아지며
4. 혈압과 맥박이 들쭉날쭉 널뛰기 양상을 보이게 되며
5. 의식 장애
6. 전반적인 심한 기력저하로, 손동작 같이 간단한 동작도 힘들어 보이게 된다.

이와 같은 증상이 나타나기 시작하면 연명치료를 받을 것인지 아니면 평온하게, 존엄하게 죽음을 맞이하게 대 드릴 것인지, 보호자의 한 사람으로서, 환자의 입장으로써, 한 번쯤은 진지하게 고민해보아야 하는 문제이다.

내가 엄마를 집에서 돌보는 입장에서도 그렇고, 병원에 근무하는 입장에서도, 각종 의료 보조장치를 이용하여 생명을 연장하면, 그만큼 고통 받는 시간도 길어지게 된다.

엄마는 매일 어이구 내가 빨리 죽어야 될 텐데, 내가 빨리 죽어야 네가 고생을 덜 할 건데, 이런 식으로 말씀은 하셔도, 배가 고프면, 이거 달라 저거 달라, 간이 짜니, 싱겁니, 여전히 내가 해주는 거에 대한 불평불만이 많으시다.

삶에 대한 집착을 부리시기도 하지만, 24시간 누워있는 자세와 양다리의 구축이 심하다 보니, 이리 뒤집어 드리고 저쪽 옆으로 뉘어 드리는 등 아무리 체위 변경을 신경 쓴다 해도, 욕창이 생기는 것을 막을 수가 없었고, 근육 위축으로 인한 통증 욕창 통증등으로 고통이 이만 저만 큰 게 아니다.

그럴 때는 차마 옆에서 지켜볼 수가 없을 정도여서, 간호하는 나도 힘들고, 둘이 눈물 줄줄 흘리며, 같이 수면제 한통 나눠 먹고 같이 저 세상 가쁠까? 하면서 한두 번 흐느껴 운 것이 아니다.

그만큼 하루하루 생명을 연장할수록 고통받는 시간도 길어지는 것이다.

내가 그 고통 조금이라도 덜어가고, 엄마가 덜 아팠으면 좋겠다.

엄마도 약 먹는 거 좋아하던 사람도 아니었고, 나 역시 원래 진통제 쓰는 것을 좋아하는 편이 아니지만, 옆에서 지켜보는 나도 너무 힘들고, 엄마도 통증이 켜낼 힘이 없다 보니, 그냥 진통제를 연달아 먹는 것을 지켜보는 수밖에는 달리 도리가 없다.

임종 전, 죽기 직전에 나타나는 전조증상들을 보자면,

1. 동공이 움직이질 않고,
2. 의식이 더욱더 흐려지고,
3. 대부분의 환자들에서 가슴이 들썩이는 호흡과 함께 심한 가래 끓는 소리를 낸다.
4. 손가락 끝 발가락 끝 청색증이 나타나고,
5. 손목 요골 동맥 혹은 하지 대동맥 쪽 맥박이 촉지 되니 않는 경우가 많다.

수많은 임종을 지켜보며, 특이하게 느꼈던 것이, 분명히 의식이 완전히 없는 상태이셨는데도, 임종을 앞두고 의식이 거의 없다시피 한 상태에서도, 아들, 키워준 손자들의 말을 들으시고 고개를 끄덕이시고는 하셨다.

정말 기적 같은 경우를 참 많이 보았다. 이처럼, 임종을 앞두고, 의식이 흐려져있더라도 귀는 열려 있다 한다.

건네는 말에 대답은 할 수 없지만 작별 인사를 나눌 수 있는 마지막 기회가 된다.

꼭 사랑한다는 말을 해주시기 바란다.

평소 원망이 많이 쌓여있었을지라도 다 용서했다, 용서해 다오, 사랑한다. 키워줘서 고맙다.

나를 낳아주어서 고맙다고 꼭 전해야 한다.

그럼 가시는 그분은 사랑과 평온함에 쌓여 편안하게 평온하게 가실 수 있지 않을까 생각한다.

항상 임종을 지켜보는 터라, 평소에도, 늘 건강하고 아무런 일이 일어나지 않을 것 같이 우리는 살고 있지만, 언제 어느 때 어떤 일이 벌어질지 모른다.

물론 생각하기도 싫지만, 그렇기 때문에, 더 열심히 살기 위해서라도, 스스로 어떤 죽음을 맞이할 것인지를 선택하는 것은 매우 힘든 일일수도 있으나, 그럼에도 불구하고, 어떤 식으로든 주위 사람들에게 미리 알려 놓는 것도 좋은 일일 거라 생각하는 바이다.

06

끝까지 사랑하고 싶다

부부가 같이 입원하는 경우가 가끔 있다.

예전에 근무하던 병원은 병실의 공동간병사도 있으나, 개인 간병사나 가족이 간병할 수 있는 병실도 있던 곳이라, 주로 부인들이 남편을 간병하는 경우가 많았다.

남편이 먼저 몸이 안 좋아서 부인이 몇 년을 간병을 하던 와중, 부인도 스트레스며, 건강상태의 악화로 몸 내부에서 암이 진행되고 있고 있었던 노부부가 있었다.

층을 달리하여 다른 병동에 지내게 되었는데, 남편은 오랫동안 군에 재직하시다가 퇴역하신 분이셨고, 부인 사랑이 남달랐다. 어찌 보면 너무 구속한다 할 정도로 사랑이 지극했다.

부인은 자신이 더 이상 남편을 간호할 수 없게 되자, 자포자기의 심정이 되신 건지, 몸 상태가 갑자기 확확 나빠지기 시작하였다. 췌장암이셨는데, 원래가 췌장암은 발견도 늦게 될뿐더러, 발견 됐을 때는 이미 암이 많이 발전된 상태가 많고, 몇 개월 밖에 남지 않는 경우가 많다.

남편은 쉽게 움직이지 못하는 몸임에도 불구하고 하루가 멀다 하고 부인을 보러 휠체어에 몸을 의지해서 몇 층을 힘겹게 올라오셨다. 간호사들, 간병사들 다들 그 부인을 부러워했었다.

그 부부의 딸이 언젠가 말하길 '아버지가 원래 저런 분이 아니셨어요. 예전에는 능력이 뛰어나고, 우리나라 군부대 문화가 그렇듯이 차별과 편견이 심하시고, 독재적이셨어요. 엄마가 아침마다 생과일 주스를 만들어 올려도 귀찮아하면서 시큰둥하게 받아 들고는 하셨죠. 평생 엄마가 아버지 모시느라 고생 많으셨어요.' 하였다.

아버지가 편찮으시고 난 후부터 엄마에게 저렇게 속마음을 표현하시게 되셨던 거지, 그전에는 그렇지 않았다는 것이다.

군대 부하들을 대할 때도 엘리트들에게는 작은 선물하나에도 '똑똑한 사람이 예의도 있다'라고 평가했지만, 평소 신통찮게 생각했던 사람이 선물하면 '나한테 뭐 바라는 게 있나? 무슨 꿍꿍이지?' 의심부터 하셨다 한다.

고가의 선물을 받으면 '주제에 분수도 모르고,.. '하면서, 작은 선물을 받으면 작다고 멸시하고, 크면 큰 대로 무시한 것이다.

상당히 까다로운 분이셨던 것이다.

이런 분을, 평생을 옆에서 묵묵히 뒷바라지하시고, 옆에서 평생을 조력했던 부인도 그저 당연히 집안일하고, 아이들 키우는 사람, 없으면 화내고, 옆에 있으면 귀찮아하고, 늘 무시하고 사셨던 것이다.

몸이 불편해지고, 부인에게 모든 것을 의지해야 하는 상황이 생기니, 그동안 부인을 무시하고 살았던 평생을 뒤돌아 보게 되었고, 자신이 부인으로부터 극진한 대접을 받았음에도 불구하고 그것을 깨닫지 못하고, 다 늦게, 부인이 죽음을 앞두고서야 깨닫게 된 것이다.

"내가 살아온 길을 되돌아보고 죽어서 돌아갈 때를 생각해보니, 너무 후회되게 살아왔다.

내 옆에서 그림자처럼, 힘들 때나, 기쁠 때나 있어주었던 사람인데, 너무 몰랐다. 제일 소중한 사람이 옆에 있어도, 그저 당연하게만 생각해 왔다." 하시면서 흐느껴 우셨다.

너무 세월이 빨리 흘렀고, 언제나 젊을 줄 알았는데, 제대로 사랑해 줄 시간도 없이, 늙어서, 죽음을 앞두게 되었다고 한탄하셨다.

상대가 나에게 관심이나 사랑을 주려고 하는데 무시하거나 외면하는 사람들은 사랑받을 줄 모르는 것이다.

자기중심적인 사람들은 사랑을 받을 줄 모른다. 사랑을 받을 줄 안다는 것은 상대가 나를 위하고 있음을 안다는 것이다.

내용이 마음에 안 든다고 그 자리에서 바로 거절하는 것은 사랑을 받을 줄 모르는 것이다.

포용력이 크면 사랑을 잘 받는다.

이들 대부분은 사람들과 소통하지 않거나, 교류를 한다 하더라도, 높은 자리에 있기 때문에 평생 권위의식에 사로잡혀 있는 경우가 많다.

그런 사람들은 사랑을 주는 방법도 서툴거니와 사랑을 받는 방법도 서툴다.

상대는 나름대로 사랑을 주었는데, 이쪽에서는 사랑을 외면하고 받은 바 없다거나, 적게 받았다고 오해하는 경우도 많다.

성격이 독선적이거나 뭔가에 집착하여 판단을 잘 못하기 때문이다.

사랑을 받을 줄 알기 위해서는 상대가 사랑을 어떻게 주고 있는지 알아야 한다.

사람들은 소통할 수 있도록 고집과 아집을 버리고 마음을 열어야 한다.

사랑을 잘 받아본 사람이 사랑을 주는 방법도 잘 알고, 사랑을 받아보지 못한 사람은 사랑을 줄 줄도 모른다.

마음이 냉정한 사람은 마음속에 사랑이 있더라도, 그 사라이 무엇인지 그 자체를 모른다.

사랑을 준 경험이 적으니 사랑을 주는 데서 오는 즐거움도 모른다.

사랑을 받을 줄 모르고 사랑을 주는 즐거움을 모르니 정말 불행한 것이다.

사랑을 잘 받기 위해서는 말 그대로보다는 그 뜻을 헤아려 듣는 습관을 길러야 할 것이다.

타인의 마음을 헤아릴 줄 알고 위하는 마음도 길러야 할 것이다.

서로가 무심하고, 서로가 못 알아보는 경우도 있지만. 서로서로 안타까워하면서 아껴주는 경우도 있다. 그런 걸 보면, 정말 원앙부부가 저런 거구나. 싶을 정도다.

부부간병사들도 층을 다르게 일을 하면서도 서로 그렇게 아낀다.

대부분의 간병사는 조선족이다. 중국에서 다른 일을 하다가 간병사를 하는 경우가 종종 있다고 한다. 아무래도, 급여조건이 한국이 더 낫기 때문에 경제적 형편상 간병사를 선택하는 경우가 많다.

사실 간병사가 하는 일은 대부분이 똥오줌 기저귀 갈고, 가래 치우고, 밥 먹이고, 가장 가까운 곳에서 남들이 가장 손대기 싫어하는 일을 하시는 것이다.

내가 엄마의 모든 부분을 돌보다 보니, 간병사들이 묵묵히 환자들 똥 치우고, 엉덩이 닦아주고, 하는 일들이 예사로 보이지 않았다.

부부 간병사들은 남편이 하는 방에 가서 거들어주고, 남편은 부인이 하는 방에 가서 환자를 옮기고 시트를 갈아줘야 한다든지, 목욕실로 옮기는 거 도와준다든지, 서로 몸과 머리를 맞대며 일하는 모습은 참으로 아름다워 보인다.

한 부부 간병사는 남편은 중국에서 회계사로 일하다가 퇴직 후에 간
병사로 나와 계시고, 부인은 간, 담이 안 좋은 상태에서 임시직, 대근
으로 우리 병원에 잠깐 와계셨다가, 워낙 환자들을 꼼꼼히 봐주셔서
보호자들이 부탁해서 계속 같이 병원에 일하시는 분들이시다.
본인 몸도 안 좋은 상태인데, 환자를 극진히 봐주신다.
최근에 부인이 돌보는 방에 여자환자가 초고도비만 환자가 입원하
는 바람에, 그 환자 기저귀 갈거나, 욕창으로 인한 체위 변경 시에 힘
이 많이 들어가게 된다.
순간적으로 힘이 들어갈 때는 복부 쪽으로도 힘을 주게 되는데, 그럴
때마다 간 쪽에 부담이 되었는지, 낮에 잠시 짬을 내어 다른 병원에
외래진료를 받고 오셨다 한다.

한동안 우리 병원에서 일하면서, 통증이 없길래 병이 나은 줄 알았는
데, 정밀 검사를 해야 한다. 중국 가서 검사를 할지, 여기서 검사를 해
야 할지 모르겠다. 하시며 울먹거리셨다.
아직 남편 간병사분한테는 알리지 않았다 한다. 두 분이 참 서로 도
와가며 열심히 일해주셨는데, 참 안타까웠다.

젊어서는 두 분 다 가정을 꾸려나가기 위해서, 자식들 키우기 위해

서, 한동안 떨어져 살기도 여러 번 했다 한다. 이제 나이가 들어서 조금 먹고살만하고, 자식들도 다 결혼하고 분가하고, 이렇게 같이 살면서 일하게 된 게 얼마 되지도 않았는데, 이렇게 늙어서 병까지 얻었다고 한탄하셨다.

나이가 든다는 것은 서글프다, 늙고 병드는 것은 슬픈 현실이다.
아무리 부정하려 해도 인간의 본능은 노화를 멀리 떨어뜨려 놓고 싶어 한다.
물론 자연스러운 인생의 여정을 부정하려는 것은 아니다.
'생로병사의 생명 순환 고리'를 역행하고픈 생각은 전혀 없다. 다만 그 순환 고리를 조금 늦춰보자는 것이다.
평균 수명이 늘어난다면 그에 맞춰 노화의 속도도 늦추는 것이 옳지 않을까?
사람들은 대부분 성장기가 끝나는 24살 무렵부터 생리적인 퇴화 과정이 서서히 시작되지만 이때는 노화의 느낌이 전혀 들지 않는다.
그러나 35~40세가 되면 기능적으로 신체의 노쇠화 현상이 진행되고 있음을 몸으로 문득문득 느끼게 된다
가장 눈에 띄게 피부아래 진피 및 피하지방이 감소하게 되면서 주름이 생기고 피부는 건조해진다.
나이 들수록 피부 건조가 심해지고, 건조가 심해지면, 가려움을 느끼게 된다. 그래서 나이 든 분들은 효자손을 옆에 두고 있는 이유가 여

기에 있다.

늙으면 맛을 구별하는 능력도 떨어진다. 혀 속에 있는 미각 세포가 죽어가기 때문이다.

폐활량도 줄어들어 조금만 걸어도 숨이 차게 되고, 나이 들어가면서 뇌 용량도 어느 정도 줄어들어 손발 놀림이 둔해져서 손이 덜덜 떨리고, 발걸음이 젊은 사람들보다 둔해진다. 이렇듯 나이 든다는 것은 서글프다.

지구상의 모든 생물 중 갱년기란 증상을 보이는 종은 인간뿐이라고 한다.

지구상의 모든 생물은 후대 생산 자식 생산을 못 하게 될 때 생명 적으로도 불꽃을 다하는 죽음의 순간이라고 한다.

페니실린의 발견, 상수도 시설정비, 위생관리 등으로 인간의 수명은 비약적으로 길어졌고, 가임 능력이 없는데도 생존하는 유일한 종이 된 것이다. 여성은 40대 중후반이후 되면 점진적으로 갱년기에 접어들고 보통 5~10년에 걸쳐 서서히 진행된다.

병원에 계신 할머니 환자들의 경우 많은 수가 88세 이상 90대도 상당히 많다.

갱년기를 50~52세에 맞이한다면 몇십 년을 더 살게 되는데, 이 남은 삶을 최대한 노화를 늦추고, 건강하고 알차게 의미 있는 시간들로 시간을 채워나가야 할 것이다.

나이가 들고, 늙고 병들게 되면 마음 놓고 사랑도 못주고, 사랑도 못 받는다.

육체의 기능이 떨어지면, 마음에 힘쓰는 기력도 떨어지게 된다.

병원에서 임종을 앞둔 분들은 이야기한다. 사회적으로 존경도 받고 살아오고, 나름 열심히 살아왔다고 자부하시는 분들인데도 못 한 것이 많음을 후회한다.

많은 분들이 주위에 제대로 사랑을 나누지 못한 것을 가장 후회하는 것 중 하나이다.

죽음에 이르러서야, 사랑을 찾고 있는 것이다.

우리는, 남은 삶을 최대한 후회 없이 보내기 위해서 적극적으로 사랑을 실천해야 한다.

순수한 마음에서 나오는 위하는 사랑을 해야 한다.

순수한 사랑은, 내가 사랑을 주었을 때 사람들이 나에게서 사랑을 받고 있다고 느끼고 존중을 받고 있다고 느낀다면 과히 사랑을 실천하고 있다고 할 수 있다.

항상, 일상에 감사하며, 내가 지금 사랑을 줄 수 있음과 사랑을 줄 시간이 있음에 감사해야 한다.

자신을 사랑하는 사람만이 실천할 수 있고, 많은 사람에게 사랑을 더 많이 나눠주고자 하는 사람이 할 수 있는 것이다.

남을 위해 사랑을 실천하면 따뜻한 마음과 행복감을 느끼게 되고, 거기에서 더 많은 생명 에너지가 생겨난다.

이런 평온한 마음을 갖고 살면 스트레스와 질병이 끼어들 틈도 없지 않을까 한다.

사랑은 이처럼 남도 살리고 나도 살리는 일이다.

07

늘그막의 사랑, 두려울 것 없다

'나중'이란 없으니까 오늘 더 사랑하라!

인생? 그냥 열심히 살다가, 매일 버둥대며 살다가, 가는 거지 머,

한동안 나는 내 꿈이 먼지도 잊고 일상에 매몰되어 살았다.

매일 누워있는 삶이다 보니 엄마의 유일한 친구는 텔레비전이다.

뉴스 보면서 사회 여러 이슈들이 나오면, 쯧쯧 거리기도 하고 최근

트롯프로들이 유행하면서 대체로 트롯프로를 틀어놓고 노래를 따라

부르는 모습을 최근에 많이 보았다.

나는 살면서 엄마가 노래하는 걸 본 적이 없다. 엄마는 음치이기도

하고, 노래에 관심이 없는 줄 알았다.

우리는 노래방도 한번 같이 가지 않았다.

'엄마 노래도 아나? 엄마 노래하는 거 처음 본다.'

'내 , 노래 좋아한다. 알라때 가수 되는 게 꿈이었다. 화가 되는 것도

꿈이었다. 나는 예술가가 부럽더라'

깜짝 놀랐다. 아... 엄마도 꿈이 있었구나.

나만 꿈을 꾸는 사람인 줄 알았다. 청년들만 꿈을 꾸는 줄 알았다.

우리들의 엄마들에게도 다 오래된 꿈들이 있을 것이다. 그러나 살림, 육아, 심지어 생계까지 꾸려 나가야 하느라 꿈을 포기한 엄마들이 얼마나 많을 것인가..

누구나 자신만의 꿈을 하나씩 갖고 있을 것이다.

부모로서 자식 키우는 것 외에 그 꿈을 펼쳐보는 것이 인생 최고의 바람이었을 텐데..

나는 늘 사람들 만나면 꿈이 뭐냐고 물어보고 공감해 주고 응원해 주는 그런 따뜻한 척하는 사람이었는데, 공감능력 있는 인간인 척하고 살았는데,

정작 우리 엄마에게는 물어볼 생각도 안 했던 것이다.

엄마 꿈을 이제야 다 저물어 가는 지금 알게 된 것이다.

엄마 꿈이 뭐냐고 평생 한 번 물어보지 못한 나...

얼마나 무심하고, 불효막심한가 싶어, 부끄럽기 짝이 없다.

뒤늦게야 깨닫는 이 바보 같은 이 멍청함.

그래서 더 엄마에게 제대로 못 하고 살아온 것이 가슴에 한이 되는지도 모르겠다. 그래서 더 절실히 이 책을 쓰는 것인지도 모르겠다.

누구든 꿈을 이루지 못한 회한을 가슴에 남겨서는 안 될 것이다.

 최소한 꿈을 시도라도 해보아야 할 것 아닌가.

엄마들의 오랜 꿈을 마음 저 밑바닥에 던져두게 하지 말고, 일상에 매몰되게 하지 말고, 풀 수 있도록 용기를 북돋워 주자.

'다 늙어서 이제 뭐 하겠노.' 하시며 망설이시겠지, 그래도 엄마 손 잡고 따뜻하게 '엄마 나이가 어때서, 이제는 백세시대다. 내가 엄마 꿈 실현하게 밀어줄게 팍팍!!'
엄마의 황혼 인생을 축제로 만들어 주면 어떨까?
이 세상엄마 이야기는 다 내 엄마 이야기 같다. 다들 하나같이 남의 엄마 이야기인데, 우리 엄마 이야기다. 우리는 전부 비슷한 엄마를 가졌나 보다.
존재 자체만으로도 감사한 엄마, 인생의 스승이며 최고의 친구인 엄마, 이 세상에 단 한 분뿐인 엄마, 그 엄마가 살아 계실 때, 엄마 꿈이 먼지, 엄마 좋아하는 음식이 먼지, 가고 싶은 데가 먼지, 한번 더 물어보고 살펴보고.. 이렇게 사소 한 것들이 최고의 효도가 아닌가 생각한다.
작년 봄, 엄마가 지팡이 잡고, 조금이라도 걸을 수 있을 때, 벚꽃길을 잠시 산책했다. 꽃잎 날리는 걸 보시면서, 봄의 풍경을 즐기시면서도, 이거 볼 날이 또 있겠나 하셨다. 사는 것은 공허하고, 내 곁에 머무는 것은 아무것도 없다는 생각이 든다.

말기 환자에게는 죽음 이후에 '잊힌 존재가 되지 않을까?' 하는 두려움이 있다.

보호자들로부터 자주 듣는 이야기 중 하나가 '아버지가 저런 분이 아니었는데 말기 진단을 받고 많이 변하신 거 같아요..' '같은 사람이라는 것이 믿기지가 않아요'

늘 여유롭고 긍정적이었는데 병에 걸린 후 신경질적이고 이기적으로 변한 모습에 당황스럽다고 한다.

늘 다정하고 대범한 사람이었는데, 타인을 경계하고 작은 일에도 예민하게 반응해서 너무 힘들다, 말기 진단을 받고 성격이 변하고 다른 사람처럼 행동하고 달라졌다는 환자들의 변화에 대해 자주 듣게 된다.

이기적이고, 자기밖에 모르는 사람으로 비칠 수도 있지만, 원래의 나의 모습에 충실해졌다고도 볼 수 있는 것이다.

환자들을 보면, 예전에 먹지 않던 것을 찾게 되는 '식욕'도 특이해지거나, 왕성해지고, 숨겨놓은 사랑의 감정도 생기고는 한다.

예전 근무하던 병원에서, 할머니 환자와, 할아버지 환자가 병원에서 만나서 꽁냥꽁냥 로맨스로 발전하던 모습도 보았다고, 다른 할아버지 환자와 말씀 나누시면, 질투하는 것도 보았다.

엄마 역시 예전의 엄마답지 않은 모습을 보여줘서 나를 깜짝깜짝 놀라게 했다.

한 번은 국도를 타고 대구로 내려가던 길에서 충주호를 가로지르는 다리를 건널 때, "아우 여기는 경치가 정말 좋다. 여기는 젊은 사람들 데이트하러 오면 딱 좋겠다."

나는 너무 놀랐다. 엄마는 항상 냉정하고, 사랑 따윈 개나 줘라고 말할 정도로, 사랑, 연애, 로맨스 그런 종류의 단어와는 거리가 먼 사람이었다.

'엥? 엄마도 그런 말 할 줄 아나?' '와, 나는 그런 말 하믄 안되나?' '엄마 그런 오글오글 거리는 말 싫어하잖아' '그래, 그런데 이런 경치 보니까, 나도 젊을 때로 돌아가서 연애도 해보고 싶고 그러네.'

엄마가 그런 속내를 내보인 건 처음이었다.

나이 들어도 병이 들어도 사람이었고, 여자이었던 것이다.

우리 모두는 욕망에 충실하다. 단지 드러내지 않을 뿐이었던 것이다. 엄마라는 이유로, 삶을 살아가야 하는 일상인이라는 이유로. 늘 저 안에 숨기고 살았던 것이다.

엄마도 아버지 하고 사별하지 않았더라면, 사랑받고 살았을 텐데,... 모든 이별과 사별은 결코 유쾌하거나 즐거운 경험이 될 수 없다.

이 책을 처음 시작할 때는 엄마가 병석에 누워계셨지만, 현재 이 시점에서는 며칠 전 아버지 곁으로 가신 상태이다. 근 45년을 떨어져 사신 것이다.

엄마의 유골함은 아버지 곁에 묻어 드렸다.

이제는 아버지 곁으로 가셔서 두 분, 여기서 못다 한 사랑, 영원히 함께 하시길 바란다.

3장

생의 마지막을
평온하게 보내기 위해
알아야 할 것들

예고도 없이 찾아오는 죽음을
아름답게 맞이하려면, 먼저 사랑하는 사람들과
함께하는 지금의 삶이 아름다워야 한다.
사랑하는 사람들과 함께 만들어가는 '행복한 삶'이
'아름다운 죽음'으로 이어진다.

01

상처로 남지 않을 죽음을 위하여

TV 다큐멘터리에서 우연히, 알프스산에서 조난당한 사람을 기억하는 십자표지판이야기가 나왔다. 그 십자가 표지는 등산객을 위한 대피소에서 불과 5m 남은 지점에 있었다.
안타까운 일이 아닐 수 없다. 그런데, 세상에는 이런 안타까운 죽음이 참으로 많다.

전쟁통에 실컷 피난지에 무사히 도착했다고 안도하는 순간, 폭격기 공격에 무참히 죽은 사람들도 있고, 전쟁통에 집단 학살을 당하여 죽는 경우, 적군들이 밀려온다는 소식을 듣고도, 아이들이 너무 어리거나, 환자가 있어서, 피난을 못 가서 죽음을 당한다던지, 다른 차들의 졸음운전등으로 인한 교통사고로 인한 죽음, 태풍, 눈보라, 심장병, 암등 질환으로 인한 어린 나이의 죽음등, 억울할 만큼 불가항력적으로 세상을 떠나는 사람들이 참으로 많다.

알프스산에서 조난당한 채로 눈보라 속을 대피소를 지척에 두고 그 자리를 빙글빙글 돌면서 5미터만 더 앞으로 나아갔다면, 살았을 텐데, 적군들이 미리 올 것만 알았더라도 살았을 텐데...라고 안타까워하지 말자.

모두가 성공을 말하지만, TV 등 미디어 매체에도 성공한 케이스들의 눈부신 이야기, 영웅담의 주인공이 화제의 인물이 되지만, 그럼에도 불구하고, 실패한 사람에게도 비추는 따뜻한 햇살을 아름답게 바라봐 줄줄 알고, 실패한 듯 보이는 삶에도 공감할 줄 알아야 할 것이다.

성공한 사람들에게 축하의 인사를 하더라도, 그렇지 못한 사람에게도 그 삶을 인정하고 격려하며 그 안에서 축복과 행복을 발견해보자.
알프스 조난자의 그 죽음이 헛되지 않게 그 십자 표시판을 세움으로써, 수많은 조난당한 생명을 구했을 것이다. 이 얼마나 값진 죽음인가.

나이가 어느 정도 들고 나서 오빠와 이런저런 옛날이야기를 많이 나

눈 적이 있었다. 오빠가 지금보다 더 젊었을 때, 오빠는 돌아가시기 전의 아버지를 많이 원망했다고 한다.

아버지는 돌아가시기 전에 어린 큰아들인 오빠에게 매우 엄격하게 대하셨다.

아직도 초등학교 아이인데, 가차 없으리 만큼 버거운 양의 공부를 하게끔 회초리를 드셨고, 어린 오빠는 아버지를 많이 원망했다고 한다.

아마도 아버지는 당신이 얼마 못 살고 죽으리라는 것을 본능적으로 알고, 소년 가장 역할을 할 오빠가 맹탕맹탕 노는 게, 위기감을 느끼셨을 수도 있다.

아버지의 책임으로써, 어린 아들의 어깨에 짐을 모두 다 내려놓고 가져야 하니 그 발길이 얼마나 무거웠을까? 그래서 어린 아들을 더 재촉하셨을지도 모른다.

어른이 된 오빠는 지금 아버지를 이해한다고 하였다.

아마 많은 한국의 가족에서 이런 경우가 많은 거 같다.

아버지는 스스로가 돌아가실 것을 미리 알고 있었으니, 맏아들이 좀 더 어른스럽고 책임감 있게 행동을 해주기를 바라고 계셨을 것이다.

이런 경우 아들들은 아버지한테 많은 회환과 안타까움 등등을 가지고 있게 된다.

우리나라 대부분의 가족 안에서, 아버지와 아들의 관계가 그렇지 않을까 한다.

아버지의 죽음이 헛되지 않기 위해, 아들을 제대로 세워 놓고 가야 한다는 생각이 얼마나 크셨을까. 사랑하지 않는 아들들이 어디 있으랴.

나 역시 엄마와의 관계는 애증의 관계이다. 서로 상처 주는 말하고, 상처받고, 나한테 해준 게 뭐가 있느냐, 나를 노예처럼 부려 먹기 밖에 더 했느냐.

엄마가 병석에 누워 힘들어하시고, 통증으로 고통스러워하니까. 처음엔 그래 엄마 너 내가 당한 만큼 아파봐라 하는 아주 고약한 마음이 든 적도 있었다.

나는 착한 딸이 아니다. 밖에서는 나는 천사로 불리기도 했지만. 집에서는 결코 만만치 않은 딸이었다.

밖에서 쌓아온 마음의 독을 집에서 뿜어 댔던 것이다.

내가 왜 그런 어리석은 짓을 했는지 지금은 후회 막급이다.

얼마 전에는 엄마와 나 조촐하게 둘만의 고별식을 했다.

"엄마 나는 엄마 죽어도 장례식 안 간다. 엄마하고 나는 풀 거 다 풀었다."

"그래 오지 마라, 니는 내한테 할 거 다 했다. 아이다. 해야 될 거보다 몇 배 몇천 배 했다.

이 세상에 니 같은 딸 없다."

나는 "인제라도 그렇게 알아주니..." 말을 더 잇지를 못했다.

너무 서운하기도 했지만. 그런 말 해주니 감사하기도 했다.

나는 학교를 일찍 들어갔고, 생일도 늦어서 초2 (초1, 6살에 가까운 나이였다. 요즘 만 나이로 하면 5살쯤밖에 안 됐을 때부터) 냄비밥을 했다.

엄마는 시골 할아버지댁에 제사 지내러 가고, 아버지는 아프고, 하면서 둘이 손잡고 누워서 엉엉 울었다.

엄마와 딸, 아버지와 아들들 간의 해묵은 감정은 다 털어 내고 가야 한다. 나한테 잘해준 것만 기억해야 한다. 서로 마음속에 응어리진 것은 다 용서하고, 내가 받은 것만 기억하고 감사의 마음으로 오늘을 보내고, 내일을 맞이해야 한다.

죽음을 자주 접하는 요양병원 종사자들은 환자들을 한 명 한 명 떠나 보내면서 죽음에 대한 자기만의 생각과 정의를 만들게 된다.
나에게 죽음은 두려움이었지만, 요양병원에서 일하게 되면서 이제 는 두려움이라기보다 아름다운 삶의 마무리'라고 표현할 수 있게 되었다.

대부분의 환자들은 평생을 자신의 삶이었는데도 가족들을 돌보느라 한 번도 자기 인생에 주인공이었던 적이 없었다.

이 병원에서나마 잠깐이나마 오로지 완전히 자신만의 삶의 주인공
인 것이다.

그리고 삶의 마지막을 아름답게 마무리할 수 있도록 주변 사람들이
온 마음으로 돕고 있다.

그러다가 죽음의 순간이 다가오면, 죽음은 이제 사랑하는 이들과 헤
어지는 이별이 되는 것이다.

죽음 이후 남겨진 가족들에게는 죽음 자체보다는 헤어짐이라는 것
이 더 큰 아픔으로 다가온다.

아무리 보고 싶어도, 그리워도 더 이상 만날 수도, 손도 만져볼 수 없
는, 반겨줄 수도 없는 아픔이 된다.

이 상처는 오랫동안 가족들의 가슴에 못이 박히어 마음을 아프게 하
는 것이다.

유방암과 폐렴등 여러 병을 진단받고 들어오신 환자분이 계셨다.

딸들이 4명이나 있었는데, 이 딸들 모두가 엄마한테 지극 정성이
었다.

엄마가 자기들 키우느라 너무 고생했다 한다.

여수에서 서울까지 모셔와 우리 병원으로 입원을 시킨 것이다.

딸들이 돌아가면서 집중치료실로 면회를 왔고, 그 환자분은 딸들을
알아볼 수 없는 상황까지 갔다. 몸은 더욱 쇠약해져 갔고, 통증이 그

환자를 몹시 힘들게 했다.

"우리 엄마 어떻게든 살려주세요." 면회 올 때마다 딸들 모두가 눈이 퉁퉁 붓도록 울었다."

우리 엄마가 얼마나 우리 때문에 고생한 줄 모른다. 제발 살려주세요." 어떻게든 병마와 싸우려 했지만, 더 이상 손쓸 수 없는 상황이 되었고, 시간이 얼마 남지 않았다는 것을 모두가 알았지만, 아무도 받아들이지 않았었다.

딸들은 '아직은 아니야.'라고 말하고 싶은 눈빛이었고. '어떻게 이분 들에게 이별을 이야기해야 하나' 생각하니 가슴이 먹먹해졌었다. 이별을 준비할 엄두가 나지 않았을 것이다. 엄마를 호강시켜드리고 싶었는데, 아직 다들 사회 초년생이었고, 자리도 못 잡았던 딸들이어서 더 마음이 아팠었을 수도 있다.

환자 상태가 점점 더 악화되면서, 말도 못 하고, 얼굴은 뼈가 점점 더 앙상하게 드러나고 통증이 환자의 얼굴을 일그러지게 만들어 놓아 서 전혀 딴 사람으로 만들어 버렸던 것이다. 딸들은 더 이상 엄마를 위해서 무엇을 더 해주어야 할지 도무지 알 수가 없어서 더 괴로워했다. 환자가 힘들어하면, 더 강력한 진통제를 요구했고, 환자가 상태가 더 나빠지면, 약물 탓 병원 탓을 했고, 보호자 딸들은 더 혼란스러워했고, 우리도 힘들었었다.

그렇게 20대 딸들은 준비가 전혀 되지 않은 채로 하늘나라로 엄마를 떠나보냈다.

사랑하는 사람과 원치 않은 이별을 해야 한다는 것을 어떻게 준비하고 어떻게 받아들일 수 있을까?

혈압이 떨어진다든지, 호흡양상이 안 좋아지다든지, 산소포화도가 떨어지면 보호자들에게 전화를 해서 '마음의 준비를 하셔야 합니다' 라는 말을 자주 한다.

지금에 와서 생각해 보니, 사랑하는 사람과 이별해야 하는 가족들에게 잔인한 말일수도 있다는 생각이 든다.

그래도, 그 딸들을 보면서 생각했다. 그래도 이별을 준비를 했어야 했다.

죽음을 준비해야 하는 것이 아니라, 지금 곁에 있는 사랑하는 사람과의 이별을 준비해야 하는 것이다.

왜냐하면, 죽음은 우리가 준비되지 않은 순간, 우리가 원치 않은 어느 때건간에, 불시에 불쑥 찾아올 수 있기 때문이다.

예고도 없이 찾아오는 죽음을 아름답게 맞이하려면, 먼저 사랑하는 사람들과 함께하는 지금의 삶이 아름다워야 한다.

사랑하는 사람들과 함께 만들어가는 '행복한 삶'이 '아름다운 죽음' 으로 이어진다.

죽음을 바로 앞에 두고 비틀어져버린 가족관계를 다시 바로 세우기란 힘들고, 이미 지나간 시간들은 결코 아름답게 바꿀 수는 없는 것인 것이다.

지금 살아가는 이 순간이 가장 행복한 순간이 될 수 있도록 열심히 살아야 한다.
어긋나고 비틀어지고, 보기만 하면 아웅다웅하는 관계를 제대로 회복시키기 위해서는 열심히 노력도 해보아야 한다.
우리가 살아 숨 쉬는 이 순간이 누군가에게는 간절히 원했지만 가질 수 없었던 소중한 시간이었다는 사실을 기억해야 하는 것이다.
그래서 매 순간 감사히 여기고 헛되이 흘려보내서는 안 될 것이다.

나중에, 나중에 해야지, 나중은 없을 수도 있다. 지금 바로 해야 하는 것이다.
특히 나중으로 미루고 있는 일들 중, 누군가를 미워하고 있다든지, 가족 중 관계가 소원하다든지 해서, 용서를 구하거나, 용서를 할 일이 있다면, 지금 당장 해야 할 것이다.
가족 소통도 지금 해야 하고, 나중으로 미루어 놓으면, 그때는 영영 오지 않을 수도 있는 것이다.
오늘이 마지막이다라고 생각하고, 순간순간 최선을 다 해야 할 것이고, 지금 내 곁에 있는 사람들에게 '사랑한다' '고맙다' '미안하다'라

고 말하자

상처로 남지 않을 죽음을 위해서 마음을 다해서 고마워하고, 사랑하자.

"끝이 좋으면 모든 게 좋다"는 말처럼 이 세상이 힘들고 아프고 어려웠어도 죽음이 아름답게 정리되면, 우리 모두의 삶도 아름답게 마무리된다. 모두의 삶이 존엄하고 귀하듯, 모두의 죽음도 존엄하고 귀하다.

다가오는 스스로의 죽음을 생각해 보고, 나아가 현재 우리의 주어진 시간을 의미 있게 채워 나가야 할 것이다.

02

죽음이 곧 끝이 아니다

나는 많은 환자와 '다시 볼 수 없는 헤어짐'으로 이별을 한다. 다시 만날 가능성이 있는 이별이 아니라, 죽음이라는 삶의 끝을 같이 하는 것이다.

특히나 요양병원 당직이라는 일, 나의 삶, 나의 일과 속에 죽음이 있는 것이다. 십수 년이라는 세월을 요양병원 당직일을 하면서, 꽤 많은 환자들과 보호자들을 만났고, 헤어짐을 경험했다.

죽음이란 것은 삶과도 같다. 우리 모두의 삶이 개개인 다 다른 모습을 가지고 있듯이 죽음을 맞이하는 순간도 다 각각 다른 모습을 가지고 있다.

죽음을 맞이하는 신체적인 증상은 비슷할지 몰라도, 죽음을 대하는, 죽음을 맞이하는 모습은 환자, 가족들, 다 제각기 다른 모습을 보여 준다.

늘 나의 삶에는 내 곁에는 삶과 죽음이 동시에 존재했던 거 같다.

지금도 거의 매일 임종선언을 하고, 하늘로 사람들을 보내고 있다.

글 쓰고 있는 이 주말에도 벌써 3분이나 저 세상으로 인도했다.

코로나 때도 그랬지만, 최근까지도 주말에는 많게는 4~5명의 꽤 많은 숫자로 하늘로 인도하고 있었다. 지난 몇 년간 정말 많은 숫자의 환자분들을 하늘로 보냈다.

내가 환자들의 생과 사를 판가름했던 것이다. 내가 무엇 이건데? 사람들의 살아있음과 죽었음을 판단 한다는 말인가?

내가 어릴 때 사주를 보는 한 스님이 내가 명줄을 짧게 태어났다 한다. 이 말은 어린 나에게 충격으로 다가왔었다.

내가 내 명줄을 이으려, 이렇게 사람들을 저 세상으로 많이 보내나? 불현듯 이런 생각까지 하기도 하였다.

우리 아버지는 내가 만으로 10살 때, 초등학교 5학년때 돌아가셨다. 생일도 늦은 데다, 학교까지 일찍 들어갔으니, 요즘 만 나이로 하자면 10살 때 돌아가신 것이다. 어린 나는 '나 때문에 일찍 돌아가셨나?'이런 생각까지도 한 적이 있었다. 죄책감마저 들었었다.

얼마 전 아버지의 기일이 지났다. 누구나 '아버지'라고 하면 하나씩은 특별한 추억들이 있을 것이다.

우리 아버지는 평소에도 과묵하시고, 일찍 돌아가셔서 많은 추억은 없지만, 그럼에도 불구하고, 아버지 하면 가슴 시린 기억들이 있을 것이다. 우리가 좋아하든 좋아하지 않든, 아버지는 삶의 많은 부분을 함께 했다.

우리나라 많은 아들들은 성인이 되기 전까지 아버지를 원망하고, 관계가 소원해졌다가, 나중에 성인이 되고, 가장이 되고 나서야 아버지를 이해하게 되고 관계들이 좋아질 만하면, 아버지는 내 곁을 떠나시고,... 이런 종류의 이야기를 참 많이 들었다.

A환자분은 소위 독거 할저씨였다. 주민센터 사회복지사가 우리 병원에 넣어준 케이스로, 알코올 의존증에 뇌경색, 폐렴, 영양실조 등, 많은 병을 한 몸에 다 지니고 있는 가운데 혼자 지내셨던 것이다.

무연고로 알고 있었는데, 미국에서 사는 딸이 아버지를 수소문하여 오랜 시간 끝에 병원에 찾아오신 것이다.

딸과 아버지는 수십 년을 떨어져 살았던 것이다.

엄마는 누군지도 모르고 아버지는 어린 딸을 혼자서 키우기 벅차서 미국으로 입양을 보냈다.

그 딸은 친 아버지를 원망만 하며 살다가, 시간이 흘려 하느님을 믿게 되면서 사랑과 용서에 대해 배우게 되면서 아버지를 다시 찾아볼 용기가 생겨서 영사관과 어린 시절 살던 동네 주민센터등을 통하여 아버지를 찾게 되었다.

현재의 아버지의 모습을 보고 울음을 터뜨리면서 "왜 내가 진작 아버지를 한 번도 찾지 않았을까? 손자들 품에 한번 안겨 드리지도 못하고, 따뜻한 식사 한번 차려 드린 적이 없는데"
하시면서 많이 우셨다.

그래도 다행히 그 환자분이 돌아가시기 전에 찾았고, 딸은 아버지 손도 잡아 보았고, 예전 원망스러웠던 모든 것을 용서하고, 편안한 마음으로 사랑한다고 말씀하셨다.

그 소리가 그 환자분 귀에 전해지길 바라면서...

그 환자는 마지막까지 누구에게도 짐이 되지 않으려고, 집에 홀로 지내는 동안 아프다는 말도 못 하고 홀로 아픔을 참아내면서, 죽을 만큼 견딜 수 없는 지경이 되고 나서야 사회복지사한테 연락하고, 입원을 결정하게 된 것이다.

다행히 환자는 입원하고 나서, 어느 정도 통증도 조절되었고, 폐렴도 완치는 되었고, 딸과 이야기도 할 수 있는 상황이기는 했으나, 그들에게 남겨진 시간이 얼마나 될지는 아무도 모른다. 얼마 뒤 딸이 아버지를 퇴원시켜, 모시고 가셨기 때문에 그 뒤 소식은 알 수는 없다.

다만, 아버지로서 딸로서 서로에게 할 수 있는 최대한으로 아껴주고 사랑하며, 이별했으면 하고 바랐다.

죽음은 사랑하는 사람들과 이별하는 절망적인 일이다.

그러나 그 환자는 고집을 꺾지 않았고, 결국 병원에서 노래방 기기와 앰프 마이크 등 각종 노래자랑 기기들을 마련하여, 병원에서 환자들을 위한 큰 노래자랑 잔치를 마련하여, 인근 주민들, 회사 사원들까지 초대하여 멋진 잔치를 열었고, 환자들, 주민들 전부 노래 가락을 신나게 뽑고, 춤추고, 한바탕 신나게들 노셨다.

늘 무료하게 누워만 계시던 환자들은 정말 좋아하셨다.

다른 환자들, 주민들도 다들 무대에서 열창을 했고, 그 한복 디자이너는 사회복지사의 손을 잡고, 예전에 본인이 만든 한복을 곱게 차려입으시고, 아주 멋들어지게 노래 가락을 뽑으셨다. 영상도 찍어드리고, 우리 직원 선생님들은 꽃다발과 환호성으로 축하를 해드렸다.

정말 가슴이 뭉클했다. 다들 저렇게 가슴에 열정을 품고 계셨던 것이다.

환자라고 해서, 몸을 못 움직인다고 해서, 남에게 폐가 될까 해서, 늘 주춤거리고 있으면 아무도 알 수가 없다. 당당하게 내가 하고 싶은 거 같이 해달라고 부탁하면, 진솔한 마음만 있으면 그 뜻이 다 전달된다.

아파도, 불편해도, 내가 하고 싶은 것을, 제대로 가족들에게 전달하자. 후회 없는 삶이 되도록, 하고 싶은 것은 꼭 하도록 하자.

마음이 기뻐지면, 몸의 면역세포들도 활성화되어, 병과 싸울 수 있는 힘을 기르게 되는 것이다.

내 마음과 내 몸을 기쁘게 해 줄 수 있는 사람은 나 자신인 것이다.

엄마의 친구 한분도 80이 훌쩍 넘으신 나이심에도 불구하고, 심부전증, 메니에르증후군등 여러 병에 시달리시면서도 열심히 주민센터, 문화센터 찾아다니시면서, 영어회화도 배우고, 서예도 배우시고, 수영도 하시면서 하루하루를 꽉 차게 보람되게 보내신다.

어릴 때부터 영화가 좋아서 영어를 공부하고 싶어 하셨으나, 집안에서 결혼을 일찍 서두르시는 바람에 영문학과를 가지 못하셨다 하시면서, 평생의 한을 지금이라도 풀어야 한다면서 정말 열심히 다니셨다.

아들을 앞세우고 딸을 앞세워 운전하게 하시고, 배울 곳이 있으면 열심히 찾아다니셨다.

"애들 앞세워 다니는 게 미안하지만, 이렇게 아니면 애들 자주 볼 기회도 없어. 나 뻔뻔하지? 뻔뻔해도 어쩔 수 없어. 하하하하 내가 지들 어릴 때 이렇게 키워줬으면 됐지. 나도 애들 좀 부려먹자, 이해해 주라 하하하" 하시면서 그렇게 소녀같이 웃으시곤 하셨다.

얼마나 보기 좋은가?

대부분의 우리 부모님들은 자식한테 폐 끼칠까 걱정돼서 감히 뭐 하러 같이 가자 말씀 못하신다.

팔순 노모가 예쁜 모자 쓰시고 아들 팔짱 끼고, 예술의 전당에 콘서트 보러가고, 경복궁 미술전 보라 가는 뒤 모습은, 생각만 해도 참 아름답고, 흐뭇하다.

'오늘 즐길 수 있는 건 뭘까? 내일은 연극 보러 갈까?' '뮤지컬 공연이 있던데, 딸이랑 같이 갈까?' 늘 새로운 것, 즐길거리, 자녀들과 조금이라도 더 즐길 수 있는 걸 찾으시는 모습이 참 신선하게 보였다.

우리 병원 환자분 한분도 매일 아침부터, 저녁까지 아주 열심히 그림을 그리시고 계신다. 새벽 회진을 돌 때, 병실 문을 열면 일찍 일어나셔서 거울을 보고 눈썹도 예쁘게 그리시고, 입술도 예쁘게 루주 바르시고 난 후, 사과도 꼭꼭 챙겨드시고,, 그때부터 50색 색연필을 침대에 쫙 펴놓고 그림 그리기를 시작하신다.

참 정성스럽게 그리신다. 하루의 거의 모든 시간을 그림 그리기에 집중하신다.

뇌경색증으로 말씀도 어눌하고 손동작도 제대로 되지 않지만, 아주 열심히 한 땀 한 땀 세밀하게 그리신다.

이외에도 70대에 그동안 모은 모든 돈을 털어 염원하던 '집'을 설계하고 건축까지 스스로 한 사람 등등, 평소 본인이 하고 싶은 일을 끝까지 포기하지 않고, 열심히 하루하루, 꿈을 이루기 위해 사는 사람들이 있다.

아픈 것은 아픈 것이고, 내 꿈은 내 꿈인 것이다. 아무리 아파도, 내가 평소 하고 싶던 것을 해야 직성이 풀리는 것이다.

죽음을 앞두었다고 해서 인간이 지니는 욕망과 열정적인 감정마저 모두 사그라드는 것은 아니다. 설사 남들이 보기에 허무맹랑하고, 터무니없는 소망일지라도, 계속해서 하고 싶은 것, 이루고 싶은 것을 찾아서 실행해 나가시는 것이다.

'폐를 끼치고 싶지 않은 마음'에 있는 힘껏 저항하고, 후회 없이 '내 마음 가는 대로'해야만 본인뿐만 아니라 남겨진 이들도 행복할 수 있는 것이다.

나 역시 내 인생 마지막 순간까지 진정 내가 하고 싶은 것을 계속해서 찾고 버킷리스트를 만들고, 하나하나 실행해 나가고 싶고, 나가려고 한다.

그것이 일이어도 좋고, 취미여도 좋다. 봉사여도 좋다. 집에서 혼자서 담담히 하는 일일수도 있을 것이고, 여럿이 같이 조직적으로 왁자지껄 같이 하는 일일 수도 있을 것이다.

내가 나이가 더 들었을 때, 내가 그 무엇을 찾고, 그 꿈을 이룰 수 있도록, 몸과 마음의 건강 관리를 잘해놓아야 할 것이다.

06

통증 조절, 삶의 질을 위한 마지막 노력

매일 아침 퇴근 후 들어오면 엄마는 그 전날 보다 더더더 통증으로 고통스러워했고, 진통제 숫자를 세보면 더 많이 먹었다. 급기야 1월 15일 월요일에는 잠을 못 자니 더 아프다.

수면제라도 먹고 콱 죽었으면 좋겠다.

엄마는 "수면제 먹고 죽으려면 수십 알 먹어야 된다. 수십 알 먹으면 목구멍에 막히가, 엉가이 목구멍으로 넘쿠겠다." 킥킥거리면서도 "다 뱉아 낼끼다. 엄마는 그거도 못 묵는다."

그러면서 경상도식 냉소적 농담을 했다.

두 개 세 개 묵으도 안 괜찮캤나? 라고 힘없는 목소리로 반문한다. 예전 같으면 돼 받아쳤을 엄마인데, 정말 통증으로 힘들긴 힘든가 보다.

예전 같으면, 수면제 소리만 나와도 결사반대 했을 텐데.. 이제는 엄마가 원하는 건 웬만한 건 다 들어주려고 한다.

약의 부작용을 누구보다 잘 아는 터라, 정말 가급적이면 약을 주고 싶지 않았지만. 엄마의 삶의 질도 생각해야 했다. 일부러라도 반찬도 여러 종류 제철에 다 맛볼 수 있도록 준비해준다.

인간의 고통은 삶의 필연이다. 고통 없는 인생은 없다.

고통에도 양과 질이 있다.

큰 고통을 한꺼번에 받으면 삶이 산산이 깨질 수도 있지만.

작은 고통은 또 다른 제2의 삶을 창조하기도 한다.

과학이 아무리 발전해도 의사의 치료율은 100%라는 말은 맞지 않다. 생로병사는 불변하는 섭리이다.

그래도 치료율을 더 높이고 수명을 조금이라도 연장하려고 의학계는 최선을 다해 연구해 왔지만, 생명은 극복할 수 없는 한계상황에 부닥치게 된다.

통증을 관리하지 않으면 스트레스가 높아져서 우울과 불안 증상에 시달리고, 이는 곧 수면장애로 인한 만성피로, 무기력증을 불러온다. 또한 가족 간의 불화, 음식섭취의 제한, 의지 저하등 일상생활 전반에 부정적인 영향을 미친다. 그리고 당연하게도 병 치유에도 결코 좋은 영향을 미치지 않는다.

여기에는 '참으면 나아지겠지', '진통제 부작용이 더 심각하다'같은 환자의 잘못된 믿음도 통증관리를 방해하는 요인으로 한 몫하고 있다.

그러나 의사의 처방에 따른 올바른 통증관리는 치료의 효과를 높이는 것은 물론, 피로를 줄이고 삶의 질을 개선하기 때문에 환자가 적극적인 자세로 통증관리에 임해야 한다.

많은 환자들이 두려워하는 통증의 90퍼센트 이상이 적절한 처치를 통해 조절이 가능하다.

통증이 나타날 때는 즉시 의료진에게 말해서 초기에 진통요법을 쓰는 것이 효과적이다.

이런 통증관리의 기본은 진통제이다. 전문 의료진은 환자의 보고에 따라 통증의 강도와 양상을 고려한 후 정확한 진통제를 처방한다.

따라서 담당의나 의료진에게 자발적으로 통증의 증상을 세세하게 보고하는 것이 중요하다.

평소에 일기장이나 집안에서 잘 보이는 곳에 기록해 두고, 진료받을 때 보여주면 통증을 더욱 빠르게 잡을 수 있다.

가벼운 통증의 경우에는 대부분 비마약성 진통제로 조절하고, 중강도 통증이면 약한 마약성 진통제, 심한 통증일 때는 강한 마약성 진통제를 처방한다.

마약성 진통제의 중독과 부작용에 대해 우려하는 환자들이 있는데, 크게 걱정할 필요는 없다.

의사가 환자의 몸 상태를 주의 깊게 살피며 처치하기 때문에 의사의 지도에 잘 따르면 도니다.

먹는 약물 외에도 피부에 붙여서 약을 서서히 퍼지게 하는 패치나 항문에 삽입하여 약효가 바로 몸으로 흡수되는 좌약의 방법도 있다.

또 진통제를 정맥을 바로 주입하는 피하주사, 정맥주사, 가는 줄을 통해 척수강 내에 진통제를 주사해서 통증을 완화하는 경막 외 주사 등의 방법이 있다.

자가 관리법으로는 마음의 긴장을 푸는 이완요법이나 냉찜질, 온찜질, 마사지 등이 통증을 줄이는 데 도움이 된다.

육체적 고통을 없애기 위해 병원에 다니고, 정신적 영혼의 아픔을 치유하기 위해 종교를 가진다.

하지만 종교가 영혼의 고통을 다 없애주지 못하고, 의학 역시 육체의 모든 고통을 없애 줄 수는 없다.

고통은 막을 수도 없고, 저절로 없어지지도 않는다. 고통은 오로지 마주치고 직시하고 견디어 냄으로써 사라진다.

모든 사람에게 선천적으로 정해진 고통의 양은 동일할 것이다. 하지만 그 고통을 받게 되는 방식이 천차만별이다.

그 고통을 한꺼번에 쓰나미로 받게 되면 그건 삶이 산산이 부서지는 저주에 가깝다. 사람은 갑작스러운 큰 고통은 감당하기 어울지라

엄마의 손자 손녀들 젖먹이 때부터 혼자서 24시간 365일 육아, 가사를 도맡아 하시다 보니, 그 막중한 노동과 스트레스로 결국은 병을 얻으셨다.

우리나라 사람들이 자주 사용하는 외래어 중 1위가 '스트레스'라는 보고가 있었다.

이처럼 현대인은 일상 속에서 다양한 요인의 스트레스에 노출되어 생활하고 있다.

'스트레스는 만병의 근원'이라는 말처럼 과도한 스트레스는 두통, 위장장애 등과 같은 신체적 증상과 우울증, 집중력 저하 등의 정신적 및 정서적 증상을 유발하기 때문에 이에 대한 저항력을 높이고, 생활 속에서 적절히 관리하는 것이, 중요하다.

정말 사소하게 보일지 몰라도 평소의 식사 습관, 생활 습관 등 작은 것들이 나중에는 큰 병으로 연결이 될지, 건강한 생활을 영위할지를 결정하게 된다.

일상생활동안 스트레스를 완벽하게 피할 수는 없겠지만, 스트레스를 조금이라도 완화할 수 있는 식사 습관과 음식에 대해 간단하게 이야기해보자면,

첫째, 규칙적으로 식사하기

어디서나 듣는 말이어서 , 식상할 수도 있겠으나, 그만큼 중요하단

이야기이다.

과도한 스트레스는, 식사 건너뛰기, 편식, 폭식, 폭음, 등 다양한 양상의 식욕의 변화를 초래하게 된다.

식욕변화에 따라 식사가 불규칙해질 경우, 소화장애, 급격한 혈당변화, 체력소진 등 몸의 신진대사 변화, 호르몬, 효소등의 분비 장애등 체내 교란이 발생하게 되고, 이에 저 항하기 위한 몸에 2차적 스트레스가 유발되게 된다.

따라서 매 끼니 균형적인 식사와 간식을 시간과 양을 정하여 규칙적인 시간에 정해진 양을 먹는 것이 스트레스 관리의 출발이라고 볼 수도 있다.

균형식사의 한 예시를 보자면

곡류군 (현미, 잡곡밥, 고구마, 통밀빵, 떡등 탄수화물류 1가지) + 어. 육류군(두부, 달걀, 생선, 살코기등의 단백질군 1가지) + 채소군 (김치, 나물, 샐러드, 쌈채소, 해조류 등의 비타민, 무기질, 섬유소류 1가지)등의 영양군을 갖춘 식사를 해야 하는 것이다.

두 번째, 행복 안정 호르몬인 세로토닌을 만드는 영양소의 섭취를 늘리는 음식을 고려하자

'행복물질'이라고 불리는 세로토닌은 기분을 조절하는 대표적인 신경전달 물질이다.

외부로부터의 자극은 신경전달물질의 분비 상태를 시시각각 변하게 한다.

원활한 세로토닌의 분비는 스트레스로 인한 불안정한 감정 상태와 우울감을 줄여주는 데 도움이 될 수 있다.

그렇다면, 세로토닌을 만드는데 어떤 영양소가 필요하고, 어떤 음식에 많이 들어있는가?

1) 트립토판

세로토닌을 만드는 주원료는 트립토판이다. 트립토판은 단백질의 기본 구성단위인 필수 아미노산중의 하나이다.

우리의 뇌에서는 트립토판으로부터 세로토닌을 생성해 내는 화학반응이 끊임없이 일어나고 있다.

일부 연구에서는 트립토판이 풍부한 식품을 세끼 식사 식단 구성에 넣어 꾸준히 섭취하면, 불안감 감소, 기분이 안정되고, 상승한다는 보고가 있었다.

트립토판은 체내에서 합성되지 못하는 필수 아미노산이기 때문에 반드시 음식을 통해 섭취해야 하며, 원활한 세로토닌 합성을 위해 트립토판의 급원 식품인 돼지고기 뒷다리 (vt B군 역시 풍부한 단백질 공급원 중의 하나다.) 달걀 대두 우유등 주위에서 구하기 쉬운 단백질 공급원이다.

2) 포도당

포도당은 트립토판이 세로토닌으로 전환되기 위해서 반드시 필요한 영양소이다.

포도당은 단당류로써, 탄수화물 중에서 가수분해를 하여도 더 이상 분해되지 않는 가장 기초적인 당류이고 다당류를 형성하는 기본 단위가 된다.

생명체의 주 에너지 발생원으로 피에 녹아 있으면 혈당이 되는 것이다.

우리 뇌는 다른 부위와 달리 포도당만을 에너지 원으로 사용한다. (사용할 포도당이 없을 때는 체재지방을 분해해 케톤체를 비상적으로 사용하기도 한다.)

그래서 정신적으로 피로할 때 포도당이 들어있는 달달한 당류를 섭취하면 정신이 번쩍 드는 것이다.

당류가 혈액으로 흡수되기 위해서는 포도당의 크기로 작게 부서지는 소화과정이 필요하다

설탕, 사탕, 초콜릿 등의 단당류가 많은 식품은 이러한 소화과정 없이 빠른 속도로 당이 흡수되기 때문에 급격한 혈당 변화를 초래하게 된다.

이때 우리 체내에선 혈당변화에 저항하기 위한 내부적인 스트레스를 겪게 된다.

따라서 혈당의 기복을 최소화하기 위해서는 혈액 속으로 천천히 당이 흡수될 수 있도록, 잡곡밥, 잡곡빵, 고구마 등에 풍부한 다당류(복합탄수화물) 형태로 섭취해야 한다.

소화과정 중 분비되는 인슐린은 뇌의 세로토닌 활동을 상승시킨다고 하니 매끼 식사에 적정량의 곡류군을 적당히 섭취하는 것이 중요하다.
아마도 이런 이유로 정신적인 일을 많이 하는 사람들, 컴퓨터를 많이 다루는 사람들은 스트레스를 받으면 본능적으로 초콜릿바, 사탕류, 카페라테류의 달달한 음식을 많이 찾는 것이리라.

3) 비타민과 무기질

세로토닌을 만드는 과정에는 다양한 비타민과 무기질이 보조적으로 관여한다.
비타민 B1, 비타민B2, 비타민 C, 아연, 마그네슘이 부족하면, 트립토판을 충분히 섭취하더라도 세로토닌으로 전환될 수 없기 때문에 충분히 섭취하는 것이 중요하다.
또한 마그네슘은 스트레스 호르몬인 코르티솔의 방출을 제한하며, 코르티솔이 뇌에 도달하지 못하게 함으로써 신경보호작용을 한다.

비타민, 무기질을 충분히 섭취하기 위해서 매 끼니 두 접시이상의 다양한 색상의 채소를 포함하고 마그네슘이 풍부한 전곡류를 자주 먹고, 하루 1~2회 간식을 통해 과일을 섭취한다.

세 번째, 오메가-3 지방산 섭취하기

아직 의학적 근거는 명확하지 않다고 알려져 있으나, 여러 연구에서 뇌 세포막의 구성 성분 중 하나인 오메가-3 지방산이 뇌신경전달 물질 교류에 영향을 미쳐 스트레스와 우울증 증상 감소에 도움이 된다는 보고가 있다.

오메가-3 지방산이 풍부한 고등어, 꽁치, 청어, 연어 등의 등 푸른 생선을 주 2~3회씩 1회당 1~2토막 정도 섭취하고, 매일 1 스푼 정도 분량의 견과류 섭취를 권한다.

네 번째, 수분 섭취하기

스트레스 호르몬이 방출되면 이에 대응하여 일종의 완충작용의 대사가 체내에서 일어나게 된다.

이때 많은 양의 물을 필요로 하게 된다. 또한 초조하거나 긴장될 때 마시는 물은 마음을 가라앉히는 데 도움이 되며, 약간의 탈수는 기분에 영향을 미치기 때문에 하루 6~8잔 (1.5L~2L) 정도의 충분한 수분 섭취가 이루어져야 한다.

이렇듯 스트레스를 완화하기 위한 식사에 관련해서 알아보았다.

식생활의 규칙적 습관, 음식도 중요하지만, 충분한 수면과, 하루 30분 정도의 가벼운 운동 역시 심리상태를 긍정적으로 변화시키는데도 도움을 주며, 신체의 긴장을 풀어주는데도 도움이 될 것이다.

규칙적인 운동과 충분한 수면, 잔잔한 음악, 다양한 색상의 음식과 영양소등을 통해 누적된 스트레스를 지혜롭게 벗어나 보면 어떨까 한다.

07

엄마는 참 행복한 사람이야

'행복'은 너무나도 쉽게 느껴지는 단어이다.

늘 주위에선 행복에 대해 이야기를 하고 있다.

그러나, 행복만큼 주관적이고 상대적이고 설명하기 모호한 단어도
잘 없을 것이다.

구체적으로 잘 다가오질 않는다. 적어도 나에게는 그렇다.

무엇인가 아련하게 손에 잡힐 듯, 설명 가능할 듯하면서도 잡히지 않
는 단어이다.

행복은 마치 양자 역학처럼 우연히 나한테 구체적으로 확 발현했다
가도, 순간이동으로 휘리릭 사라지는 그런 존재감 없는 존재다.

행복은 다중적 다의적 다면적인 성격을 띠고 있다. 주관적이고 상대
적인 가치라서 사람들마다 조건과 기준도 다 다르다.

행복의 사전적 정의는 생활에서 충분한 만족과 기쁨을 느끼어 흐뭇

한 상태, 욕구가 충족된 상태를 말한다.

이 행복에 대한 정의가 참이라면, 실제로 순간순간, 혹은 주위에 늘 행복한 사람이 많아야 한다.

하지만 자신이 항상 행복하다는 사람은 주변에서 보기 힘들다.

욕망이 물리적 충족이 행복의 충분조건이 될 수는 없다. 일상에서 욕구를 지속적으로 충족시키기란 불가능하기 때문이다. 우리가 배가 고플 때 먹는 음식은 정말 맛있고 행복하다.

그러나, 맛있다고 해서 끊임없이 먹을 수는 없다. 우리의 소화기도 한계가 있을 뿐 아니라. 우리 뇌에서도 적당히 위장을 채우면 배고픔을 느끼는 중추신경 자극을 멈추게 된다.

이렇게 욕구가 채워지는 순간 일시적인 기쁨을 느낄 수는 있다.

하지만 충족감은 또 다른 결핍상태로 전이된다.

실컷 배부르게 맛있게 먹고 나면, '어휴, 어쩌지? 너무 많이 먹었나? 며칠 동안 다이어트 해야 되겠다.'

참, 인생은 아이러니하다. 하나의 욕구를 채우면, 다른 욕구가 생기게 된다.

마음이 채워질수록 끊임없이 또 다른 빈 공간이 생성되기 때문이다.

소위, 산전수전 겪은 어른들은 이렇게 말한다. 눈물 젖은 **빵**을 못 먹어본 자는 참된 인생의 행복을 제대로 모른다. 인생 바닥을 쳐봐야, 인생의 참 맛을 알고, 행복을 이야기할 자격이 있는 듯이 말하곤 한다.

그렇게 보면 우리 엄마, 이태세는 산전수전 공중전, 해상전까지 두루 섭렵한 우주 최고 막강 슈퍼우먼이다.

젊디 젊은 나이에 어린것들 셋을 데리고 34살의 나이에 청상과부가 되어 남편 잃고 빚더미 위에 올라앉아 청상과부가 되어, 서문시장 하루 5000원짜리 일용직으로 하루하루를 살아왔다. 다행히 우리 형제자매는 중 고등, 학창 시절에는 크게 사고 친 적은 없으나, 동생만 하더라도, 나라를 위하는 마음에, 진보주의 운동권 학생으로, 엄마 속을 무던히 썩였다.

엄마의 병은 젊은 시절부터 시작되었던 것인지도 모른다.

젊은 남편의 병간호, 가정주부로 살아오다 생활전선에 뛰어들었어야 했고, 아들 옥바라지, 좀 사는 게 나아지나 했더니, 갓난쟁이들 육아까지 책임지며 살아야 했던 것이다.

수없이 많은 좌절감을 느끼며 여기까지 오셨을 것이다.

단지 하나뿐인 딸인 나에게는 많은 감정을 내지르셨는지는 모르겠지만, 다른 사람들에게는 거의 내색을 않고 살아오셨다. 종갓집 며느리답게 늘 의연했다. 항상 밝고 환한 사람이었다.

친척 고모들이, "형님은 맨날 이렇게 웃어서 자식 복이 많은 갑심니 더." "맞다. 웃을 일 밖에 없다 아이가. 이래 사는기 행복이지 머꼬".
가만히 돌이켜보면, 엄마는 확실히 긍정적인 사람은 맞다. 늘 다른
사람들 앞에서는 항상 환하게 웃고, 절대 힘든 내색을 하지 않았다.
없이 살아도 신세한탄은 거의 한 적이 없으시다. 내가 짜증이라도 낼
라치면, "웃자 웃자 웃자 하하하하하하" 하며 억지웃음을 만들어 내
셔서 웃으셨고, "이래 잘 묵고 잘 사는데 와 성내노" 얼떨결에 나도
따라 웃는다.

출퇴근길에 차가 막히고, 일이 제대로 되지 않을 때, 온갖 잡동사니
생각으로 머리가 복잡할 때는 현재의 내 상황, 내 감정을 추스르고,
긍정적으로 전환하는 연습이 필요하다.

나는 최근 무조건 '감사합니다' '하하 하하하하하'를 무한 반복하려
고 노력하고 피에로 표정을 억지로 짓는 연습을 한다. 처음에는 잘
안되었지만, 혼자서 자꾸하다 보니, 이것도 재미있어진다.

하지만 어디까지나 행복은 각각의 개인의 상황마다 다 다르다. 생의
높이, 처해진 상황마다 느끼는 행복은 다 다른 것이다. '

우리는 보통 사랑을 받을 때 행복하다 이야기하고, 건강하면 행복하
다, 성공하면 행복하다고 이야기한다. 물론 틀린 이야기는 아니다.

그러나, 바꾸어서 생각해 보자, 사랑을 줄 수 있을 때 행복한 것이고, 행복해야 건강한 것이고, 행복한 것이 성공한 것이다.

나도 기쁘고 남도 기쁘게 할 수 있어야 행복인데, 남을 아프게 해 놓고 행복을 찾는다. 올바른 관계로 함께 함이 행복인데, 세상과 관계를 분열시키고 행복을 찾는다.

가난하지만 아름다운 것이 행복인데, 재물을 쌓아놓고, 남을 깔보는 것을 행복이라 여긴다. 함께 먹을 과일과 곡식을 농사짓는 것이 행복일 텐데, 남이 경작해 놓은 과일을 훔쳐 먹는 것을 행복인 줄 안다.

함께 아파하고 함께 기뻐하는 것이 행복인데, 혼자서만 누리는 것을 행복인 줄 안다.

남의 행복을 훔치는 것은 진짜 행복이 아니다. 지혜가 영그는 노년기의 행복이 진정한 행복일 것이다.

이렇게 보자면, 우리 엄마 이태세는 참으로 지혜롭고 남들에게도 행복을 베푼 사람인 것이다. 가진 것 없어도, 먼저 내어 줄줄 알고, 기꺼이 우리를 위해서 본인의 모든 것을 무조건적으로 베푼 우리 엄마들은 진정한 행복한 사람들인 것이다.

4장

삶의 끝에서
알게 되는 것들

이 세상에 명백한 사실 중 하나가
우리 모두는 죽는다는 것이다.
그러므로 제대로 된 죽음, 죽음 앞에서 평온함을
맞이하기 위해 우리는 늙어가는 법을
고민해보아야 하는 것이다.

'소소한 것'들이 '간절한 것'들로
다가오는 순간

소소한 것들이 간절한 것들로 다가오는 순간들이 있다.

병에 걸리게 되면,다시멸치로 우려낸 뜨뜻한 잔치국수, 갓담은 김치, 봄동 겉절이, 얼음, 양치, 세수, 옷 갈아 입기, 머리 감고난후의 시원함,달달한 봉지커피 등이 일상에 가려서 잘 보이지 않는 일상의 아주 사소한 것들이 중요한 일들로 다가온다.

하루하루 소소한 일상이 안정감,편안함 행복감을 주는 것이다.

이태세는 어릴때부터 칠성시장 장사하는 분들을 상당히 좋아하고 우러러 봤다 한다.

"나는 얼라일때부터, 장가꾼들, 장똘뱅이들이 그렇게 좋더래이. 돈만 지고 금반지 번쩍번쩍하고 있는 장똘뱅이들이 부럽더래이." 우리엄마 이태세는 꿈도 소박했다. 칠성시장에서 장사해서 금반지 금목걸

이 몸에 치장 하고 장사 하며 사는것을 꿈꾸어 왔다 한다.

밥 안굶고, 금반지도 한개 손에 낄수 있을정도면 성공한거라 생각한 소박한 여자였다.

2022년부터 매주목요일 엄마와 대구로의 여행을 하기 시작했다.

어디 거창하게 유명한데 가야 여행인가? 엄마 사주에 역마살도 있다고 하면서, 그래서 여기 저기 여행을 많이 다니게 되는거라고 스스로 뿌듯해 했다. 이런 건 여행도 아닌데, 혼자서 그렇게 의미를 가져다 붙이고 좋아라 했다.

바닷가 민박 템플스테이 컵라면도 맛있을 것이다. 바닷가에서 먹으면, 가족들과 매일의 통화, 식사, 밥이 중요하다.

기껏 대구가는 것을 아주 일생에 있어서의 크나큰 여행이었던 것이다.

다른 사람이 들으면, 그깟 대구 가는게 무슨 큰 여행이냐 싶겠지만, 최소 엄마와나에게는 아주 소중한 추억이었다. 엄마가 어린시절 살았던 칠성시장주변도 지나가고, 잘 다듬어논 신천변을 조깅하는 사람들, 산책하는 사람들을 차창밖으로 보면서, 엄마의 인생도 주마등 같이 추억들이 머리에 떠올랐을 것이다.

사람이 아프고 나면 성숙해지고, 생각이 많이 바뀌게 된다.

평소의 삶에서 아주 소소하고 일상적이어서 습관처럼 하던 것들도 아프고 나면 정말 가치있고 소중하다는 것을 깨닫게 된다.

삶에 대해 숙고 하게 되고 인생의 새로운 가능성을 발견하게 된다.

A환자는 아주 예쁘장한 아줌마이다. 엄마역할로 나오는 아줌마 탈렌트같다.

척추뼈 및 척수, 척추신경에서 발생한 종양으로 소위 척추 암에 의한 척추뼈 파괴로 인한 통증 및 신경 눌림으로 하반신, 마비가 와서 병원에서 생활하고 계시다.

최근에 우울증으로 고생하고 계신데, 창가에 앉아 지나가는 차들, 차창너머 보도에 꽃밭이 작게 작게 만들어져있는 거를 보면서, "길가의 풀 한 포기, 따사로운 햇볕, 아이들의 웃음소리, 이 모든게 얼마나 아름답고 감사한지 몰라요." 하신다.

"나는 요즘 창 밖 내다 보는게 제일 행복해요."

하루하루 소소한 일상이 안정감, 편안함 행복감을 주는 것이다.

암이라는 긴 터널을 지난 후 맞이하게 되는 삶은 여러 의미로 남다르다.

삶에 대한 숙고는 죽음이나 재발에 대한 새로운 시각을 만들고, 그동안 잊고 있던 가장 소중한 것을 발견하게 만든다.

내 삶의 우선 순위는 무엇일까?

어쩌면 인생에서 더 중요한 가치를 깨닫는 과정이 될 수 있다.

알콜의존증과 2차성 당뇨로 이차적 당뇨병성 신경병증으로 걷지 못하는 J환자는 재활치료와 물리치료에 열심이시다.

한동안 집중치료실에 있었다가 일반 병실로 옮겨졌을 때는 아예 입을 닫고, 묻는 말에도 일절 대답하지않고, 아주 사소한 일에도 분노 섞인 소리만 내지르시던 분이 어느 순간부터, 유투브를 보시면서, 글도 받아 적으시고, 성경도 공부하시고, 우리한테 먼저 인사도 건네신다.

침대에 꼼짝 않고 누워있던 분이 휠체어도 타고 보행기로 걷는 것도 연습하신다.

매일 새벽마다 성경을 필사하신다.

"어우 글씨체가 아주 멋지시네요. 명필이십니다."라고 말을 건넨다.

그러면 J환자는 씨익 쪼개시며

"예전과는 완전히 달라졌지만, 내 인생의 또 다른 시작을 맞이했다 생각합니다.

어차피 침대 붙어있어도 아무것도 안하고 벽밖에 안처다 보는데, 운동도 하고, 성경공부도 하려구요. 곧 걸을 수 있을 거 같아요. 하하하. 다시 걸을수 있으리라 생각도 못했는데..."

사람은 마음먹기에 따라서 인생이 바뀐다.

위기를 극복한 후 제2의 인생을 긍정적으로 모색하게 된다. 직업의 전환, 두려움 극복, 삶의 목표 수립 같은 인생에서 큰 일을 세우고 더 많은 가능성을 발견하게 도와준다.

소녀같은 자그마한 체구에 갑상선암, 근위축증에닥, 항시 자잘한 병을 달고 사셔서, 늘 건강염려증에 병원에서 처방한 약말고도 자가약을 한 움큼씩 외래진료를 받으셔서 타오는 약들로 배를 채우시는 A 환자분도 계시다. 남편이 지극 정성으로 돌봐 주신다.
간병사들이나 간호사선생들이 그 환자 보고, "어이구, 복도 많으셔요!! 요즘 세상에 저런 남편이 어디있다고!!"

"세상에 나 혼자가 아니라는 걸 알게 되었어요, 예전에는 남편이 권위적이고 멀게만 느껴졌는데, 요즘 남편의 위로가 얼마나 큰 힘이 되고 감사한지 몰라요" 하며 미소를 지으신다.

암은 혼자만의 문제가 아니기 때문에 주변에 있는 가족, 친척, 친구 등과 함께 극복해나가야 하며, 이러한 과정을 통해 관계의 소중함을 더욱 절실히 깨닫게 된다.
또한 아픔을 공유하면서 비슷한 역경을 겪는 사람에게 마음을 열고 도움을 주는 기회를 만들어 줄수 있다.

질병은 직업에서부터, 인생관, 목적, 관계, 꿈, 금전, 신체 등 삶의 모든 것을 극적인 방향으로 바꿔놓는다.

만약 얻는 것보다 잃는 게 더 많고, 새로운 삶의 의미를 찾지 못했다면 이제부터 시작하면 된다. 지금보다 더 풍성하고 행복한 삶을 만들기 위해 어떻게 해야 할지 진지하게 고민하는 시간을 가져보는 것도 좋을 것이다.

암에 걸리는 것, 병에 걸리는 것은 우리 힘으로 바꿀 수 없지만, 암을 대하는 태도, 병을 대하는 태도는 얼마든지 바꿀 수 있다. 나의 태도에 따라 얼마든지 삶을 바꿀 수 있다는 점을 명심하자.

02

나만의 엔딩 노트로 마지막을 준비하자

사회에서는 코로나 비상상황이 해제된 지 거의 1년이 넘어가지만, 병원은 최근에 일반 병실 면회가 허용되었다.

그전까지만 해도 중환자실의 임종 면회만 허용되었던 것이다.

코로나 아니더라도, 독감 등의 신종 바이러스 질환으로 여전히 노인 환자들은 위협을 받고 있다.

노인 환자들뿐만 아니라. 젊은 사람들도 코로나에 걸려서 갑자기 죽는 사람들이 주위에 꽤 있었고, 코로나 백신 때문에 직원들 사이에서도 부작용을 이야기하는 사람들이 많았었다.

병원 근무다 보니 매주 코로나 검사를 해야 했고, 내가 일하는 병원은 코로나 지정병원이어서 대부분의 환자를 코로나 환자로 받고 있었던 터라, 수차례 코로나로 고생을 하였다.

코로나 백신 접종 이후에도 여러 부작용으로 심각하게, 이러다 갑자기 죽는 게 아닌가를 잠시나마 고민 한적 있었다.

어릴 때부터 죽음이 뭔가 죽음 이후의 세상은 어떤가? 등, 죽음 이후의 세상에 대해 나 진짜 지옥 가나? 별로 착한 일 한 것도 없는 거 같고, 매일 엄마 속만 썩이는데...

지옥의 풍경은 어떨까?

천국은 좀 지루하겠지?

아버지가 돌아가시고, 할머니 할아버지 60대 후반이셨는데 큰 아들인 아버지의 죽음으로 충격을 받으셨는지 두 분 다 1년 남짓 후 돌아가셨다.

또 얼마 지나지 않아 외할머니 외할아버지 돌아가시고, 젊디젊은 이모도 어린 나이에 갑자기 돌아가셨다. 막내 고모 역시 갑작스러운 죽음을 맞이하셨고, 내 인생은 죽음과 연관이 많았던 거 같다.

늘 나의 옆에는 삶과 죽음이 동시에 존재했던 거 같다.

지금도 거의 매일 하늘로 사람들을 보내고 있다.

코로나 때도 그랬지만, 최근까지도 주말에는 약 6~7명 정도 꽤 많은 숫자로 하늘로 인도하고 있었다. 정말 많은 숫자를 하늘로 보냈다.

내가 그 사람의 생과 사를 판가름 했던 것이다. 내가 무엇 이건데?

사람들의 살아있음과 죽었음을 판단한다 말인가?

이런 사실들이 나에게는 상당한 스트레스였다. 거의 매일을 임종을 선언하고, 보호자들한테 알려야 하고, 보호자들은 거의 많은 분들이 부모님의 임종을 바로 쉽게 받아들이는 분은 많지 않다.

물론 암, 뇌혈관질환 등으로 오랫동안 고생하신 분들의 경우 가족의 죽음에 대한 저항감이 그렇게 크지 않지만, 우리 입장에서는 한동안 고생하셨고, 늘 언제 임종하실지 모르는 상황에 계셨음에도, 보호자 입장에서는 아픈 거는 아픈 거고, 돌아가시는 것은 별개의 문제로 생각하는 경우가 많다.

임종을 맞이하시기 전에 여러 번 임종에 대한 마음의 준비를 하셔야 한다는 사전 통보를 여러 번 드려도, 그게 현실적으로 다가오지 않는 경우가 많은 것이다.

암, 뇌혈관질환 등으로 인한 시한부 판정을 받거나, 평소에 전혀 죽음이라는 생각을 안 하고 사는 일반인인 경우에도, '엔딩노트'를 준비해 보는 것은 상당히 의미 있는 일일 것이다

외국 여행이나, 비행기 탈 일이 있어 비행기 좌석에 착석하면, 항상 비행기가 공중에서 갑자기 날씨가 이상해져서 난기류에 휩싸이면 어쩌지? 비행기 엔진이 고장 나면? '아! 유언장을 만들지 않았네...' 비행기 탈 때마다 하는 후회이다.

엔딩노트는 꼭 유언장이 아니더라고, 죽음을 미리 준비하는 입장에서, 내가 죽기 전까지 하고 싶은 버킷리스트도 적고, 죽고 난 후의 재산 분배, 보험은 몇 개, 예금은 몇 개, 은행 대출은 어떻게 되고, 신용

카드는 어떻게 되고, 인생의 장기 계획표와 같이 엔딩노트에 같이 작성해놓으면, 언제든 내 인생을 돌아 볼 수 있을 것이다.

 불시에 어떤 일이 생겼을 때도 가족들도 나의 죽음 이후에 당황하지 않고 효율적인 준비를 할 수 있을 것이다.

엔딩노트는 내 인생이 끝나는 시점에 남은 가족들이 어떻게 나에 관련돼서 행정적으로, 감정적으로, 재정적으로, 가족관계, 지인 관계에 대해 어떤 식으로 정의 내리고 바라볼지, 나에 관련된 모든 것을 적는 것이라고 보면 되겠다.

인간관계에 대해서는 장례식에 누구를 부를지, 가족관계에 있어서, 재산은 어떻게 분할 분배할지, 나의 지인과 친인척 관계는 어떻게 되는지, 그들의 연락처와 관계된 내용 등을 적고, 예적금, 토지, 집 등에 대한 재산 정리를 어떻게 할 것인지를 적고, 신용카드, 포인트카드 등은 몇 개고 아이디 비밀번호 등을 다 정리해놓는다.

은행 대출, 개인적인 금전적인 빚도 정확하게 적어 놓고 살다 보면, 개인적으로 꼭 금전문제뿐만 아니더라도, 은혜를 입게 되는 경우가 있다. 그런 것도 기록해놓으면 좋을 것이다.

특히, 금전적인 부분, 은행 대출 등은 정확하게 기록을 해놓아야 남겨진 가족한테 최대한 부담이 되지 않는 것이다.

친인척 관계, 친구 관계, 지인 관계도 가급적이면 제대로 적어 놓는 것도 좋을 것이다.

요즘 세상에는 재혼도 많고, 동거도 많으므로, 혹시라도 가족들이 모르는 나의 자식이 있을 수도 있는 것이다. 나중에 가족들이 놀라지 않도록, 그런 부분도 따로 정리 해놓을 필요가 있다고 생각한다.

그리고 중요한 것은 내가 불치의 병에 걸려서, 시한부 인생이 되었을 때나, 교통사고가 났을 때 임종이 임박한 경우, 연명치료를 할 것인지, 장기 기부를 할 것인지 등에 관련되어서 나의 의사를 정확히 노트에 남겨 놓는 것도 중요하다.

또한, 자식이나, 배우자, 친구에게 하고 싶은 말, 등도 기록해놓으면 감사한 마음이 자식에게도 전해질 것이다.

엔딩노트의 버킷리스트를 적는 것이다.

나와 사생활과 관련되어서, 일생을 살면서 하고 싶은 일, 가고 싶은 곳, 취미생활로 이루고 싶은 것 등을 일일이 나열해서 적어 놓고 몇 개월마다 엔딩노트와 나의 인생 장기, 중기 계획표와 비교해 보며, 성취한 것, 아직 성취 전인 것들을 체크해가며 엔딩 노트를 늘 기록 수정하면, 나의 삶의 충족도가 훨씬 높아질 것으로 생각된다.

막연한 꿈을 적기보다는 실제로 '이룰 수도 있는' 꿈을 적는 것이다.

엄마와 여행 가기, 시골에 땅 사서 농막 짓기, 동유럽 가보기, 고등학교 친구들 만나보기, 셔플댄스 배우기 등등 작성이 끝나면, 성취된 것은 하나하나 지우고, 또 다른 것으로 채워 가는 것도 좋을 것이다. 자신의 꿈을 이루는 과정과 끝을 준비하는 과정을 같이 노트로 묶어 놓으면 삶을 예전보다 훨씬 의미 있게 살게 될 것이고, 내가 살아가는 것에 대해 진심을 다해서 살게 될 것이며, 그러면 자연히 병도 치유될 확률도 높아질 것이다.

 마음이 밝아지면, 몸도 자연스레 좋아지는 것은 당연한 이치이다.

버킷리스트와 엔딩노트의 준비의 가장 큰 효과는 지난날을 돌아보고, 현재의 자신의 상태를 일목요연하게 정리해 보고, 진정으로 나 자신을 뿌듯해하며, 앞으로의 삶의 방향을 계획하는 데 더 많은 가능성을 열어 주는 것이다.

요양병원 젊은 사람, 스트레스 술, 관련, 중독

많은 사람들이 요양병원에는 대부분이 노인 환자일 거라고 생각한다.
틀린 말은 아니다.
그러나 생각보다 많은 수의 장년층, 경제적으로 사회적으로, 집에서는 가장일 나이대, 사회를 이끌어갈 나이대의 40대 50대 60대들이 꽤 있다. 상당한 숫자로 있다. 대부분이 알코올 의존으로 몸이 망가진 상태로 급성기 병원을 지나, 요양병원으로 오게 된 케이스들이다.
 코로나 이후 많은 가장들의 직장 내 조기 은퇴 혹은 코로나 시국으로 인한 자영업자들의 경영상황 악화의 이유, 청년 실업, 수명 연장 등으로 집에서 낮부터 술을 마시는 생활을 반복하다가 알코올에 의존하게 된다.

보통 우리는 스트레스 받을 때, 직장 상사한테 한 소리 들었을 때, 부부싸움했을 때, 정말 많은 이유로 술을 마신다. 좋아서 마시고, 기분 나빠서 마시고, 마시는 이유는 천 가지도 넘는다. 스트레스 푼다는 이유로 제일 많이 하는 게 음주, 흡연이 아닐까 싶다.

술은 양면성이 강한 음료이다. 단 한 잔만 마시면 영혼이 고양되어, 마음도 스르륵 풀리고, 기분이 좋아지고, 갑자기 기발한 아이디어 등이 떠오르게 유머러스하게 되며, 노래도 술술 나오고, 예술가의 마음과 창조성을 가지게 된다.
맨정신에 바라보는 하늘과 술 한잔 후의 하늘은 다르게 보인다.
하지만 여러 잔이 들어가면 상황이 반전된다. 점점 더 동물적인 마음이 자아를 지배하게 된다.
만취하면, 초자아가 통제권을 상실하게 되어, 그 밑의 하위에 속하는 욕망을 관장하는 자아가 강해진다.

술 취한 사람들은 별난 일들을 많이 저지른다. '동물의 세계'와 다름 없다. 과도한 음주는 내면에 구속되어 있던 인간의 동물적 본능을 방임해 버린다. 혈중 알코올 농도가 임계치를 넘어서면 깊숙이 숨어있던 야수 본능이 여지없이 이성을 지배해 버린다.

맨 정신에 바라보는 땅과 만취 후 보이는 땅은 많이 다르다. 울렁울렁 땅이 쳐올라 오르고 춤을 춘다.

한 잔의 술 이후에 바라보는 하늘은 아름다우나, 만취 후에는 땅을 더 사랑하게 된다.

상위 인간에서 하위 동물이 되어 버린다.

음주와 건강의 상관관계는 누구나 아는 사실이다.

따로 언급하는 것조차 시간 낭비일 정도다. 음주 조절만 잘해도 인생을 더 풍요롭고 건강하게 살 수 있을 것이다.

우리 음주 문화는 가난하던 시절에 형성된 것이다. 예전에는 워낙 먹을 게 없던 가난한 시절이었으므로, 기회가 있을 때 폭식, 폭음을 했으나, 이제는 시대가 바뀌었고, 좀 더 즐기고 절제할 줄 하는 음주 문화가 형성되어야 한다.

술로 아픈 기억을 잠시는 지울 수 있으나, 현실은 못 지운다. 술로 현실을 건드릴라 치면 나도 망가지지만, 나의 가족도 파탄이 난다.

술은 현실에서 더 나은 현실의 세계로 나아가기 위해 음미하는 정도로만 즐겨야 할 것이다.

술을 끊을 수 없으면 조절하고 이겨내야 할 것이다.

현대인들은 대부분 무언가에 중독된 채 산다. 중독으로 인해 큰 질환들이 생겨난다.

큰 우환들을 예방하려면, 중독증을 조절하거나 벗어나야 한다.

한번 중독되면 인지능이 저하되기 때문에 중독에서 벗어나기 위해서는 치유의 과정을 세세히 나누어서 노력해야 한다.

그리고 부단한 마음의 조절이 필요하기도 하다. 약해진 초자아를 다시 강하게 하여, 자신의 부분들을 잘 조절해야 한다. 예를 들면, 술을 아예 끊으려고 하지 말아야 한다.

다이어트도 오늘 저녁부터 아무것도 먹지 말아야지 하면 저녁에 더 먹고 싶어진다.

그런 것처럼 완전히 없애려고 하면 오히려 역효과를 불러올 수 있기 때문에 술을 마시고 싶을 때는 마시고, 취하도록 마시지 말 것이며, 집에 술을 미리 사다 놓지 말아야 한다.

술을 마시고 싶은 마음이 들지 않을 때는 굳이 술집 등 유흥가를 돌지 않아야 할 것이다.

그전에 술을 일주일에 5번 먹었으면 그다음 주는 일주일 3회, 그다음 주는 일주일 2회 이런 식으로 천천히 줄여나가 본다.

술과 담배의 유혹은 실로 강력하다.

의식하지 않으면 어느새 자기도 모르는 사이에 술잔을 기울이고 있고, 담배를 입에 물고 있게 된다.

우리의 정신을 지배하는 것이다. 금연, 금주 계획을 실패하는 사람은 하나 같이 말한다.

'내 마음대로 되지 않아요.' '다른 사람이 마시는 거 보면 나도 모르게 그만...'

이처럼 자신의 행동이 자신의 통제를 넘어서 어찌할 도리가 없다고 쉽게 포기한다.

음주, 흡연, 폭식, 분노, 강박적 소비등은 중독성이 강하다.

성향과 중독은 다르다.

하지만 성향이 깊어지면 중독이 된다. 중독이 약해지면 성향이 된다. 중독은 몸에 해를 가하지만, 성향은 기호만을 표시할 뿐이다.

이런 행위는, 맛있는 음식을 보면 저절로 침이 고이고, 내가 의식하지 않아도 저절로 숨을 쉬고, 눈을 깜박이는 것처럼 무의식적인 자율신경의 범주에 드는 것들이 아니다.

술잔을 들거나, 물건을 집고 계산대로 가는, 동작하나하나는 그 사람의 의식적인 결정인 것이다.

자신이 내린 결정에 따라 뇌의 명령을 받고 근육이 움직이는 것이다. 그렇기 때문에 스스로를 어떻게 할 수 없다는 말은 사실이 아니다.

술, 담배, 폭식, 약물남용, 과소비중독, 성공에 대한 과열된 집착등에 대해 자기 절제, 자기 컨트롤이 잘 안 되는 경우 결국 일상을 무너뜨리는 비극으로 이어진다.

어떤 중독이든지 100일만 이를 악물고 끊으면 이후 조절할 수 있다. 평균 90일을 계속하면 우리 뇌에 장기적인 습관으로 새겨진다. 그래서 round figure인 100일 금주!! 하면 중독에서 벗어날 수 있다.

하지만 하고 싶은 것을 왜 완전히 버려야 하나? 과유불급이다. 지나치게 많이 하면 해로울 수 있으니 조절하라는 것이다.

술, 담배에 대한 욕망과 충동을 억누르기 어렵다면, 더 집중할 수 있는 다른 무언가를 찾아보는 것도 절제력을 높일 수 있는 좋은 방법일 것이다.

예를 들면, 화초 키우기, 등산, 산책, 악기 배우기, 장구 배우기, 셔플댄스 배우기, 등, 몸에도 좋고 스트레스도 날리고, 나의 삶도 풍성하게 할 수 있다.

자신이 진정으로 원하는 것, 일, 운동, 공부, 취미 등을 배움에 몰입해서 성취감을 느끼다 보면 지금과 다른 새로운 방식으로 인생을 바라보게 되고, 어떻게 해야 행복해지는지를 알게 될 것이다.

스트레스 대처하기

정신적 고통이나 스트레스가 건강에 해롭다는 것은 누구나 아는 사실이다.

그러나 스트레스를 구체적으로 말로 표현하기란 쉽지가 않다.

나 역시 내가 받는 스트레스를 설명할라 치면 그 감정에 사로잡혀, 분노가 솟아오르고 머릿속에 온갖 말과 내가 감정이입했던 영화 등의 장면이 떠오르고 갑자기 슬퍼졌다가, 눈물이 왈칵 쏟아져 나오고, 오만가지 생각과 감정들이 한꺼번에 밀려왔다.

여러 연구와 논문등 방대한 데이터에서도 보여주는 바와 같이, 정신적 고통으로 인한 암 발병률 심장질환 발병률은 상당히 높다.

건강한 사람의 몸에도 매일 수천 개의 암세포가 생긴다.

면역 세포 중 하나인 natural killer cell들이 암세포를 죽이는 역할을 하는데, 정신적 스트레스가 크면 이 세포들의 활동이 줄어든다고 한다.

그리고 스트레스가 지속되면, 자율신경과 호르몬을 조절하는 뇌의 시상하부의 기능이 현저히 저하된다고 한다.

뇌의 시상하부는 체온, 수분균형, 대사조절에 작용하는 자율신경계의 중추이다.

신체의 생리작용을 조절하여 행동을 조절하고 균형을 유지하도록 하는 역할을 한다.

호르몬 조절, 체온조절을 하며 음식물 섭취와 관련된 포만 중추가 있어 스트레스로 인한 포만중추가 손상을 받게 되면, 음식물 섭취량이 감소하는 거식증에 걸린다든지, 폭식을 하게 되는 것이다.

정서와 관련된 육체적 표현을 하게 되면 시상하부에 의해 조절되어 자율신경계통이 활성화된다.

예를 들면, 얼굴이 창백해진다든지, 홍조를 띠게 될 때 혈압과 심박동의 변화가 있고, 동공의 확대, 구내 건조 등의 반응이 있게 되는 것이다.

화가 나면 혈압이 솟구치게 되는 것이다.

영화배우 유해진, 차승원이 나오는 예능 프로그램에서는, 그들은 삼시세끼 손수 해먹어야 했다. 물론 예능이고 다 준비되어 있는 것이기는 하겠지만 그래도 어찌되었든 그들이 손수 끼니를 준비 해야만 했다.

만재도라는 곳에서 매일 먹는 음식을 바다나 밭에서 채취해야 했다. 불편함이 가득한 곳에서 그들의 삶은 평온해 보였다.

스트레스라고는 일도 없어 보였다. 고기를 잡기 위해 통발을 설치하고, 멀리 집까지 걸어가고, 집에서 불을 피워야 하고, 불에 풀무질을 해야 하고, 닭이 낳은 계란을 가져오고, 밭에서 파, 채소 등을 뽑아와야 한다. 한가하고 평화롭기 그지없는 풍경이다.

모든 과정이 스스로 해야 하는 아주 귀찮은 과정들이나, 그들은 상당히 재미있게 하고 있고, 그걸 보고 있노라면, 나도 저렇게 살면 행복할 거 같다는 생각이 들었다. 아마 다른 사람들도 그러했으리라.

그러나, 스트레스 없는 삶을 위해 우리는 일상을 팽개치고 모두 만재도로 향할 수는 없는 노릇이다.

일상을 살아가면서, 멀리 머리를 식히기 위해 휴양지를 가지 않더라도, 스트레스를 떨쳐낼 수 있어야 한다.

삶에 대한 부정적인 생각이나, 일터에서 스트레스 상황으로 압도당할 때, 그것이 너무 커서, 무기력해지고, 슬럼프에 빠지게 될 때, 스트레스 상황에 압도당하지 않기 위해서는 나 자신을 지켜야하고, 현재 내 상태로 나 자신을 지켜낼 수 없다면, 나를 변화시켜야 한다.

내 머릿속에 있는 시동엔진을 잠시 크고, 현재의 상황을 긍정적으로 전환하는 연습이 필요하다.

부정적인 생각으로 가득 찬 내 머릿속을 긍정적인 단어들로 채운다. 그러면 자연스럽게 긍정적인 말버릇을 갖게 되고, 긍정적인 말들과 생각으로 나를 괴롭히던 문제를 현명하게 컨트롤할 수 있게 된다.

이때 가장 하기 쉬운 방법이 억지로라도 스마일, 웃는 것이다.

웃음은 스트레스 및 불안을 줄이고, 고통의 조절 능력을 강화시키고, 면역력을 높인다.

웃음은 고통의 공포를 없애 주고, 혈압을 안정시키며, 스트레스 호르몬 수준을 조절하여 스트레스 상황에서 평정심을 유지할 수 있게 해준다.

또한 근육의 유연성을 높이고, 항체능력을 키워 주는 T세포 수준을 높여 면역기능을 강화하며, 과거에 입었던 상처나 아픔을 해소시켜 안정감을 찾게 하고, 심각한 질환을 앓을 때도 스트레스 수준을 낮추는 효과가 있다.

이렇게 웃음은 정서적 반응이기 이전에 인간에게 필수적인 생존요소다.

웃음이 긍정적인 신체변화를 촉진하고 부정적인 정서를 완화하여 생의 만족 수준을 높이는 강력한 수단이 되기 때문에 치료도구가 될 수 있다고 생각한 데서 출발한 것이 웃음치료인 것이다.

현대에 들어서는 미국 유명 잡지사 편집장이었던 카슨스(N. Carsons)의 우연한 발견에서 웃음이 치료에 본격적으로 활용되었다.

그는 뼈와 근육이 굳어 가며 엄청난 고통을 수반하는 강직성 척수염 환자였는데, 우연히 코미디 프로그램을 시청한 후 자신의 신체적 통증이 줄어드는 것을 느꼈다.

이것이 계기가 되어 카슨스는 캘리포니아대학교 부속병원에서 웃음 치료에 대한 의학적 연구를 수행하였다.

이후 미국에서는 미국웃음치료협회(American association for therapeutic humor: AATH)가 설립되었다.

AATH에서는 웃음치료를 일상의 즐거운 경험이나 표현을 이용하여 환자, 내담자의 건강과 안위를 증진시키는 활동이라고 정의하였다.

이 웃음치료는 인간의 몸과 마음은 유기적으로 연결되어 있다는 사실을 기반으로 하고 있다.

웃음은 정신적 조깅(internal jogging)으로, 인간의 고통스러운 감정이나 긴장에 대해 카타르시스의 효과가 있고, 보다 명확한 사고와 보다 나은 사리분별력과 상황에 맞는 적절한 행동을 할 수 있도록 도와준다. 웃음치료에서 핵심적인 요소 중 하나는 유머다.

유머는 웃음과 더불어 삶에 대한 긍정적이고 희망적인 태도를 심어주기 때문이다. 웃음치료는 주로 질환을 앓고 있는 환자들의 고통 경감, 스트레스 수준 저하 및 정서조절 능력 함양, 의사소통 촉진 등이 필요할 때 사용되며, 때로는 비즈니스 웃음코칭처럼 경영의 수단으로 활용되기도 한다.

일반적으로 웃음치료는 웃을 수 있는 환경구성, 유머, 집단역할 등을 이용하는 것으로 구분하기도 한다.

소요시간은 상황에 따라 다르지만, 웃음치료과정이 단계별로 진행되어야 하기 때문에 최소 12주로 보고 있다.

미국 인디애나 주 메모리얼병원의 연구에 따르면, 웃음치료는 대표적인 스트레스 호르몬인 코르티솔 분비를 감소시키고, 병균을 막아주는 항체인 감마 인터페론 분비를 증가시켜 바이러스에 대한 저항력을 높인다.

따라서 항암 환자, 기동성장애 환자, 혈액투석 환자, 정신질환자, 노인, 척추수술 환자 등 다양한 대상에게 적용할 수 있다.

웃음치료의 결과는 대상이나 기법에 따라 다르지만, 지속적인 연구로 신체 및 정신에 다양한 효과가 있음이 입증되고 있다. 그러나 웃음치료는 온전히 독립된 대체의학이라기보다는 기존의 치료법과 함께 시행하는 것이 안전하다고 볼 수 있고, 신체 및 정신적 상태를 자유롭게 표현함으로써 즐거움을 회복하고, 신체와 정신 기능을 최적화하여 긍정적인 변화가 나타나는 것이다. 따라서 궁극적으로는 인간 삶의 질을 높이고 행복을 찾을 수 있도록 도와주는 행동인지치료라 할 수 있다.

[네이버 지식백과] 웃음치료 [laughter therapy, −治療] (상담학 사전, 2016. 01. 15., 김춘경, 이수연, 이윤주, 정종진, 최웅용)

심리학자 윌리엄 제임스는 "행복하기 때문에 웃는 것이 아니라 웃기 때문에 행복하다."라고 말하며 웃음의 효과를 강조하였다.
위와 같이 여러 곳에서 웃음치료의 효과를 보고 있고 지속적으로 연구 중에 있는 것이다.

웃음은 혈압을 고르게 안정시키고, 위장운동을 활발하게 하는 등 생리적인 면에서뿐만 아니라, 모두가 알다시피, 마음을 환하게 하는데 일등 공신인 것이다.
웃으면 우리 뇌는 스트레스에 따른 면역억제 작용을 상쇄하고 근육의 긴장을 풀어주며 기분을 좋게 하는 엔돌핀 같은 호르몬을 분비함으로써 스트레스 지수를 낮추어 주는 것이다.

그리고 나를 칭찬하고 응원하는 일도 중요하다. "나! 김선영 잘하고 있어, 힘내자!!" '파이팅, 감사합니다!' 등의 응원 메시지를 적은 메모지를 늘 주머니에 넣고 다니면서 혼자서 외쳐보기도 한다.

틈날 때마다, 일상에 감사하기를 소리 내어해 본다. 그러면 따뜻한 기운이 온몸을 감싸는 듯한 느낌을 받으며 부정적인 마음을 다스리는데 큰 힘이 된다.

또한 규칙적인 운동, 산책도 스트레스를 줄이는데 도움이 된다. 열심히 걸을 때 이 세상이 내 것이 되는 느낌이 든다. 채소, 과일, 잡곡류 위주의 식사로 혈압도 낮추고 세로토닌 같은 몸을 안정화시키는 호르몬분비에 좋은 음식을 섭취한다.

건강한 삶을 방해하는 크고 무거운 스트레스는 작은 따개비들이 배 바닥에 쌓이고 들러붙어 거대한 바위가 되어 배 항해를 방해하는 것과 같다. 거대한 바위는 움직이기 힘들지만, 조금씩 청소해 주어 뜯어내어 배 운항을 원활하게 해야 하는 것이다.

암, 질병을 극복하기 위해서, 나의 삶을 어떻게 만들어 갈 것인가? 자신의 질병과 치유 과정에 대해 제대로 알고, 두려움에 대한 스트레스에 대한 이해는 불안을 감소시키고, 더 건강한 삶의 동기를 발견하게 도와준다. 아는 만큼 보이고, 보이는 만큼 삶의 질을 높이고 행복에 한걸음 더 가까이할 수 있게 되는 것이다.

나의 모든 행동은 나의 삶과 건강을 스스로 이끌어가기 위한 원동력이 되는 것이다.

최근에 삐딱하게 살아온 나 자신을 바꿔보기 위해서 실천하고 있는 나의 일상이다.

＊매일 새벽 간단히 아침 기도를 한다. 어제 잠자기전 적어놓은
　오늘 해야할 일들을 다시한번 체크 한다.
＊매일 아침 짧게 나마 책을 읽고 필사를 한다. 잠 자기 전 오늘
　일어난 일들을 생각해보며 감사일기를 적는다.
＊나만의 우선순위를 정하고, 우선순위에 따라 나의 하루를
　보내려고 노력한다.
＊'작은 실수'에 연연하지 않으려고 노력한다.
＊머릿속에 부정적인 생각을 하나씩 긍정적인 단어들로 채운다.
＊시간 날 때마다 산책한다
＊신선한 재료의 식재료로 식사하고, 물을 의식적으로 많이 마신다.

03

이렇게 죽는 것도 인생이다

집중치료실에 있는 대부분의 환자들은 임종면회를 거의 다 마치고, 오늘이 될지, 내일이 될지 아무도 모르는 날들을 기다리고 계시는 분들이다.

C할아버지는 폐에 물이 가득 차고, 어떤 약물에도 반응이 없으시고, 보호자들도 더 이상의 어떤 조치를 하지 말기를 바라는 분이다.

이 할아버지는 살아오시면서 자신의 마지막날이 이럴 거라고 상상이나 했을까?

사람들은 죽음이 가까이 오기 전까지는 그저 아웅다웅, 돈돈돈 거리며 하루하루를 살아간다.

과학의 힘으로 생명의 시간은 늘어났지만 삶의 질적인 시간은 늘어나 보이지 않는다.

그렇게 돈돈돈 거리면서 살지 말았어야 했는데.

지금 나는 잘 살고 있는 걸까?

나는 무엇을 위해 사는 걸까?

출퇴근길 만원인 지하철을 타다 보면, 많은 사람들을 얼굴을 하나씩 하나씩 쳐다본다.

다들 무슨 생각하고 있는 걸까?

나처럼 머릿속에 돈돈돈, 돈으로 가득 차 있는 걸까?

지금의 나는 잘 살고 있는 걸까?

나는 왜 사는 거지? 무엇을 위해서 사는 거지?

아마도 거의 비슷하지 않을까 한다.

많은 사람들이 이런 부질없고 답 없는 생각들로 가득 차 있을 것이다.

살아가는 이유도 모르겠고, 이유가 부족하다면, 죽어가는 이들의 목소리를 들어보자.

그들이 세상을 떠나기 전에 우리에게 남기는 이야기들에 귀를 기울여 보자.

생의 마지막 순간에서 그들이 원한 건 돈, 성공, 명예 따위가 아니었다.

그들이 그토록 간절히 원한 건 아무런 기기의 도움 없이 편하게 숨을 들이쉴 수 있는 것이다.

일어서고, 걷고 , 화장실 갈 수 있을 정도의 건강함 가족들과의 소소

04

죽음을 생각하고, 삶을 사랑하고

사람들이 죽을 때 후회하는 것들

말기 환자들의 생의 마지막순간을 가장 많이 접하는 나로서는 신기하고 경이로운 모습들을 가끔씩 대한다.

놀랄 정도로 맑은 정신으로 돌아오는 순간들이 있다.

말기 환자들이 죽을 때 후회하는 것들은 거의 다 비슷하다.

내 마음이 시키는 대로 하고 살걸,

가족들한테 좀 더 잘할고 살 것을, 왜 쓸데없는 사소한 일에 화를 내고 살았을까?

친구들한테 좋아하는 사람들을 좀 더 챙기면서 살았어야 했는데

하나라도 하고 싶었던 일 도전하면서 살걸.

다른 사람들이 원하는 인생이 아니라, 다른 사람들의 기대에 맞추는

인생이 아니라 , 나 자 신에게 진실된 삶을 살 용기가 있었으면 하는
후회가 대부분이 아닌가 한다.

인생의 끝이 와서야 얼마나 내 꿈을 접고 살았는지를 깨닫는 것이다.

다른 사람들이 원하는 인생, 부모님이 원하는 , 아내가 원하는 삶, 자
녀들의 엄마로서, 아버지로서의 삶을 강요받고 평생을 진정한 내가
아닌, 껍데기로 살아온 나였는 거 같다고 생각하는 분도 계셨다.

어떤 것을 하거나 하지 않기로 한 자신의 선택 때문에 꿈은 꿈으로
접고 살아야 했던 아쉬움과 회한이다.

이 지구에서의 인생은 단 한번뿐이다. 그러므로 후회가 남지 않도록
살아야 한다.

어떻게 사는 것이 잘 사는 삶일까?

영화보다 더 영화 같은 드라마틱한 삶의 주인공인 오프라 윈프리를
보자.

[오프라 윈프리쇼]를 통해서 토크쇼의 여왕이 되었고, 돈과 명예를
거머쥔 흑인 여성, 모르는 사람 찾기가 더 어려울 것이다.

축복받지 못한 출생, 미혼모의 엄마, 결코 행복할 수 없었던 흑인 여
자 아이.

사랑도, 먹을 것도 , 모든 것이 부족한 시골 할머니댁에서 어린 시절
을 보냈다.

외롭고 힘든 하루하루를 혼자서 견디며, 빨강머리 앤처럼, 소떼를 몰

면서도 혼잣말을 하고, 가족들 앞에서 연설을 하기도 하고, 꿈이야기, 사소한 이야기들로 늘 수다를 떨던 여자애 밝은 여자아이였다.

안 그래도 하루하루 힘든 삶인데 비극적인 사건이 일어났다.

아홉 살이 되던 해 충격적인 사건을 겪었다. 사촌 오빠로부터 성폭행을 당하고, 그 뒤로도 가족들에 의한 성적 학대를 수년간 받기 시작했다.

아직 남녀의 성이 무엇인지도 모르던 어린 오프라는 고통과 공포를 온몸으로 겪으며, 심한 충격과 혼란에 휩싸였다.

보통의 아이들이라면 상상조차 힘든 고통과 상처를 받았겠지만,

오프라는 학교에서 우수한 성적의 뛰어난 학생이었다.

마음속에 가득 찬 고통과 분노를 잠시라도 잊기 위해 더욱 공부에 집중했다.

틈만 나면 책을 읽었다.

책은 그녀의 힘든 현실을 잊게 해주는 치료제이자 아픈 마음을 달래주는 좋은 친구가 되어 주었다.

집에서는 골칫덩어리였지만, 학교에서는 선생님들의 사랑을 받는 우수한 학생으로 인정받고 있었다.

사실 학교에서도 첫 시작은 순탄치 않았다.

처음 들어간 학교는 모두가 백인인데 혼자만 흑인이라는 사실이었다.

하얀 백지위에 오점하나 찍힌 듯한 상황이었다.

'걱정한다고 해결될 일이 아니야. 내가 흑인인 건 절대로 변하지 않는 사실인데. 나만 잘하면 된다. 내가 운동도 잘하고 공부도 잘하면, 애들이 나를 무시하지 못할 거야.'

어린 소녀였지만, 그 생각은 어른스럽고, 지혜로웠다.

오프라는 깨달았다.

생각이 바꾸면 모든 것이 다르게 보이기 시작한다는 것을..

그 후에도 여러 어려운 고비가 있었지만, 훌륭하게 잘 극복해 내고, 유창한 말솜씨로 방송에서 두각을 나타나게 되었다.

자기 자신을 발전시키려면 새롭게 더 넓은 세상으로 도전해야 한다.

오프라는 자신의 쇼 '오프라 윈프리쇼'에서 어릴 때 겪은 자신의 이야기를 당당하게 털어놓았던 것이다.

누구나 그렇듯 자신의 이야기를 먼저 털어놓은 사람에게 마음의 문이 열리는 법이다.

솔직함이 신뢰를 주는 것이다.

'어떤 이야기든 숨기지 않고 솔직하게 말하는 사람'으로 오프라는 각인되었고, 오프라쇼는 사람의 마음까지 움직이는 방송이 되었던 것이다.

"그래도 꿈을 갖고 있으면 언젠가는 기회가 올 거야.

미리 안된다고 포기하는 것보다는 꿈이라도 꾸면 마음도 즐겁잖아"

책을 읽으며 꿈을 키우고, 지혜로운 사람으로 성장하고, 내가 원하

05

슬픔도 힘이 된다

잠자다가 돌아가시거나, 크게 고통 없이 돌아가실 때 호상이다. 좋은 죽음이다. 라는 표현을 한다.

좋은 죽음을 경험한 사람은 여러 면에서 좋은 죽음을 지켜보는 이들에게 삶의 변화를 가져온다.

나의 외할머니의 경우에도, 외할아버지가 돌아가시고 나서 절에서 호젓하게 지내시다가, 외할아버지 기일에 제사 지내러 큰 외삼촌댁에 오셔서 그날 제사를 올리고, 당신 속옷 빨래도 깨끗하게 다 빨아 놓으시고, 옷도 깨끗하게 정리해 놓으시고 반듯하게 누우셔서 주무시며 돌아가셨다.

하나같이 다들 호상이다. 평소 보살처럼 사시더니, 돌아가시는 날짜도 다 아시고, 자손들 제사 지내기 편하라고, 같은 날 돌아가셨네... 하시면서 다들 주위에서 한 마디씩 하셨다.

내가 보기에도 슬프지만 아름다운, 좋은 죽음이었다.

정말 천사처럼 다 퍼주면서 사셨기 때문에 천국으로 가신 것은 누구도 의심할 사람 없었다.

이런 좋은 죽음을 겪게 되면 죽음을 통해 사람들은 믿음의 격려를 받게 되고, 죽음을 두려워하지 않게 된다.

죽음을 임박한 환자들을 돌보는 사람들은 죽음에 대한 두려움이 다른 사람들보다 작다고 할 수 있을 것이다. 친구나 가족의 죽음을 목격한 이들도 죽음에 대한 공포, 두려움이 훨씬 덜하다고 볼 수 있을 것이다.

사랑하는 사람이 죽음을 앞두고 있을 때 슬프지만, 천국 혹은 영원의 세계에 대한 믿음을 가질 수 있게 되고, 죽음뒤의 세계를 준비하기 위해 현재의 삶도 더 나은 삶을 살려고 노력하게 되는 것이다.

요양병원에는 가끔씩 조손 가정의 할머니들이 가끔씩 볼 수 있다. 손자 손녀들이 보호자인데, 다들 할머니들이 극진히 키워서 그런지, 다들 할머니한테 정성으로 잘한다.

하루가 멀다 하고 차 막힐 때는 몇 시간이 걸림에도 불구하고 인천에서 할머니 돌아가시기 전에 한 번이라도 더 봐야 한다며 울먹이며 오는 손자가 있었다.

중환자실이라 오래 면회를 못함에도 불구하고, 할머니 손을 잡고 놓지 않는다.

그 손자의 바쁜 일과 중에는 슬픔도 사치다. 너무 바빠서 숨이 턱까지 차오를 때는 힘들다는 말조차도 안 나올 텐데, 빗길, 눈길을 뚫고 거의 매일같이 할머니 면회를 왔었다.

"할머니가 저 돌봐주시던 때가 기억이 너무 많이 나요. 저 태어나자마자부터 할머니께서 저를 키우셨는데요. 저도 할머니 마지막까지 지켜드려야지요." 하면서 굵은 눈물을 연신 훔치는 것이었다.

다행히 그 할머니는 크게 거친 호흡도 없었고, 가래가 폐포를 덮지도 않고, 고요하게 마지막을 맞이하셨다. 평온한 죽음이었다.

새벽 1시에 임종이 긴박했음을 알리는 전화를 하고, 부랴부랴 인천에서 택시를 타고 왔다. 정말 큰소리로 아이처럼 엉엉엉 울었다.

아무리 평온하고 조용한 , 행복한 죽음이라고 해도, 그 손자에게는 엄청 고통스러운 사건인 것이다.

우리는 인생을 살아가면서 온갖 종류의 작건 크건 슬픔과 이별을 경험한다. 그러면서 슬퍼하는 법을 배운다.

어린 시절, 이성 친구와 관계가 깨지고 나면 슬퍼한다. 자녀가 집을 떠날 때, 부모님이 질병으로 병원 입원하실 때, 슬퍼한다. 우리가 그 슬픔에 저항하지 않는다면 그 고통가운데 우리는 치유를 발견할 수 있다.

슬픔은 죽음으로 고통스러워하는 사람들의 자연스러운 회복과정 중의 하나일 것이다.

주어진 수명은 우리의 의지로 컨트롤할 수 없겠지만, 살아있는 순간을 어떻게 누릴지는 얼마든지 컨트롤할 수 있는 것이다.

살 수 있는 날들을 가늠하며 애태우기보다는 눈앞에 주어진 하루를 한 땀 한 땀 채우며 살아가는 것이 더 나은 것이 아닐까? 그렇다면, 슬픔마저도 나에게 힘이 될 수 있는 것이리라.

현실에서의 고통을 맞부딪혀 싸우고 저항하고, 눈물 나지 말라고 이를 꽉 깨물면 깨물수록 더 집요하게 다가온다. 차라리 받아들이고 슬퍼하고 눈물 흐르게 놔두자.

마음껏 슬퍼해야 마음껏 기뻐할 수 있다. 눈물로 비워낸 정화된 가슴이라야 사랑이라는 싹이 뿌리내릴 수 있다. 그래야 눈앞에 주어진 하루를 멋지게 살아갈 수 있는 것이다.

06

사랑은 확인할 필요가 없다는 것

우리 병원에 아주 오랫동안 입원해 계신 분이 있다.

B 할머니는 손자 전화만 기다리고 있다.

확인받고 싶어서다.

손자한테 할머니가 가장 소중한 존재, 사랑하는 존재라는 것을 확인 받고 싶어 했다.

다른 시설 좋은 곳으로 가시라고 해도, 절대 못 떠났다. 밥도 못 드시고, 얼굴이 까칠하게 타들어 가도록 손주 전화만 눈이 빠지게 목이 빠지게 기다리고 계셨다.

우리 병원에서 간병사와의 갈등이 있은 후 병실에 정을 못 붙이시고, 하루하루 말라 갔다. 다른 병원을 가시고 싶어 하시면서도 못 떠나셨다.

할머니 가시고 난 다음 손자가 찾아올까 봐, 아무 곳으로도 옮기지 못하셨다.

할머니는 오로지 평생을 손주 바라기인데, 손주는 할머니는 손주의 인생에서 할머니는 별로 의미가 없는 건지, 그냥 늘 옆에 있어 주었던 사람이어서 눈에 보이지 않는 건지 안타까웠다.

며느리는 그 손주를 놓자마자 버리고 다른 데로 떠났다 한다.

할머니께서 젖동냥 해가며 미음 끓여 떠먹여 가며, 평화시장, 동대문시장을 전전하며 바느질해 주며 일용직으로 하루 벌어 하루 먹는 식으로 근근이 살아오면서 그 손주를 키웠다 한다.

그 손주가 다 커서 일자리도 구하고 결혼도 하고 자립을 해야 하니 자립을 시켜주기 위해

몇십 년 벌은 돈으로 마련한 작은 빌라를 통째로 팔아서 손주에게 주고, 고관절이 안 좋았던 할머니는 요양병원으로 들어오신 것이었다.

이 병원은 할머니의 집이 되었고, 삶의 터전이 되었다.

고관절 때문에 걷는 거 말고는 크게 불편함이 없으셨던 할머니는 도벽이 있어서 별로 필요가 없는 물건임에도 불구하고 한 번씩 쓱 가져오는 바람에 몇 번 경찰에 신고를 당하였었다.

병원에서도 몇 번인가 경찰에 선처를 부탁하고 마트 사장님에게도 손주가 몇 번을 빌고 하여

현재는 그런 사고들이 없지만, 손주는 할머니가 부끄럽다고 연락을 끊어 버렸던 것이다.

그전에는 매일 같이 전화해서 안부를 묻고 하던 손주가, 할머니 생신은 다가오고, 추석도 다가오는데, 할머니와 연락을 끊어버렸던 것이다. 병동 간호과에서 전화를 해도 연락하지 말라고 매몰차게 굴었다.

급기야 할머니는 몇 번인가 나에게 찾아와 손주한테 전화 한번 해달라고, 한 번이라도 보고 죽게 해달라고 우시면서 애걸했다. '나 아무것도 못 먹고, 드러누웠다 하면, 손주도 의사 말이니까, 듣지 않겠어요?' 정말 그러셨다. 며칠을 못 드시고, 볼 때마다 수척해지셨다.

할머니 생신은 그냥 지나쳤으나, 다행히 추석이 가까워져서야 손주가 과일, 떡을 양손에 넘치도록 들고 병원으로 오신 것이다.

'할머니 때문에 내가 부끄러워서 앞으로 다시는 할머니 보지 않고 살려했어! 할머니 보고 싶어도, 이빨 꽉 물고 안 보려고 했어!, 그런데 안되더라.. 할머니를 안 보니 내가 힘들어서 안 되겠어...' 하면서 두 분이 끌어안고 한동안 목놓아 우셨다.
할머니는 남편을 백혈병으로 잃은 지 얼마 안 되어, 아들을 교통사고로 잃고, 며느리는 달랑 애를 낳자마자, 훌쩍 떠나 버린 것이었다. 할머니도 상처투성이, 손자도 태어나자마자 아버지 없고 엄마 없는 아이로 버림받은 것이었다. 두 상처받은 영혼이 서로를 의지하고 위로해 가며 살아왔었던 것이었다.

상처 하나 없는 사람이 있을까? 나는 나 혼자만 아픈 줄 알았다.

세상에 이렇게 안 풀리고 처절한 인생이 있을까 싶었다. 나만 홀로 진흙탕에서 빠져 허우적대는 것 같았다. 그런데 눈을 떠 보니 세상에는, 내 주위에 나보다 훨씬 더 무거운 무게를 지고 사는 사람이 많았다.

겉으로 보기에는 다들 무덤덤하게 살아가는 것 같이 보였지만, 모두가 찢긴 가슴을 부둥켜안고 살아가고 있었다.

모두, 한 명 한 명이 사랑과 격려가 필요한 사람들이었던 것이다.

우리는 늘 옆에 있는 사람은 잘 못 보고 살아간다.

매일 마시는 공기처럼 늘 옆에 있기 때문에 보이지 않는 것이다.

늘 그림자처럼 옆에 있던, 옆사람 엄마

늘 곁에 있어 더 이상 특별할 것이 없는 사람이었다.

각별히 신경 쓰지 않아도 되는 사람이었다.

한 번쯤 서운하게 해도 용서되는 사람,

바쁘다 보면 잠깐 잊을 수도 있는 사람

편해서 가끔은 무례하게 대하게 되는 사람, 그런 사람이었다.

너무 가까이 있어 보이지 않는 사람

그러나 물에 빠져 허우적거릴 때

가장 먼저 손을 내밀어 줄 사람

그래서 목숨 같은, 나의 옆 사람을 한 번씩 고개를 돌려 보자.

앞사람의 뒤통수만 바라보며 달리지 말자

지금. 옆에 있는 사람을 보자.

나는 엄마를 참 함부로 대하고 살아왔다.

여태껏 엄마를 당연히 있는 사람, 공기취급하고 소홀히 하면서 살았을까?

왜 진작 엄마를 소중하게 대하지 못했을까?

매일같이 후회만 하고 있었다.

엄마 돌아가시기 전, 퇴근하고 부랴부랴 달려와서, 엄마 머리를 쓰다듬어주고, 얼굴도 닦아주고, 눈감고 있으면, 억지로라도 말을 건다. 어제는 무슨 꿈을 꾸었느냐? 무슨 기도를 했느냐? 텔레비전에서 정치인들은 뭐라고 떠들더냐?

매일매일 뇌가 굳어지지 말라고, 일부러 귀찮게 말을 자꾸 걸었다. "빨리 하루빨리 데려가 가달라고 빌었다. 어제는 하늘에서 바구니가 내려오더라, 내를 데려갈라고 내려오는 갑다." 하셨다. 내가 웃었다. "다른 사람들은 죽기 전에 저승사자 온다더만, 무슨 바구니고? 선녀인갑제? 그거는 아무리 봐도 저승하고 관련이 없는 거 같다." "하늘에서 엄마 안 데려간다." 의식도 흐려지지 않았다. 그래도, 식사량이 많이 줄었고, 욕창으로 인한 통증과 다리 제대로 못 움직이는

게 마음이 너무 아팠다.

엄마가 힘이 없어 눈을 감고 있길래, 엄마의 차가운 손을 잡고 나는 기도 했다.

엄마가 물었다."뭐라고 기도했노? 내 빨리 데려가라 하지", "나는 엄마 100살 넘게까지 살게 해달라고 기도했다. 내가 똥처리, 오줌처리 하는 거 안 귀찮으니, 우리 엄마 이태세 100살 넘도록까지 내 옆에 있게 해 달라 기도했다. 엄마 안 아프게 해달라고 기도했다. 그래야 같이 오래 살지." 엄마의 메마른 눈에 눈물이 굵게 흘러내렸다.

나는 하루에도 몇 번씩 기도를 했다. 엄마 안 아프게 살게 해달라고 기도 했다. 내가 열심히 할 테니까. 제발 오래오래 내 곁에서, 내가 못 다 한 거 다 하게 해 달라고 기도 했다. 엄마는 꼭 묻는다. 오늘은 내가 어떤 기도 했는지, 사랑을 확인하고 싶어 하셨다. 그러면 좀 안심이 되시는 듯 보였다.

내가 엄마의 손을 놓을까 봐, 내심 마음에 걸리셨던 거 같다.

매일 죽는다는 소리 하는 사람치고 죽고 싶어 하는 사람 없다.

하루에도 몇 번씩 '사랑받고 있음'을 확인하고 싶다면, 그것은 상대가 아닌, 자기 스스로가 흔들리고 있기 때문이 아닐까 하는 생각이 문득 든다. 엄마는 하루하루 견뎌가는 게 조금씩 힘들어지고 있었던 것이리라.

정말 사랑은 표현받지 않아도, 확인하지 않아도, 마음에서 마음으로, 하나하나 작은 표현으로 마음으로 알 수 있게 되는 것이다.

07

그들의 마지막이 우리에게 묻다

우리 인생은 아무리 평균 수명이 길어졌다고 해도 100여 년이다.

그 세월을 살아가는 우리의 모양새도 여러 가지다.

태어나는 순간에는 모두 같은 모습이지만, 시간이 흐르면서 삶의 모습과 색깔은 각양각색으로 달라진다.

그 색깔을 결정짓는 가장 큰 요소는 마음가짐이 아닐까 싶다. 물론 환경도 중요하지만 말이다. 그러나 환경은 이미 나에게 주어진 것이고, 그 환경을 내가 어떤 생각을 가지고 어떤 자세로 사느냐에 따라 삶은 크게 달라질 수 있다고 생각한다.

제일 큰 것이 감사하는 마음, 진심으로 매사에 감사하는 마음으로 살아가면, 그 감사하는 마음은 또 다른 감사할 일들을 자꾸 끌어들이는 마력을 지니고 있다.

감사할 일에 고마운 마음을 갖는 것이 무슨 에너지를 만들어 낼 수 있겠는가 생각할 수 있겠지만, 그렇지 않다.

심지어 감사할 수 없는 일에까지 감사할 수 있을 때 어마어마한 일이 인생에서 벌어지는 것을 나 역시 기적적으로 체험했던 것이다.

사춘기 시절의 나는 불평불만 원망으로 가득한 소심한 반항아였다.

그러나 나는 근본 천성적으로는 긍정의 기운이 더 가득한 거 같다.

드라마 허준의 전국적인 센세이셔널한 시청률로 허준 신드롬이 있을 때, 나도 결심했다.

그래, 한의사는 평생 내가 나이가 들어도 할 수 있겠다.

어차피, 이래 사나 저래 사나 힘든 건 마찬가지다.

제대로 변변한 직업 없이, 알바나, 영업직으로 전전하는 것보다 일, 이년 도전해 보자.

나는 늘 수학, 물리가 두려웠다. 중학 수학도 제대로 되어있지 않은 상황이었는데 고등수학은 나의 가장 큰 걸림돌이었다.

매일 새벽 2시에 일어나, 중학교 수학, 중학교 물리, 교과서 첫 페이지부터 시작했다.

그렇게 일 년간 죽기 아니면 까무러치기로 매달렸다. 나는 된다는 생각만 했다.

다 늦은 나이에 무슨 재수냐, 말리지 않고 지지해 주는 것만 해도, 가족들한테 무척 고마웠다.

매일 새벽에 도시락 싸주시는 엄마한테도 그때만큼은 정말 고맙다는 생각 했다.

긴장감으로 온 어깨, 허리가 바위처럼 딴딴하게 굳어갔다. 엄마가 어깨에 부항도 해주고, 어깨 마사지도 해주셨다. 그 당시는 엄마가 참 큰 지원군이었다. 지금 생각해도 감사한 일이다.

언젠가부터 자기 전에 추억 속 사진들을 한 장씩 꺼내 보는 일이 잦아졌다.

일부러 엄마한테도 사진들을 보여준다.

엄마가 이렇게 젊었었는데..

마음속 시간은 육체의 시간보다 더디게 흐른다.

하루를 온통 예전 추억 속에서 보낸 날은, 하루가 길게 느껴진다.

생각이나 느낌은 머리의 역할인 줄만 알았는데, 지금 생각해 보니 몸이 먼저인 거 같다.

부엌에 들어서서 채소를 다듬기 위해 도마와 칼을 집어 들면, 엄마하고 같이 무거운 배추 옮기며 절이며, 배추 간 보며 서로, 짜네 마네 투닥거리던 것들이 자연스럽게 떠오른다.

엄마와 함께 한 모든 일상들이 떠오른다.

엄마가 다리가 힘들었을 때도 굳이 같이 장 보러 따라나서고, 같이 땀 흘리며, 김장할 배추 장 봐오던 일, 이 집에 이사 들어올 때, 입주 청소비 아낀다고, 꼭두새벽부터 가서 허리가 부서져라, 청소하고 ,

땀이 얼굴에 뚝뚝 떨어지며 허리를 들었을 때, 창밖으로 하늘에 해가 떠오르던 풍경을 같이 보던, 장면들이 여전히 내 근육 속에 생생하다.

우리가 '힘들다'라고 말할 수 있는 것은 여전히 건강한 몸이 있기 때문이 아닐까?
땀 흘리며 하루를 시작하고, 성취감까지 만끽할 수 있게 해 준 나의 몸에 지금 뒤늦게 감사를 표하고 싶다.
그런 고된 추억이 지금 생각해 보면 큰 축복인 것이다.

나중에 더 많은 미소를 짓고 싶다면 지금 삶의 매 순간을 가득가득 알차게 채우며 살아가야 한다. 앞으로 살아갈 날이 얼마가 남았든, 상관없이 말이다.

감사는 아무 불순물이 섞이지 않고, 간절함이 담겨 있을 때 비로소 막강한 힘을 발휘한다.
감사가 다른 감사함을 끌어내기 위해서는 간절한 마음과 순수한 마음인 것이다.
무엇이든 하루에 세 가지씩만 진심으로 감사하자.

예전 어린 시절 나는 늘 불평으로 가득 찬 삶을 살아왔다.

스스로 노력하고 불평하지 말고, 감사한 마음으로 긍정적으로 살아보고자 노력하는 때조차도, 마음속에 떠도는 생각들을 감사와 불평으로 나누어 보자면, 늘 불평하는 때가 일상에 더 많았던 것이다.

마음속에 감사함이 충만해 있었던 것이 아니라, 입과 머리로만 감사하는 진정성 없는 감사, 감사하는 척만 하고 살았던 것이다.
물론 입과 머리로 하는 감사, 억지로 웃는 웃음 역시도 중요하지 않은 것은 아니다.
지속적으로 "감사합니다"를 되뇌고, 억지로라도 웃는 다면, 수많은 양이 모여서 질적으로 변화하기도 한다는 양질전화의 법칙을 따라서 질적으로도, 마음속에 진정한 감사의 마음이 생길 수 있기 때문이다.

잠시 일상을 뒤로하고, 방에 조용히 앉아 한번쯤 눈을 감고 가만히 내 마음속을 들여다보자.
무엇이 보이는가. 원망과 불평으로 혼란스러움이 한가득이지 않은가?
불평한다고 내 상황이 달라졌던가? 그렇지 않다.
원망한다고 내가 바라던 것을 얻을 수 있었던가? 당연히 그렇지 않다.
혼자서 감당하기 힘든 상황일 때는 주위 사람들에게 도움을 요청해

보자, 가족이나 사랑하는 사람들은 인생을 함께하는 소중한 동반자들이므로 솔직하게 마음을 털어놓는다면 지금의 어려움도 현명하게 극복할 수 있을 것이다.

어차피 불평하고 원망해도 바뀌지 않을 인생이라면, 생각을 바꿔 감사할 요소를 찾아보자.

인생의 크고 작은 돌부리에 걸려 넘어졌을 때, 손을 내밀어 주는 사람이 있다면 얼마나 아름답고 행복한 인생이겠는가? 아마도 우리는 내가 힘들었을 때 크게든 작게든 나에게 손을 내밀어준 사람들이 있었을 것이다. 잊고 살았던 고마웠던 사람들에 손편지라도 한번 써보면 어떨까? 짧게나마 감사의 글을 적으면서 따뜻함과 행복감을 동시에 느끼게 될 것이다.

내 안에 감사가 차고 넘치면 밖으로 변화가 나타날 것이다.

상황을 변화시키는 건 부정적인 생각들이 아니라, 감사와 사랑 웃음 같은 긍정적인 생각 들이다.

감사는 분명 현재 상황을 변화시킬 뿐 아니라, 더 좋은 상황을 끌어들이는 힘을 지니고 있다. 필요한 건 그 힘을 사용하는 방법이다.

복권에 당첨되어야만 팔자가 고쳐지는 게 아니다.

병에 걸렸을 때, 죽음을 앞두고, 죽음에 대해 가족, 친구, 주위 사람들과 터놓고 이야기할 수 있을 때, 환자들은 죽음이라는 공포에서 벗어나 심리적인 안정과 여유를 갖고, 삶의 의미와 희망, 동기를 발견하

01

사랑은 살아 있는
지금 이 순간 해야 한다

병원에 계신 환자들, 혹은 시한부 인생을 살아가는 사람들, 죽음을
앞둔 사람들이 공통적으로 하는 말이 있다.
내가 하고 싶은 것을 하고 살았어야 하는데,
내 마음이 가는 데로 살았어야 했는데
다들 후회로 가득 찬 삶이었다 하는 분들이 대부분이다.
사랑이라도 실컷 했어야 했는데
조금이라도 가족들한테 잘했어야 했는데

나 자신과 나의 가족한테 제대로 못한 것, 조금이라도 신경을 썼으면
좀 더 행복한 삶, 충만한 삶을 살 수 있었을 텐데... 하는 것이 제일 크
지 않을까?
가족들한테 좀 더 시간을 냈어야 했는데...

우리의 아버지 엄마들은 '나'도 중요하지만 '가족' '내가 사랑하는 사람들'에 대한 마음이 더 크다.

사랑은 위하는 마음이고 주고 싶은 마음이다.

누군가를 위하는 마음을 갖게 되면 자연스럽게 정성이 따르지 않을까?

식당 주인이 내 아이들의 건강을 생각한다면, 자연히 손님을 위한 상차림도 자연스럽게 건강상차림을 조금이라도 생각하게 되지 않을까? 정성을 조금이라도 쏟지 않을까?

그러면 사업은 반드시 성공하게 될 것이다.

직장에서 업무를 보더라도 '어떻게 하면 최고의 성과를 낼 수 있을까?'라는 마음으로 조금이라도 주인의식을 가지고 일을 하게 되면 정성이 들어간다.

나 역시, 피고용인으로 일을 하고 있는 봉직의지만, 항상 병원 들어가기 전에 병원을 위해서 기도 한다. 오늘도 환자들에 활기찬 하루가 되길 바라고, 병원도 잘 돌아가길 빈다.

나 역시 환자에게 보호자에게 최선을 다하는 하루가 되자 하고 기도하고 다짐하고 병원문을 들어선다.

모두 한분 한분, 간호사, 원무과, 간병사, 조리실 여사님들 환자분들 마주치는 분들마다 '안녕하십니까?' '오늘도 화이팅입니다' 크게 크게 인사한다.

나는 목소리도 좋지 않고, 사투리 쓰고, 말도 더듬거리기 때문에 더 크게 또박또박 인사한다.

환자들, 직원선생들 이름을 다 외우려고 노력하고, 이름을 불러 드린다.

아주 좋아하신다. 회진을 할 때에도 꼭 손을 잡아 드린다. 너무 좋아하신다.

환자분들을 우리 엄마 우리 아버지인양 마음으로 대한다.

덩그러니 나 혼자 있는 시간들이 하루의 대부분인 만큼 환자들의 손을 다 잡아드리고, 식사 맛있게 하세요. 크게 눈가에 주름이 한가득 잡히도록 크게 웃고 크게 인사드린다.

사랑을 담아 일을 하니, 환자들, 직원 선생님들과 나와의 관계는 당연히 좋을 수밖에 없다.

사랑이란 게 별거 인가?

한 번이라도 이름 더 불러주고, 밥 드셨는지 확인해드리고, 안녕히 주무셨냐고 물어 드리고, 시간 얼마 걸리지 않는다. 조금만 신경 더 쓰면 되는 것이다.

학교에서도 선생님들이 직업으로서의 선생이 아니라, 내 학생들의 부모가 된 마음으로 아이들을 바라보면 정말 사랑스럽고, 그전과 달라 보일 것이다.

예전의 나는 어떤 면에서는 나를 돋보이고 싶었던 부분도 있었다.

'어떻게 하면 저 사람들의 마음에 남는 사람이 될 수 있을까?' 하고 생각하고 사람들을 대했던 거 같다.

상대방의 입장에서 상대를 돕우면서, 나도 크는 방식이 아니라, 내 입장에서 상대의 마음을 내 방식으로 이끌어 가려고 한 것에 치중했던 것이다.

상대를 위해 정성을 들이는 것이 아니라, 나를 위해서 대인관계를 해온 경우가 종종 있었다. 정성 없이는 사랑도 없다.

상대를 위하는 마음으로 정성을 쏟자. 그리고 한 번에 안되면 끈기와 진정성을 가지고 지속적으로 여러 번 하면 된다.

자식과의 관계가 소원해졌을 때, 남편과 아내와의 관계가 멀어졌을 때, 부모님과 말이 안 통한다고 연락을 끊고 지낼 때, 내가 먼저 말을 걸어보자.

소통을 시도할 때 배우자의 입장에서, 자녀의 입장에서 , 부모님의 입장에서, 이야기를 들어주고, 생각해보자.

남을 진정으로 배려하는 것이 결국은 나한테 정성을 들이는 게 되는 것이다.

이것이야말로 진정한 사랑의 마음이 아닐까 한다.

사랑에는 끈기가 필요하다. 일시적인 사랑은 사랑이라기보다, 호기심, 일회성 욕망이 아닐까 한다.

사랑은 끝이 없고 은은하게 지속된다. 인내심을 가지고 지속적으로 노력을 해야 하는 것이다.

사랑은 사람에도 해당되지만, 나의 일, 나의 반려동물, 내가 향하는 모든 것에 해당될 것이다.

'위대한 일은 힘이 아닌 끈기에 의해 이루어진다.' '하루에 세 시간씩만 활기차게 걷는다면 칠 년이면 지구 한 바퀴를 돌게 된다'라고 영국의 시인 사무엘 존슨이 말했다. 그만큼 정성과 끈기를 가지고 어떤일을 사랑으로 지속하게 된다면, 큰 일을 이룰 수 있는 것이다.

만 시간의 법칙도 있지 않은가?

어떤 분야의 전문가가 되려면 최소한 1만 시간 정도의 훈련이 필요하다는 법칙으로, 1993년 미국의 심리학자 앤더스 에릭슨이 발표한논문에서 처음 등장한 개념이다.

한 분야의 전문가가 되기 위해서는 최소한 1만 시간 정도의 훈련이필요하다는 법칙이다.

1만 시간은 매일 3시간씩 훈련을 할 경우 약 10년, 매일 하루 10시간씩 투자할 경우 3년이 걸린다.

'1만 시간의 법칙'은 1993년 미국 콜로라도 대학교의 심리학자 앤더스 에릭슨(K. Anders Ericsson)이 발표한 논문에서 처음 등장한 개념이다.

그는 세계적인 바이올린 연주자와 아마추어 연주자 간 실력 차이는대부분 연주 시간에서 비롯된 것이며, 우수한 집단은 연습시간이 1만 시간 이상이었다고 주장한다.

이 논문은 다른 수많은 논문과 저서에 인용될 정도로 심리학계에
큰 영향을 미쳤다.

특히, 말콤 글래드웰(Malcolm Gladwell)의 저서 〈아웃라이어
(Outliers)〉에서 에릭슨의 연구를 인용하며 '1만 시간의 법칙' 이라
는 용어를 사용함으로써 대중에게 널리 알려졌다.

-네이버 지식백과 참조

나는 만 시간의 법칙은 어느 직업적 전문가가 되는데 국한되지 않고
여러 방면에서 적용된다고 생각한다.

자식농사 백년지대계란 말도 있지 않은가?

부모에게 가장 소중한 존재는 사랑하는 나의 아이들 나의 자식들 일
것이다.

그 아이들에게 무한한 사랑을 쏟는, 한 순간, 한 순간에만 이벤트적
으로 아이들에 사랑과 관심을 줄 것이 아니라, 지속적으로, 은은하게
끈기 있게 늘 뒤에서 지켜봐 주고, 배려해 주고, 관심 가져주어야 된
다는 말이 함축되어 있지 않을까 한다.

사실, '시간을 얼마나 채우느냐' 하는 것도 중요하지만, 시간만이 당
신을 그 방면의 전문가로 만들어 주는 것은 아니다.

사람마다 능력의 차이가 있기 때문에, 어떤 이는 비교적 짧은 시간에
도 숙련이 되고 어떤 이는 더 오랜 시간이 걸려도 실력이 늘지 않을

것이다.

중요한 것은, 얼마나 집중하고 끈기 있게 노력을 하느냐 하는 것이다.

사랑하는 대상, 사랑하는 사람에 대해 수많은 시가을 끈기 있게 정성을 들여야 한다.

끝을 다 못 보고 흐지부지 되는 것은 끈기와 정성이 없었기 때문이 아닐까?

끝없는 사랑은 끝을 볼 때까지 지속적으로, 끈기 있게 정성을 들이면 좋은 결과를 볼 수 있을 것이다.

사랑은 위함이다.

사랑을 알고 사랑에 집중하면, 모든 일이 성공한다.

사랑과 정성을 다 할 때 지혜가 생기고 성장한다.

지혜로운 사람은 사랑을 하고 사랑을 나눠줌으로써 정신적으로 건강한 '나'를 만들 수 있는 것이다.

사랑은 씨앗과도 같다.

사랑을 실천하면 그 씨앗이 싹을 틔워 사람사이 사랑의 씨앗이 계속 퍼지게 되고, 나의 마음속에도 계속 씨앗을 뿌리게 되는 것이다.

사랑이 충만해지면, 지혜가 높아진다. 지혜가 높아지면 모든 문제가 슬슬 잘 풀린다.

TV뉴스에서 누군가 의인의 도움으로 목숨을 구하거나, 선행을 행한 따뜻한 뉴스를 보면, 눈이 촉촉해지고, 마음이 착해지는 것 같다. 이를 '테레사 효과'라 한다.

몸과 마음이 같이 건강해지는 효과가 있다고 한다.

이렇게 사랑의 작은 씨앗은 몸의 건강과 마음의 행복까지 싹을 틔우는 것이다.

한번 생각해 보자.

비단, 남녀 간의 사랑이 아니더라도, 자신의 사랑을 주는 데 얼마나 정성을 담고 있는지, 조건 없이 주고 있는지 생각해 보자.

얼마나 적극적으로 사랑의 기회를 내가 먼저 실천하는지 생각해 보자.

가족들 사이에도, 직장 동료 사이에도, 먼저 인사하고, 먼저 따뜻하게 말을 건네보자.

작은 사랑의 씨앗을 먼저 틔워보자!

이렇게 하는 것이, 남을 위함도 있지만, 결국은 나의 몸과 나의 마음을 건강하고 충만하게 하는 것이리라.

나 자신뿐만 아니라 주변 사람들까지 행복하게 만드는 멋진 인생을 하루하루 엮어가게 될 것이다.

02

'눈이 부시게' 오늘 하루도 살아보자

누군가 들어와서, 방이 환해지는 사람, 분위기를 바꾸는 사람을 ice braker라 한다.

어떤 사람은 그가 들어오는 순간 방 안이 환해지면서 웃음과 즐거움이 생겨나고 일할 기분이 나게 하지만, 어떤 자는 그가 나감으로 인해 방이 환해진다.

나는 분위기 메이커다.

나는 의도적으로 내가 원하는 데로 분위기를 바꿀 수 있다.

어릴 때 나는 꿔다 논 보리자루였다. 존재감 없는 미미한 존재, 자존감 없던 아이, 혼자 조용히 동화책 읽던 아이였다.

내가 초등학교 다니던 때만 하더라도, 지금만큼 여자애들이 활발하게 나서던 때는 아니었다. 아버지없는 가난한 집의 여자애.

나의 모든 것이 싫었다. 가난도 싫고, 아버지 없는 것도 싫고, 매일 똑같은 무말랭이 도시락반찬도 부끄럽고, 변변한 옷 하나 없이 늘 사촌 언니 헌 옷 몇 개 얻어다 입는 게 싫었다. 내 몸의 큰 화상도 싫었다.

초등학교는 학교를 거의 가지 않았고, 중학교 때는 존재감 없는, 수많은 여자애들 중의 하나였다.

고등학교 때는 키가 커서 눈에는 띄었지만, 공부도 못하고, 집도 가난하고 집에서 이래저래 치이다 보니, 사춘기 반항심이 고등학교 가서 나타났다, 늘 수업시간에는 엎어져 자고, 쉬는 시간에는 밥 먹고, 수학시간에는 반항하다 매타작당하고 책 던지고 수업시간에 뛰어나와버려서 수업 못 들어가고 , 도서관에서만 15일, 정학까지 당하였다.

고2 때까지 15등급 중 15등급 전교 꼴찌였다.

사회에서 만난 분들, 병원 직원 선생님들은 내가 모범생으로 순탄하게 살아온 줄 안다.

그렇지 않았다.

고등학교 때 방학 보충수업도 안 하고, 수업 시간마다 반항하고, 매타작 당하고 청소시간에 애들하고 주먹다툼도 하고, 시내 나이트 나가는 애들하고 어울렸다.

어떻게 보면 불량학생 중 하나였다.

내가 고등학교 때 CMR 답안지가 처음 도입돼서 보기, 가, 나, 다, 라

객관식 문제를

시험문제도 안 읽어보고 다나가라 다나가라 다나가라 나가라다 나가라다. 마킹하고 엎어져 잤다. 수학 최하점 16점 등 모든 과목이 최하점이었다. 0점 맞은 적은 없다.

우리 아버지가 수학 선생은 맞기나 한 건지, 나는 수학의 수 자만 들어가도 머리가 혼란스럽고 딴 세상에 가있었다.

수학선생님은 내 점수를 보고 말씀하시길, "야들아!!! 원래 빵점은!!!! 소나기도 피해 갈 정도의 실력이나 돼야 맞는 것이지, 아무나 맞는 거 아이데이!!! 까불지 마래이!!!!"

애들은 까르르 까르르 재미있어했다.

그렇게 내 점수가 웃음으로 애들을 재미있게 해주기도 했다.

다른 사람들은 IQ가 다 100이 넘는다고 하는데, 나는 IQ가 56이다.

고등학교 때 IQ 테스트를 하는데, '이게 무슨 아이큐테스트고, 와이래 어렵노, 더럽게 어렵네'하면서 IQ테스트 시험 치다가 대충 마킹하고 시험시간에 나와버렸다.

정말 수학 시험보다 더욱더 어려웠다.

저런 문제를 어떻게 푸는지 이해가 안 되었다.

나는 아직도 의아하다. 그렇게 어려운 시험을 사람들은 어떻게 100이 넘게 나오는지, 아직까지 내 인생의 수수께끼다.

고등학교 때는 이렇게 불량끼 있고, 수업시간에 매일 벌서고 매 맞고, 정학 맞는 쓰레기통 존의 어두운 사춘기 여자애였지만, 고3 때 수학, 물리, 화학 포기하고, 영어, 국어등에만 집중하여 5등급까지 올리고 지방대 법대에 진학가능하였다. 법대 들어가서는 어느 정도 인생에 자신감이 붙어서인지, 서서히 분위기를 주도하는 학생으로 바뀌었다.

그때 알았다. 아! 나도 분위기를 밝게 할 수도 있는 사람이구나, 내 주위에도 사람이 모여들 수 있구나를 알았다. 몇 차례 인생의 파도를 타고 부침을 겪고 난 후,
이렇게 서서히 눈이 부신 사람이 되었고, 동네 연예인이 되었다.

30살이 넘어 한의대 들어갔다. 당시만 하더라도, 드라마 '허준'은 전국적 신드롬 상태로, 최고의 시청률을 올리면서, 많은 학생들이 한의대 가고자 하였다.
나이가 어느 정도 되는 대학생들, 회사원들도, 한의대에 많이 들어가던 시절이었다.
한의대 졸업 후 개원을 하고는 환자를 정말 많이 봤다. 늘 로비대기 소파에 환자들로 가득 차 있었다.
개원 후 다짐했었다. 환자 한 명 한 명 진심을 다해서 볼 것이라고 다짐했다.

환자와의 관계도, 직업적이기보다는 좀 더, 환자에게 인간적인 연민과 애정으로 다가가자고 다짐했다.

나에게 환자들은 환자 그 이상의 존재다.

모르면 제대로 정확하게 모른다 하고, 전공서적, 관련의학서적 다 뒤적여가면, 나중에라도 꼭 환자, 보호자들한테 전화해서 알려주고, 비염이면, 얼굴 단면 그려가며, 원인은 이렇고, 증상은 이렇고, 설명을 짧은 시간 내 최대한의 정보를 줄 수 있도록 정성을 다했다.

환자가 많지 않을 때는 로비까지 나가서 인사드리고, 나이 많은 환자는 신발 신을 때 손 잡아주고, 정말 내 마음과 정성을 다 했다.

환자들이 김장을 담아서 가져다주고, 음식, 선물로 늘 데스크가 수북이 쌓이고, 직원들도 참 흡족해했다.

길이라도 나서면, 근방 사람들이 나를 연예인 대하듯이 와서 손을 잡고, "선생님 손 잡으면 아픈 게 그냥 낫는 거 같아예!" 하면서 좋아해 주셨다. 이것저것 물어보고, 반가워해 주시고, 그 당시는 동네 유명세를 치르며 살았다.

가난이 뭔지를 알고, 아버지 없이 사는 게 어떤 건지, 공장 공순이로도 살아보고, 보험영업, 영어과외, DVD방 알바, 수학학원 알바 강사, 등 이 알바, 저 알바 두루 섭렵해 보아서, 많은 환자들과 이야기하면 난 그분의 마음속에 곧장 들어가 볼 수 있었다.

내가 겪은 모든 경험과 나의 삶의 체험들이 선생이 되어, 내가 환자들한테 깊이 공감하고 그들의 마음을 어루만져 줄 수 있는 사람이 된 것이다.

이렇듯 나는 변했고, 나는 방을 환하게 만드는 사람이 된 것이다.
방을 환하게 만드는 사람으로 변한 것이다.

학교나 직장생활을 하다 보면, 능력도 많고 매사에 옳은 말을 하지만, 함께 일을 하고 싶지 않은 사람이 있다.
정이 안 가고, 얄미운 사람들이 있다.
이런 사람은 상대방의 마음을 감정적으로 움직이지 못하기 때문이다.
사람들은 이성보다는 감정에 좌우되는 법이다.
결국은 사람의 마음을 읽고 움직일 수 있어야 한다.
마음 안에 일어나는 감정은 전염성이 강하다. 잘 웃는 사람 주변에는 사람들이 모이고 같이 웃게 된다.
비록 긍정을 배우기 어려운 환경에 태어났더라도, 긍정의 습관을 기르면 된다.

우리는 본능만이 아니라, 환경, 나의 의지에 의해서도 변화될 수 있는 것이다.

맹자 어머니는 자식을 위해 세 번이나 집을 옮겼듯이 환경에서 습득한 윤리적 습관도 중요한 것이다.

긍정은 타고난 인간 본능과 획득한 윤리와 나의 의지적 습관으로 만들어지고 성장한다.
이렇게 우리는 성숙한 삶을 살아갈 수 있는 것이다.
지금 우리가 긍정적인 하루를 시작하면 자신의 본성과 환경이 본래의 긍정의 마음을 되찾을 수 있을 것이다.

나를 긍정적으로 볼 수 있을 때 내 마음도 열리고, 내 마음이 열릴 때 세상은 내 것이 된다.
그 어느 것도 거리낄 게 없다. 거침없이 내 세상을 향해 오늘도 활기차게 시작해 보는 것이다.
매 시간 매 시간 매 분 매 분 그 순간에 정성을 쏟아 보는 것이다.
커피를 타면 커피를 타는데 정성을 쏟고, 일을 하고 있으면 일에 집중하고, 사람과 있으면 그 사람에 집중하고 관심을 보여 주는 것이다.

내 인생의 목표가 있으면, 한 순간 한 순간 그 목표를 다해서, 내 의식을 집중하고, 이루어질 것이라는 믿음과 확신을 가지고 활기차게 하루하루를 살면 하루의 성공이 쌓여 인생의 성공이 될 것이다.

넘어져도 별거 아니 듯 툭툭 일어나면, 활기찬 하루에 아무것도 아닌 것이 된다.

기쁨은 더 크게 기뻐하면 기쁨이 배가 되어 더 눈부신 하루가 될 것이다.

나쁜 일, 부정적인 감정은, 의식적으로 작게 만들어 똘똘 뭉쳐서 쓰레기통에 버리면, 나의 눈부신 하루에 아무 영향을 주지 않게 되는 것이다.

몸과 마음은 하나이다. 마음이 활기차고 하루하루 즐거운데, 내가 빛이 나는데, 몸이 저절로 건강해지는 건 당연한 이치가 아니겠는가!!

03

죽음을 통해 삶을 배우다

코로나 시국동안 정말 많은 환자분을 저 세상으로 보냈다.

근무하는 병원이 구시가지 주택가 인구가 조밀조밀한 테 있다 보니 독거노인 환자분들이 끊이질 않는다.

주말이면 늘 신환이 있고, 늘 또 누군가를 저 세상으로 보내야만 한다.

낮이야 밤이야 늘 치매 어르신 환자분들, 집에 가겠다고 아우성이신 환자분들 때문에 소동이 끊이질 않는다.

그러다가도 갑자기 순간적으로 적막 같은 조용함이 찾아올 때가 있다.

태풍전야처럼 적막함이 갑자기 밀려올 때가 더 두렵기도 하다.

너무 고요하면 일부러라도 회진을 한번 더 돈다. 혹시나 주무시다가 갑자기 돌아가시는 sudden heart attack 케이스들이 종종 있기 때문이다.

그런 경우 우리도 당혹스럽고, 보호자 들고 불같이 화를 낸다. 환자 관리를 어떻게 하는 거냐고. 어떤 변명도 쉽게 통하지 않는다.

매일 배고프다던 할머니도, 목욕 거부하는 분도, 붕대로 목을 칭칭 감으며 자해소동 벌이는 할아버지도, 다들 점심시간 후 오후 낮잠들을 즐기시고 있다.

그럴 때는 보면, 언제 그렇게 우리를 힘들게 했냐는 듯이, 너무나도 고요하고 평온한 얼굴들이시다. 다들 무슨 꿈을 꾸고 계시는 걸까?

이분들도 몇 년 전까지는 정정하니, 여기저기 잘 다니시고, 식사도 잘하시고, 일반 생활인들처럼 잘 사시고 계셨겠지? 젊었을 때는 고 우셨겠네. 등등 여러 생각들이 든다.

측은하고 연민의 정이 느껴진다.

내가 지금 보고 있는 것은 이들의 망가진 시간과 얼굴들인가?

예전에 '눈이 부시게'라는 TV 드라마에서 치매 환자로 분한 김혜자 님의 마지막 대사가 영혼의 울림을 주었다.

　"내 삶은 대로는 불행했고, 때로는 행복했습니다.
　삶이 한낱 꿈에 불과하다지만, 그럼에도 살아서 좋았습니다.

새벽의 쨍한 차가운 공기, 꽃이 피기 전 부는 달큰한 바람, 해질
무렵 우러나는 노을의 냄새...

어느 하루 눈부시지 않은 날이 없었습니다.

지금 삶이 힘든 당신, 이 세상에 태어난 이상 당신은 이 모든 걸
매일 누릴 자격이 있습니다.

대단하지 않은 하루가 지나고, 또 별거 아닌 하루가 온다 해도 인
생은 살 가치가 있습니다.

후회만 가득한 과거와 불안하기만 한 미래 때문에 지금을 망치지
마세요.

오늘을 살아가세요.

눈이 부시게!! 당신은 그럴 자격이 있습니다.

누군가의 엄마였고, 누이였고, 딸이었고, 그리고 나였을

그대들에게..."

김혜자 님의 이 마지막 대사들이
구구절절이 내 가슴속에 파고들었다.

미래에 대한 기대와 불안이 나를 불평불만만 늘어놓게 만들었고, 세
상에 불만족하는 인간으로, 불행한 인간으로 만들었다.

그런 기대와 불안이 없었다면, 눈이 부신 오늘, 현재, 이 순간을 최선
을 다해 살았을까?

항상 돈돈돈 거리면서, 바쁜 척하며, 살았던 나 자신이 부끄럽다.

엄마 보행이 가능했던 지난 몇 년간, 내가 낼 수 있는 시간이 한정적이어서 엄마를 산책 시켜줄 수 있는 시간이 얼마 되지 않았다.

작년 5월 벚꽃잎 흩날리는 동네 개천변을 지팡이에 기댄 채, 한참을 꽃잎 날리던 하늘을 지켜보고 있던 엄마.

조금이라도 더 즐길 수 있을 때 즐겨 두어야 하는데, 늘 나는 무엇이 그렇게 바쁜지, 재촉이다.

"엄마 빨리 가자. 내 시간 없다!, 출근해야 된다!!' 재촉하고 바쁘다고 성화를 부린다.

엄마는 '내가 이래 예쁜 벚꽃 날리는 걸 다시 볼 수 있겠나? 쪼매만 더 보자.'

그 말에 이상하니 눈물이 왈칵 쏟아졌다. '그래 쪼매만 더 있다 가자. 미안하다.'

엄마의 말에 나도 위를 올려다보니, 꽃잎 흩날리는 하늘이 그리 예쁠 수 없었다.

참 오랜만에 올려다본 하늘이었다.

그리고 그 해 여름이 되고부터는 지팡이도 짚을 수 없었고, 내가 엄마를 업지 않는 이상은 바깥출입도 불가능하게 되었다.

이상하지만, 엄마는 휠체어에도 못 앉는다고 고집 피우시고, 휴대용 용변기에도 못 앉으신다. 척추 기립근들이 앉는 자세를 유지를 못하는 건지, 엄마 마음이 그런지, 이해가 잘 되지 않는다. 앉는 거는 되

지 않는데, 부축하고 일으켜 세워서 억지로라도 걸리면 또 걷는 거
는 된다.

사람의 몸이 이렇게 오묘하다. 모든 환자들마다 상황이 다르고, 한
케이스로 뭉뚱그려 볼 수 없는 것이다.

최근 들어서는 24시간 누워있다. 용변은 오줌줄에 의존하고, 큰 용변
은 내가 직접 손가락을 넣어서 긁어 빼주어야 하는 상황이다. 욕창도
골반의 큰 부위로 하루가 다르게 커지고 있다.

며칠 전, 열심히 땀 흘리며 욕창드레싱하고 있는데, 욕창이 새 살에
생길 때가 환자들은 극심한 통증을 느낀다.

엄마 역시 통증으로 너무 힘들어 끙끙거리던 와중에 뜬금없이 '그때
라도 산책 많이 다녀서 다행이다. 벚꽃도, 봄 기억도 머릿속에 많이
넣어놔서 다행이다. 하셨다.

'그래 맞다 엄마. 아플 때 벚꽃님 날리는 거 생각해라. 자꾸 예쁜 거만
떠올리라' 너무 미안하고, 안타깝고 슬펐다.

죽음은 삶의 끝이 아니다.

단지, 새로운 세상으로 들어가기 위한 통과 의례이다.

죽음은 잠과 같다.

매일 맞이하는 아침의 청량함을 위하여 정신의 심연으로 잠시 이끌
려 가듯이, 큰 새로운 세상을 맞이하기 위하여, 더 깊이 더 오래 시공

간의 역동을 견뎌 내야 하는 것이 죽음이 아닐까 한다.

잠을 잘 때 잠을 두려워하지 않듯이, 죽음도 두려워해야 할 이유는 없다. 단지 전혀 알려지지 않은 새로운 세계로 가는 것이기 때문에 영혼의 전율이라고 여기면 더 나을 듯하다.

형식은 다 다르지만, 모든 종교는 영원한 삶을 이야기한다. 모든 종교에서 선악과 생사의 개념은 다를지라도, 죽음 이후에도 삶은 끝나지 않는다는 것은 공통적으로 이야기하고 있다.

치유받는 삶을 살아야 하는 이유는 바로 삶의 영원성에 있다.
천국에 가기 위해서라도, 윤회에서 업(業, Karma)을 다 하기 위해서라도, 우리는 죽음을 맞이하기 전에 의식의 성장, 영혼의 성장, 영혼의 치유가 필요한 것이다.

시간은 영원하지만, 각자에 주어진 인생의 시간은 짧다.
그래서 오늘 바로 이 순간 치유를 받기 위한 영혼의 간절한 바람이 있어야 한다.
그 누가 삶 이후에 지옥에 가고 싶겠으며, 그 누가 이 척박한 행성에 다시 오고 싶을까?
그래서 이 짧은 인생의 시간 안의 시간에서 치유를 위해, 영혼을 위로해 주고, 아껴주고, 성장하게끔 도와주어야 한다.

겹겹의 생으로 따지면 육체는 아무것도 아닐 수 있다.
치유는 육체적 치유를 말한다기보다 영혼을 맑게 하고, 영혼의 본래 영성을 찾게 만들어 주는 것이 진정한 치유이고 진짜 건강함을 되찾는 것이 아닐까?
영혼의 순수한 영성을 찾아주고, 몸과 마음, 정신과 영혼을 통합적으로 바라보아야 건강한 삶이라고 볼 수 있을 것이다.
내가 좋을 때는 남도 좋아야 하는 것이다. 나도 행복하고 남도 행복해야 하는 것이다.
내가 누군가를 불행하게 한 후의 행복은 진정한 행복이 아니다.
진짜 건강과 행복은 나의 몸과 영혼, 남의 몸과 영혼을 같이 보살펴 줄줄 아는 참된 지혜와 통찰이 있어야 가능한 것이다.

'내일 지구가 망하더라도, 오늘 나는 한그루의 사과나무를 심겠다.'
스피노자의 이 명언을 모르는 사람은 없을 것이다.
세상에 참 많이 회자되는 말이다.
어리고 철없을 때는 이 말이 너무 어이가 없었다.
'내일 지구 어차피 망할 거 사과나무는 왜 심노? 그냥 흥청망청 술 처묵고 놀고 말지' 속으로 그렇게 생각했다.
이렇게 생각하면서도, '엥, 뭔가 이상하긴 하네.. 곰곰이 생각하니,

정말 내일 지구가 망한다고 생각하면, 무서워서 절대 그렇게 놀지 못한다. 사람들은 공포와 두려움에 가득 절어서 아무것도 못하고 있으리라.

그래 나는 어리석었던 것이다. 두려움에 절어 아무것도 못 하기 때문에 무엇이라도 해야 하는 것이다.
지금의 나는 이 말을 나 스스로한테도 그렇고, 조카들, 다른 사람들한테도 제일 많이 강조하는 어구 중 하나다.
이 말을 실천하기 위해 노력한다.
어차피 매일매일 무의미하게 허송세월 보내느니, 노느니 멸치 똥 깐다는 우스갯소리도 있다.
그래, 뭐라도 하는 것이 미래에 대한 불안감과 죽음에 대한 두려움의 감정에 쌓여서 아무것도 못하는 것보다, 뭐라도 하는 것이 나은 것이다.
막연하게 아무것도 안 하고 앉아서 기다리는 것만큼 시간을 낭비하는 것은 없을 것이다.

우리 모두에게 가장 공평하게 주어진 것은 '시간'이다.
그 시간을 우리는 잘 관리하고 의미 있게 '잘' 써야 하는 것이다.

해마다 피는 꽃은 한결같다. 하지만 사람은 한결같지 않다.

오늘의 나와 내일의 나는 다르다.

하루라도 나이를 더 먹은 것이다. 아마 죽은 세포도 있을 것이고, 새로운 세포도 생겼을 것이다.

올해 핀 꽃도 가만 생각해 보면 작년의 그 꽃은 아닌 것이다.

연년세세 만물은 유전하고, 물 흐르듯 흐르고 있는 것이다.

모든 것은 물과 같이 흐르며, 같은 시냇물에 두 번 다시 발을 담을 수는 없는 것이다.

흐르는 물이 다 다르듯, 발을 담그는 나 자신도 늘 변하고 있다.

인생을 응시하고 인생의 진실을 생각한다면 인생에 있어서 모든 기회는 단 한 번밖에 없다는 사실을 깨닫게 된다.

오늘 만다면 내일은 지나가 버린다.

그렇기 때문에 오늘은 오늘로써 의미가 있고, 이 오늘 이 순간은 찰나이자 영원인 것이다.

똑같은 오늘은 없다.

만약 오늘 하루를 보냈다면 그것은 영원히 돌아 올 수가 없는 것이다.

인생이라는 것은 자신이 생각하는 것보다 상당히 짧다.

나는 평생 내가 대학생일줄 알았는데, 늘 아가씨일 줄 알았는데, 뒤돌아보니, 나는 벌써 갱년기 아줌마가 되어있다.

작년 재작년이 어제 같다. 문득 거울을 보니 머리카락에 흰머리가 이렇게 많이 나있는 줄 몰랐다.

우리 지구의 나이에 비해보자. 우리의 일생은 하루살이 지구인생도 안 되는 것이다.

이 지구조차도 우주에서는 신생행성에 속한다.

인생이 80년이라 치면 나의 일생을 하루에 비유하자면, 0시에 나는 태어나고, 새벽 3시에 나는 열 살이다. 오전 6시 스무 살, 회사 출근 시간인 오전 9시는 서른 살에 해당한다.

점심시간 12시는 마흔 살, 졸리는 오후 3시는 쉰 살, 퇴근시간 6시는 육십이다. 저녁시간을 마무리하는 오후 9시는 일흔 살이 되는 것이다.

땡땡 자정 12시가 되면 여든 살로 신데렐라처럼 나는 이 세상에서 사라진다.

남아있는 시간은 정말 얼마 없다. 이렇게 보자면, 시간은 정말 돈 보다도, 다이아몬드보다도, 더 소중한 것이다.

이 남아있는 시간 동안 진심 어떻게 최대한 나 자신을 위해서 제대로 살아갈 것인가 고민해봐야 하는 것이다.

우리는 시간을 컨트롤할 수 없다. 컨트롤할 수 있는 것은 나의 행동이고 나의 마음이다.

문제는 어떤 행동을 할 것인가이다.

그 행동은 나의 마음이 나의 의식이 목표로 정하는 것에 따라 달라질 것이다.

인식의 부재로 인한 단순히 단기적인 목표를 설정하고 계획을 실행하게 되면 진정한 의미의 삶의 충족감 행복감은 곧 사라지고 말 것이다.

깊이 집중해서 생각하여 정한 나의 큰 목적 본래의 나의 사명 혹은 '무엇을 위해', '왜'라는 것에 대한 직접적인 화두를 항상 가슴에 지니고 살아야 할 것이다.

우리는 시간을 컨트롤할 수 없다. 컨트롤할 수 있는 것은 나의 행동이고 나의 마음이다. 문제는 어떤 행동을 할 것인가이다. 그 행동은 나의 마음이 나의 의식이 목표로 정하는 것에 따라 달라질 것이다.

암환자가 아니더라도, 병원 중환자실에 누워있지 않더라도, 우리는 어떤 면에서 모두 시한부 인생을 살고 있는 것이다.

오늘 함께할 시간은 이렇든 짧은 것이다.

하루를 살아도 웃으며 살아야 하고 행복하게 살아야 한다.

삶이 멈추기 전에 더 많이 사랑하고 더 많은 시간을 소중한 사람들과 보내야 한다.

인생은 짧고, 사랑하는 사람과 함께 할 시간은 더 짧다.

내일 내가 힘든 병에 걸리거나, 이 지상에 더 이상 존재 하지 않을지라도 이 현재의 시간만이 나에게 최선의 시간인 것이다.

지금, 이곳이, 가장 눈 부신 곳인 것이다.

04

사람답게 살고 사람답게 죽기

시어머니에게 시달리던 며느리가 참다못해 점쟁이를 찾아갔다

점쟁이가 말했다.

'딱 두 달만 정성을 다해 떡을 해 먹이면 시어미가 죽을 거야'

'그래. 밑져야 본전이다.' 며느리는 온갖 정성으로 시어머니에게 떡을 해 먹였다.

무슨 일인지 내막을 모르는 시어머니는 갑작스러운 며느리의 태도와 정성이 예쁘게 보이기 시작했다.

시어머니는 그렇게 조금씩 변하기 시작하면서 며느리에게 친딸처럼 잘 대해주었다.

비록 의도한 바는 아니지만 어쨌든 며느리 입장에서도 별로 기분 나쁜 일은 아니었다.

며느리는 문득 겁이 나기 시작했다. 두 달 동안 정성 들여 떡을 먹였

는데 죽으면 어쩌지 싶어서 점쟁이를 찾아가 시어머니를 다시 살려 낼 방도를 알려달라 했다.

'이년아, 니 미운 시어머니는 이미 죽었어!!!' 점쟁이가 말했다.

이미 우리는 미운 사람 죽이는 방법을 알고 있다. 속담처럼 우리는 미운 사람 떡 하나 더 주면 된다.

실천이 어려울 뿐이다. 미운이가 무엇인가를 잘못했을 때 비난의 화살을 퍼붓는 것은 일시적인 미봉책이다.

미운 사람을 죽일 때는 '떡'을 써야 하는 것이다. 채찍보다 당근인 것이다. 그래야 미운 사람은 영원히 죽는 것이다.

누군가 미울 때 복수의 칼날을 가는 것은 어리석고 자기 에너지 뺏기는 일이다.

나 역시 오랫동안 누군가를 용서를 못하고 미움을 배가 시켰다. 그 독은 나에게로 향했다.

지금은 모든 이를 놓아주었다. 용서하였다.

날아갈 거 같다. 가장 효과적인 복수는 , 오로지 나만을 생각하고, 나의 인생을 신나고 재밌게 즐겨야 한다는 것을 이제야 깨달은 것이다.

사람은 누구나 홀로 태어나 홀로 죽는다. 예수님이 지셔야 했던 십자가처럼 우리들 삶에도 나만이 감당해야 할, 그 누구도 대신해 줄 수 없는 부분들이 있다.

그러나 또한 태어나는 순간부터 우리 일생은 여러 사람들과 긴밀한 관계를 맺으며 매 순간 누군가와 항생 관계를 맺으며 동행하며 살아 간다.

부모, 형제, 친구, 직장에서의 동료와 상사, 스승과 제자, 부부, 자녀 등들.

파란만장하게 어느 하루도 같지 않은 긴 인생, 사람과 사람사이에서 정으로써 서로 부대끼며 관계의 그물 속에서 살고 있는 나의 존재를 가만히 생각해 보았다.

날줄과 씨줄처럼 얽혀 있는 사람들과 진실한 소통이 이루어질 때만 이 온전한 일체감으로 가슴 따뜻한 사랑의 생애를 살아갈 수 있다는 것을 깨닫게 되었다.

그러한 사랑의 관계는 저절로 이루어지는 것이 아니다.

서로서로 마음과 지혜를 다해 만들어 가는 한 순간순간이 이어질 때 그 결과로써 누릴 수 있는 축복인 것이다.

하지만 정성과 배려를 다 해도 어긋나기만 하는 관계가 있기도 한 것 을 우리는 모두 겪어 보았다.

나는 정성을 다하고 배려를 함에도 돌아오는 것은 나를 등지는 행동 들, 배은망덕을 겪을 때는 세상을 원망하며 절대고독의 벽속에 스스 로를 가두고 세상을 증오하며 나를 차가운 바닥에 내버려 두기에는 단 한 번뿐인 인생이 너무 슬프다.

그렇기에 더욱 공든 탑처럼 절대 무너지지 않는 관계에서 체험했던 기쁨과 보람찬 순간들이 있었음을 소중하게 마음 깊이 희망의 씨앗으로 품고 사람답게 살아가야 할 것이다.

사람답게 살기 위해서, 누군가를 아끼고 사랑한다는 것을 알릴 수 있을 때 다음으로 미루지 않고, 지금 이 순간 알려야 한다. 말로든 행동이든 지금 해야 하는 것이다.

시간은 하느님의 섭리 안에 있는 것이고, 다음이라는 순간은 없을지도 모르기 때문이다.

엄마를 보내기 전에, 부모님을 보내기 전에, 사랑하는 사람을 갑작스럽게 잃기 전에 이야기할 수 있을 때, 행동으로든, 마음을 전할 수 있을 때 전해야 하는 것이다.

'그때 말이라도 할 것을...' 하는 회한은 남기지 말아야 할 것이다.

사람답게 살기 위해서, 누군가의 필요함을 보았을 때, 나의 한계 안에서 할 수 있는 최선의 배려를 하려고 한다.

필요 이상으로 줌으로써 서툰 사랑의 시행착오를 겪게 된다 해도, 정성을 다한 선한 행동은 사람과 사람의 관계 안에서 반드시 교감되고 감응되어 서로의 외롭고 힘겨운 삶의 무게를 가볍게 해 주리란 것을 나는 알고 있다.

이 세상 어디에선가, 그 누구에게라도 향기로운 사랑의 결실로 맺히고 있을 거라 믿는다.

05

삶에서 놓지 말아야 할 질문

초등시절 가장 많이 읽었던 동화책 중의 2권이 빨강머리 앤, 키다리 아저씨다.

앤, 주디 둘 다 고아에 생김새까지 비슷하다.

주디는 키다리아저씨에게 편지를 보낸다.

'아저씨! 저는 행복의 비밀을 알아냈어요. 그것은 과거를 후회하거나 미래를 걱정하며 시간 낭비 하지 말고 지금 이 시간을 최대한 즐겁게 사는 거예요. 저는 작은 행복을 많이 쌓을 거예요!'

어린 시절 나는 행복이 어떤 상태인지 느낌이 오지 않았다. 작은 행복은 머지?

내가 제일 좋아하는 계란 프라이에 된장찌개 비벼서 먹는 건가?

작은 행복이 뭔지 도통 감이 오지 않았다.

아버지가 아프시니, 우리 집은 늘 어둠으로 쌓여있었던 것이다.

지금도 몇 장 남지 않은 사진들을 보자면, 우리 가족 다들 얼굴이 굳어있다.

아버지의 병이 우리 집과, 할아버지집, 외갓집, 내가 아는 모든 세상에 어둠을 내리고 있었다.

아버지가 돌아가셨을 때, 나는 초등학교 5년(늦은 생일에 일찍 들어갔으니 만 10살 때였다.) 어린 사촌 동생의 재롱이 귀여워서 작게 눈치 보며 웃었더니, 아버지 돌아가셨는데 웃는다고 꾸지람을 엄청 들었던 적이 있었다.

아이의 작은 웃음조차 용납이 안되었던 것이다.

큰 우환이 있는 집에선 웃음거리도 있어서는 안 되었던 것이었다.

행복감은 돈처럼 쌓아 놓을 수가 없다. 돈처럼 쌓아 놓고 필요할 때 쓰면 얼마나 좋으랴. 어떤 일을 통해 느끼는 쾌감, 즐거움은 아무리 그 감정의 크기가 크더라도 적정선(역치, threshold)을 넘어가면 더 이상 즐거움 행복감의 크기는 커지지 않는다.

그렇기 때문에 행복은 크기의 문제가 아니라, 얼마만큼 자주 행복한가 가 주된 질문이 되어야 할 것이다.

똑같은 일에도 어떤 사람은 웃어넘기고, 어떤 사람은 분노하고, 어떤 사람은 남 탓을 하고, 어떤 사람은 무관심하고 외면한다. 방어기제가 다 다른 것이다.

사소한 일에도, 남들은 웃어 넘길 일에도 , 나는 과도하게 신경이 곤두서고, 예민하고, 남 탓을 하고, 분노하곤 했다.

사람들은 별일도 아닌데 왜 저러나 했다. 그럴 땐 나도 내가 마음에 안 들었다.

나를 나 자신이 예뻐해 주고 사랑해 줄 줄 몰랐다.

나는 어릴 때 남들 평생에 걸쳐 겪을 일을 난 10년 안에 다 겪었던 것이다. 산전수전 공중전 해상전 다 겪었던 것이다.

내 마음은 다른 어린애들보다 몇십 년은 늙어 버린 것이다. 웃을 여유도 마음속에 남아 있지 않았고, 늘 살아남을 방법을 강구해야 했던 터라, 늘 날이 서있었다.

나 자신을 아껴줄 줄 모르는데, 행복감을 어떻게 느낄까?

내가 나 스스로를 아껴주고 스스로 행복한 모습을 보여주는 것이, 나를 위함이기도 하고 엄마를 위함이기도 한 것이다.

효도란 게 별 게 아니다. 그저 잘 사는 모습, 혼자서도 씩씩하게 잘 해내는 모습을 보여주는 것이다.

부모님은 자식에게 돈이나 선물을 받는 걸 크게 생각지 않으신다.

행복하게 잘 사는 모습을 부모님에게 보여주는 것, 조금이라도 걱정을 덜어주고 마음 편하게 해 드리는 것이 자식이 할 수 있는 최고의 사랑법이다.

부모가 원하는 것, 내가 원하는 것이 아니라, 엄마가 원하는 것을 해주어야 한다.

이불도 베개도 음식도, 남들이 좋다 해서 해주는 게 아니라, 엄마가 편하게 느끼고 엄마 입에 맞는 걸 해주어야 하는 것이다.

내 입장에서 생각할 게 아니라, 엄마 입장에서, 상대의 입장에서 생각해야 하는 것이다.

사랑도 배려도 마찬가지다.
나를 위함도 있지만 상대방의 자리에서 생각해야 하는 것이다.
사랑에는 '베푸는 사랑'과 '나눔의 사랑'이 있다.
베푸는 사랑에는 주는 사람의 권위적인 마음이 은연중에 들어있고, 소유의 개념을 내포하고 있다. 내가 소유하고 있는 무엇인가를 너에게 베풀어 준다는 것이다.
내 소유를 베푼다고 생각하면 언젠가는 그 사랑이라는 생각이나 행동이 고갈된다.
몇 번 베풀었으니 이젠 됐지 않느냐는 것이다.
내가 엄마에게 그랬던 것이다. 그래 이만큼 해줬지 않냐, 이만하면 됐지. 라는 얕은 행위를 사랑으로 착각하고 있었던 것이다.

이에 반하여 나눔의 사랑은 갖고 있는 물질이나 내가 하는 행동에 대해서 '내 것이 아니고 내가 잠시 관리하고 있을 뿐'이라는 생각이다.
나와 상대가 평등하다는 생각을 내포하고 있고, 상대를 존중하고 높이는 마음이 들어있다.
내가 관리하고 있기에 잘 관리하여 물질을 늘린다면 그 늘어난 재화와 나의 능력을 언제까지나 사람들과 나눌 수 있다는 것이다.

우리는 '베푼다'는 말을 쉽게 쓴다. 그러나 베푼다는 말을 쓸 수 있는 존재는 하늘과 땅 자연뿐이 아닐까 한다.

하늘은 햇살, 비, 바람을 조건 없이 우리에게 베풀어준다.

땅은 조건 없이 품고 키워 우리에게 먹을 것을 주고, 살 곳을 마련케 해 준다. 이것이 진정한 베푸는 것 아닐까?

우리 인간에게는 '내 것'이라고 말 알 수 있는 것이 사실 없다. 집착이 왜 생기는가?

소유할 수 있다고 생각하기 때문에 생기고, '내 것'이라고 착각하기 때문에 생기는 마음이 집착이다.

꽃은 피어있기에 아름답다.

그런데 우리 사람들은 그 아름다운 것 좋은 것을 내 것으로 만들고 싶어 한다. 평생을 그런 집착 속에 사는 사람도 많다.

돈, 재산을 쌓아놓고도 더 쌓고 싶어 하면서 탐욕을 부리는 경우가 많다. 정작 가난한 사람은 재산에 대한 탐욕으로 사랑, 행복, 우정, 건강 등 중요한 것들을 잊고 사는 사람들이 아닌가 한다.

어떤 일에 대해서도 집착을 갖게 되면 소유욕이 생긴다. 계산된 사랑도 집착이고 의도된 마음을 내는 것도 집착이다.

애착하고 집착하게 되면 과욕과 탐욕에서 벗어날 수 없고, 나 중심적 사고에 빠지게 되고, 나중에는 소유욕 때문에 자신을 과신하며 사람들을 무시하고 눈앞에 보이는 것이 없게 된다.

사람들이 나를 인정해주지 않을 때는 괴로움에 빠지게 되고, 건강을 잃게 되는 것이다.

병원에 있으면서 이런 경우를 무수히 봐왔다.

정말 많은 사람들이 삼천만 원 때문에 싸우고 쓰러지고, 뇌출혈 오고, 반신불수가 되고,

돈 때문에 살인하고, 자신도 자살시도 하고 급성기병원에서 깨어나서 목숨만 붙어있는 상태에서 요양병원으로 와서 평생을 식물인간으로 사는 경우도 보았다.

'무소유'는 물질을 아무것도 갖지 않는 것이 아니라, 집착을 갖지 않는 것이다.

자연으로부터 잠시 빌려 쓰는 것이라고 생각하면 집착하는 마음이 좀 누그러질 것이다.

나와 인연이 된 관계로 인해서 좀 더 많이 쓸 수 있기도 할 것이고, 좀 적게 쓸 수도 있는 것이다.

재산을 많이 모아 부자가 되었다면, 자연으로부터 내가 혜택을 많이 받았구나, 감사함을 여기고, 남용함을 경계하고 잘 쓰고 잘 나눌 줄 아는 마음이 되어야, 몸과 마음이 건강한 상태를 구가할 수 있는 것이다.

큰 병, 이혼, 사업실패, 실업, 시험 낙방등 무거운 짐도 한순간의 현상

일 뿐이라고 생각한다면 더 이상 짐이 아닐 수 있다.

사람이 진정으로 낮아지지 못하고, 사람들을 배려하지 못하는 것은 자기식대로 생각하고 판단하고, 자기가 우월하다고 생각하는 것은 집착을 놓지 못하기 때문이다.

내가 이 세상에 있는 것은 하늘이 나에게 베풀어서 여기 있는 것이므로, 하늘로부터, 자연으로부터, 다 빌려 쓰는 것이다.
나를 낮추는 자세, 긍정적인 사고로 집착을 내려놓으면, 무엇을 하건 거리낌이 없고, 어떤 일이 닥쳐고 의연하게 대처할 수 있으며, 스스로를 긴장의 끈에서 풀어놓을 수 있게 되고, 몸도 마음도 저절로 건강체가 되는 것이다.

사람은 이해의 대상이 아니라 관심과 배려의 대상이다.
사람들이 사랑을 받고 있다고 느끼고 존중을 받고 있다고 느끼도록 관심을 갖고 배려하는 것이 사랑이다.
나누고 배려하는 데 있어서 중요한 것은 나를 낮추는 것이다. 우리는 사람만이 아니라 하늘과 땅에 대해서도 나 자신을 낮출 수 있어야 한다.
우리 동양 사상에서는 사람뿐만이 아니라 하늘과 자연 앞에서도 나를 낮추고 사랑하라고 가르친다.

하늘은 햇빛을 주고, 생명의 기운을 준다. 천지의 법칙 천륜이 있다. 생명을 살리는 하늘을 공경하고 천륜을 따르는 것이 하늘에 대한 사랑이다.

땅은 우리에게 먹을 것을 주고, 삶의 터전을 준다. 우리가 살아갈 터전을 내주는 자연을 훼손하지 않고 보호하고, 잘 쓰기 위해 노력하는 것이 이 땅에 대한 낮춤의 자세인 것이다.

하늘과 땅과 사람을 위하고 배려하는 것이 천지인 질서를 지키는 것이고, 그것이 사랑과 배려인 것이다.

자연을 아끼고, 보호하고, 사람들과의 관계에 있어서는, 매사 자신을 낮추고, 상대를 존중하고, 내 옆에 사람들을 편안히 해주고, 반성하고 생각하여 스스로의 의식을 바로 세우고, 각자의 도리를 다하는 삶, 사랑이 가득한 삶을 사는 것이 발전하는 삶인 것이다.

우리가 삶을 살아가면서 놓지 말아야 할 화두인 것이다.

발전하는 삶, 건강한 삶, 죽음 앞에서 눈을 감을 때 내가 정말 열심히 잘 살았노라고 나를 뿌듯하게 해 줄 수 있는 삶을 살아야 하는 것이다.

06

죽음은 우리 가까이에 있다

나도 갱년기가 되어가고 내 나이정도가 되면 매일 같이 '고마워~"고 맙습니다~"감사합니다"사랑해~"사랑합니다' 같은 말이 쉽게 나오지 않는다. 물론 고마워하는 마음은 갖고 있지만 말이다.

사람은 항상 다른 사람에 대해 항상 '~해주었으면 좋겠다'라고 생각하는 법이다.

결혼하면'아내니까(남편이니까) 이렇게 해주었으면 좋겠다, 저렇게 해주었으면 좋겠다.라고 아무렇지도 않게 요구한다. 엄마니까, 아버지니까, 자식한테 많은 걸 요구한다. 사랑이라는 명목으로 이래 하라 저래 하라 요구한다.

이 '해주었으면 좋겠다'에는 그렇게 하는 것이 당연하다는 마음이 숨어있다.

'아내니까 식사준비를 하는 것이 당연해, 빨래나 청소도 당연히 해야지'. '남편이니까, 남자이니까 일을 하는 것이 당연하지. 휴일에는 가족들에게 서비스하는 것이 당연해'라는 식이다.

이 때문에 '당연한 것'이 이뤄지지 못했을 때는 상대에 대한 불만이 커진다.

그러나 '당연하다'라는 개념은 그다지 건설적이고, 발전적이라고 하기에 힘들다.

상대에게 고마워하는 마음이 좀 부족하게 느껴진다.

사람은 모름지기 서로 도움을 주고받으며 살아간다. 남편이 일로 지쳐있다면 '맛있는 식사를 만들어 주고 싶다'라고 생각하면 된다.

아내가 집안일로 힘들어하면, '내가 빨래를 대신해주고 싶다'라는 마음이 들었으면 한다. "해주고 싶다'라는 마음이 들면, 상대방에게도 '해주고 싶다'라는 답이 돌아오는 법이다.

나이가 든다는 것은 과연 무엇인가?

늙어간다를 다들 동의어로 생각한다.

최근에는 익어간다. 이런 식으로 표현하는 노래 가사도 있다.

공감이 되는 거 같기도 하고 낯설기도 하다.

일단. 내가 나이 들어가는 것에 익숙하지 않다.

모든 사람이 그럴 것이다.

모두 처음 맞이하는 나이 들어감일 것이다.

나이가 늘면서 기초 대사율이 떨어지고, 지방은 늘어나고 근육은 감소한다.

노화가 전적으로 좋다거나, 전적으로 나쁜 것이다. 이런 식으로는 보기 어렵다.

그러나 누구나가 늙는 것은 기분 좋지는 않을 것이다.

사람들은 죽음이 다가오는 순간에는 일상의 사소한 것들이 정말 간절한 것들이라는 사실을 알게 된다

나에게 중요한 것들은 엄마한테도 중요한 것이라는 사실을 잊지 말아야 한다.

내 하루의 삶이 중요하듯이 엄마의 하루 삶도 무척 가치 있고 소중한 사실을 알아야 나 자신도 볼 수 있는 것이다.

내가 누리고 있는 것들의 고유한 가치들을 생각하게 된다. 삶의 소소한 것들이 죽음 앞에서는 더없이 소중해지는 것이다.

그리고 죽음은 '나 자신이 얼마나 소중한 사람인지'에 대해 조금씩 알려주고 있다.

나에게 나 자신이 걸어온 시간의 의미를 상기시켜 주며 내가 걸어온 시간과 앞으로 걸어가야 할 방향에 대해 알려준다.

이렇게 죽음은 인생에서 더 중요한 것이 무엇인지를 알려주고 있는 것이다.

살아가는 것은 또한 죽는 것이다.

죽음은 삶의 진가를 깨우쳐주는 소금이다.

죽음은 삶의 끝이 아니다.

우리 주위에는 힘들게 사는 사람들이 생각보다 많다. 사람들을 만나서, "요즘 어떻게 지내시나요?" 하고 물어보면 대부분이 쉽지 않다, 어렵다고 말한다.

겉보기에는 즐거운 것 같아도 안으로 들어가 보면 모두 나름대로 근심과 걱정을 가지고 있다.

세상에 걱정이 없이 사는 사람은 없다.

그것이 인생이다. 왜 인생은 걱정과 근심이 끝이지 않을까? 인생은 한시도 잔잔할 수 없는 바다와 같다. 풍랑의 크고 작음의 차이는 있지만 늘 출렁거리는 파도를 피할 수는 없다.

사람이 살아가는 것을 보면 즐거운 일보다 슬픈 일, 편안한 일보다 힘든 일이 더 많다.

그래서 미래를 보면 앞이 안 보이는 어둠과 같은 상황이 생길 수 있다.

하지만 이것이 인생이다.

인생은 어둠의 터널을 지나는 기차 같다는 생각이 종종 들기도 한다.

멀리 보이는 가느다란 빛을 보면서 조만간 곧 이 어둠은 끝나고 저 빛이 있는 환한 세상이 열리겠지.

그렇다. 금방 빛 안에 우리 기차는 들어가 있는 것이다.

비록 살아가는 과정은 어둡고 힘들지만, 인생의 끝은 환한 세상이 기다리고 있음을 기억하자.

07

세상이 아름다운 이유

가끔씩 행복과 인기를 한 몸에 누리는 연예인들의 자살소식이 뉴스에 나온다.

많은 돈, 인기, 명예, 지위를 누리는 사람들이 인생을 비관하여 자살하는 소식이 종종 뉴스를 통하여 나온다. 그때마다 우리는 의아해한다.

남들보다 높은 지위와 많은 돈과 인기를 얻고 있는 사람들이 인생을 비관하여 자살하기도 한다.

저렇게 예쁘고 돈 많고, 많은 팬들의 사랑을 받는 인기 스타가, 돈과 명예와 예쁜 자녀와 아내를 둔 사람이, 행복을 한 몸으로 누릴 것 같은 그런 사람들의 자살 뉴스에 우리는 과연 행복이란 무엇인가에 대하여 생각하게 된다.

그때마다 우리는 그들을 이해하지 못한다.

최근 우리는 행복의 잣대를 돈, 스펙, 아파트, 명품백, 스포츠카, 연예인, 등 눈에 보이는 것으로 판단을 한다.

나보다 더 좋은 아파트에 살고, 더 가진 사람과 있으면 나는 불행하다는 생각을 하게 된다.

나와 상대를 어떻게 보느냐에 따라 행복과 불행은 결정된다는 것을 말한다. 행복과 불행은 상대적이다.

사람은 누구나 행복하게 살고 싶어 한다. 행복을 얻기 위해 남보다 더 가지고, 더 많이 배우고, 남보다 더 크게 되는 방법을 찾는다.

사람의 욕심은 한도 끝도 없다.

사람의 행복과 불행은 생각하기에 따라 달라진다.

산다는 것이 너무 힘들고 도저히 살 이유가 없다고 생각한 사람일지라도, 중환자실에서 산소호흡기로 생명을 연명하는 사람들을 보면, 내가 지금 최소한 건강하다는 것 하나만으로도 행복하다는 생각이 들게 된다.

이렇게 조금만 주위를 돌아보고, 시야를 넓게 열고 주변 사람들을 다양하게 만나보면 행복은 먼 곳에 있는 것이 아님을 알게 된다.

인간은 소유하면 할수록 자신을 잃어버리고, 그 소유가 마치 자신의 모습인 것처럼 착각을 한다. 지위가 높다고 자기의 인격이 높은 것은 아니다. 많은 물질을 가졌다고 해서 자기의 품격이 완성되는 것은 아니다.

행복은 버림으로써, 내려놓음으로써, 포기함으로써 얻어진다. 사람은 잃어버리기 전에는 자신을 잘 발견하지 못한다. 재산이나, 건강을 잃고 나서야, 가족의 소중함을 알게 되고, 일상의 건강한 삶이 얼마나 소중한 줄 알게 되는 것이다.

사랑하는 사람을 먼저 하늘나라에 보낸 후에야 그 사람이 소중한지 알게 된다.

인생의 시간이 지나고 나서야 그때 시절이 소중한지 뒤늦게 알게 되는 것이 우리인 것이다.

우리는 평안함과 행복을 추구하지만, 그 상태가 지속되면, 그 속에 우리가 있음을 잊어버리게 되고, 무감각해지게 된다.

행복은 멀리 있는 것이 아니다. 행복은 가까운데 있는 것이고, 내가 스스로 만들어 가는 것이다.

충분히 행복할 수 있는 상황임에도, 남과 비교하고 더 많은 것, 더 높은 곳으로 오르려 하다 보면 늘 불평불만 속에 살수 밖에 없게 되는 것이다.

욕심은 이렇게 행복으로 가는 문을 가리고 있는 것이다.

인생의 마지막 지점, 성공의 마지막 지점은 행복이다.

만약 행복하지 않다면 그것은 성공이 아니다.

인간은 누구나 행복하게 인생을 살고 싶어 한다.

그러나 행복이 모두에게 주어지는 것은 아니다.

스스로 불행하다고 생각하면서 자기 처지를 비관하는 사람들이 많다.

겉모습은 행복해 보여도 실제로는 울고 있는 사람들이 있다.

가족, 친척, 친구, 이웃, 일, 성공, 이 모두가 나를 행복하게 해 주기 위해 존재한다.

만약 그것이 나의 행복에 걸림돌이 된다면 그것은 의미가 없다.

과연 인간에게 행복은 무엇이며, 어떻게 하면 행복해질 수 있는지, 늘 생각하고 나에게 맞는 방법을 강구해야 한다.

지금 당장 행복해지는 비결이 하나 있다. 그것은 지금보다 더 불행한 일이 닥칠 수 있음을 하는 것이다.

그것은 지금보다 더 불행한 일이 닥칠 수 있음을 아는 것이다.

그러면 지금 모습에 만족하며, '나는 행복한 사람이다.'라는 생각을 하게 될 것이다.

나는 여태껏 살아오면서, 아마도 가장 부정적인 사람 중 일등 가라면 서러울 정도의 지질한 인간이었다. 남이 잘되면 부러워하고, 일이 안되면 남탓하고, 소인배였다.

우리는 늘 더 좋은 것, 더 나은 것을 추구하고 그 방향으로 가려는 습성이 있다.

부모님을 먼저 보내드리는 일은 어쩌면 가장 자연스러운 모습일 것이다.

죽음앞에서 느끼는 슬픔은 세상에서 가장 자연스러운 일이라 생각한다.
그렇다고 이 말이 우리의 슬픔을 덜어주지는 못한다.
사랑하는 이들을 보지 못한다는 것은 세상에서 가장 견디기 어려운 슬픔임에 틀림없다.

매일 문득문득 엄마의 잔소리가 들리는 듯하다.
인생은 평생을 읽어도 다 읽지 못하는 책과 같은게 아닐까 한다. 인생이라는 책을 몇 페이지도 안 읽고 미리 책 뒤쪽을 당겨서 걱정하고, 슬퍼하고 우울해 한다면, 아직 내가 접해보지 못한 재미있는 이야기들을 접하지도 못하고 책을 덮게 될수 도 있을 것이다.
인생은 아직도 다 읽지 않은 나만의 책인 것이다. 오늘 읽는 이 장이, 오늘 하루가 슬프고 외롭고 아팠다면, 다음 장은 행복이 싹트는 페이지가 시작되는 장일 수도 있는 것이다.
걱정 근심 잠시 이번장으로 끝내고, 다음 장을 설레는 마음으로 기다려보자.

삶이란 늘 좋은 것들로만 가득찬 것이 아니기에 때로는 슬픔도 감내

해야하고, 민망할정도로 부끄러운 것들도 감내해야하고, 속좁고,치졸하게 보이는 나의 모습도 당당하게 마주 할줄 알아야 한다.

어려움에 맞닥뜨릴 때 , 슬픔이 내 인생을 지배할 때, '이 또한 지나가리라' '시간이 약이다'라고 되내여본다.

잠시, 숨을 고르고, 하느님의 등에 업혀, 가만히 자신을 내려놔보자, 내가 발버둥을 치면, 나를 업고 가시는 하느님이 더 힘들어지시는 것이다. 그렇게 자신을 조금만 내려놔 보면, 언젠가, 어느새, 어둠의 터널을 뚫고 햇살가득한 평원을 맞이 하게 될 날이 조만간 오게 된다는 것을 깨달을 수 있게 된다.

김선영

대장건강의 핵심, 식이섬유와 낙산균

노화방지의 핵심 대장건강 지킴이:
아직도 유산균이 더 중요해 보이시나요? 유산균을 이기는
낙산균의 이야기를 들어보세요.

대장 54명 VS 소장 2명

중앙암등록본부 자료에 의하면 2020년 기준으로 국내 대장암 발생수는 10
만 명당 54명입니다. 반면 소장암 발생수는 10만 명당 2명입니다. 참고로
2000년대 들어 한국인의 대장암 발병률이 급격히 증가하여 세계 1위라고 합
니다. 비단 암뿐만 아니라 과민성 대장증후군, 크론병 등 대부분의 장 관련 질
환이나 변비, 설사 등의 장 트러블은 소장이 아니라 대장에서 발생합니다.

장 질환, 장 트러블은 왜 대장에서 주로 발생할까?

소장보다 대장에서 질환 발생률이 높은 이유는 미생물의 밀도가 다르기 때문
입니다. 위 그림과 수치에 적혀있다시피 소장에는 대략 1g당 ~ 개의 미생물
이 존재합니다. 반면 대장에는 1g당 개의 미생물이 존재합니다. 논문에 따라
서 수치는 조금씩 다르지만 대장의 미생물 밀도가 압도적입니다. 미생물의

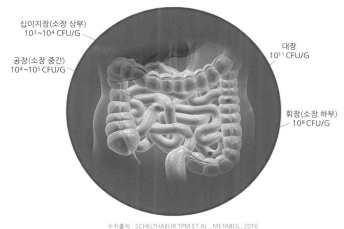

십이지장(소장 상부)
10^3~10^4 CFU/G

공장(소장 중간)
10^4~10^5 CFU/G

대장
10^{11} CFU/G

회장(소장 하부)
10^8 CFU/G

수치출처 : SCHELTHAEUR TPM ET AL., METABOL, 2016

수가 대장이 소장보다 1000배~1억 배인 만큼 당연히 장 관련 질환은 대부분 소장이 아니라 대장에서 발생하는 것입니다.

유산균은 소장에서 작용한다

프로바이오틱스를 섭취하는 목적은 장건강 때문일 텐데 정작 시중 장 관련 제품의 대부분이 소장에서 작용하는 유산균(Lactobacillus)이라는 것은 아이러니가 아닐 수 없습니다.

유산균, 즉 락토바실러스균은 알려져 있다시피 생존력이 원래 낮기도 하거니와 호기성(산소가 있는 공간에서 활동) 균이어서 대장에서 생존율이 극히 떨어지고 주로 소장에서 작용합니다. 논문에 따르면 대장에서 활동하는 미생물 중에서

락토바실러스 계열은 0.3%에 불과합니다. (Dustin D Heenty, et al. 2018)

유산균은 원래 생존율이 낮다

유산균은 열에 약한 특징이 있습니다. 고온에서 거의 대부분 사멸할뿐더러 심지어 상온에서도 매우 낮은 생존율을 보입니다. 상온에서 3개월간 보관하면 약 80%가량 사멸된다고 합니다. 한때 유산균 냉장배송이 유행한 것도 낮은 생존율 때문입니다.

다음으로 유산균은 위액(강산성)을 통과하는 과정에서 대부분 사멸합니다. 아래 신문기사에 따르면 위액에서 유산균은 0.02%~0.000007%의 생존율을 보입니다.

위액 내 유산균 파괴 심각 (오마이뉴스 2002.05.27.)

유산균제품	생유산균 수	생존 유산균 수	생존율
B사	28억 CFU	58만 CFU	0.02%
S사	41억 CFU	3만3천 CFU	0.0008%
N사	32억 CFU	1만4천 CFU	0.0004%
H사	31억 CFU	2천 CFU	0.00006%
M사	41억 CFU	300 CFU	0.000007%

인공위액 내 유산균 생존율(보건산업진흥원, 2002)

그 밖에도 담즙산, 소화효소에도 유산균은 대부분 죽게 됩니다. 이렇듯 유산균의 생존율이 너무 낮다 보니 여러 제조사들은 인공캡슐을 씌워서 생존율을 다소 높이기는 하지만 획기적으로 생존율을 높이기에는 역부족입니다.

몇 년 전부터 프로바이오틱스의 대안으로 유산균 대신 유산균의 먹이인 프리바이오틱스와 유산균의 대사산물인 포스트바이오틱스가 크게 유행한 이유도 유산균의 생존율이 낮으니 차라리 생존 여부와 관계없는 유산균의 먹이 또는 대사산물을 먹자는 전략입니다.

대장에서 작용하는 프로바이오틱스에는 어떤 것들이 있을까?

대장 프로바이오틱스에는 대표적으로 비피더스균(Bifidobacterium)과 낙산균(Clostridium butyricum) 두 가지가 있습니다.

우선 비피더스균부터 살펴보겠습니다. 비피더스균의 기능은 대체로 유산균과 비슷한데 혐기성(산소가 없는 공간에서 활동) 균이기 때문에 주로 대장에서 활동하는 균입니다. 다만 아포(자연캡슐)가 없는 균이어서 열, 위산, 소화효소 등에 쉽게 죽어버리는 것은 유산균과 동일한 단점입니다.

우리가 주목할 만한 균은 낙산균입니다. 혐기성 균(대장 같은 산소가 없는 공간에서 활동하는 균)이어서 대장에서 주로 활동하며 아포를 형성하는 균이기 때문에 열, 위산, 소화효소에 살아남는 특징이 있습니다. 가령 위액에 1시간가량 노출되면 80~90% 정도 생존한다고 알려져 있습니다.

아포(Spore)의 실제 모습 George C. Stewart, et al. 2015

그림에서 보시다시피 아포의 두께는 과일 껍질 수준이 아니라 호두껍질처럼 굉장히 두껍습니다. 강산성, 고온, 소화효소에도 살아남는 비결인 것입니다.

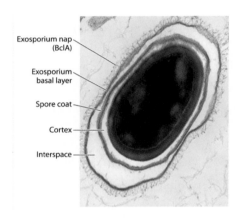

"낙산"은 대장세포의 에너지원

낙산균의 첫 번째 특징이 높은 생존력이라면 두 번째 특징은 "낙산"을 생성한다는 것이며, 이것이야말로 여타의 프로바이오틱스와 질적으로 달라지게 하는 부분입니다.

인체 내 대부분의 세포들은 혈류 내의 포도당을 에너지원으로 합니다. 그런데 대장세포는 특이하게도 낙산(butyrate, butyric acid)이라는 단쇄지방산

(SCFA, Short Chain Fatty Acid)을 주요 에너지원으로 사용합니다. 낙산균이 식이섬유를 먹어서 뱉어내는 것이 낙산이라는 물질입니다. 흔히 대장암을 예방하려면 식이섬유를 많이 먹으라고 하는데, 식이섬유 자체가 대장의 영양소로 쓰이는 것이 아니라 식이섬유가 발효되어 나오는 낙산이 대장에 작용하는 물질입니다.

그런데 현대에 들어 식습관이 고기, 빵, 가공식품 위주로 바뀌면서 포도당은 과잉섭취인데 식이섬유 섭취는 줄고 따라서 낙산의 생성도 줄고 있습니다. 21세기가 영양과잉의 시대라는데 막상 대장세포는 영양실조에 빠지는 아이러니한 상황이 벌어지고 있습니다. 한국이 2000년대 들어 대장암 발병률이 급상승하여 세계 1위로 된 것도 이러한 식습관 변화와 밀접한 관련이 있습니다.

"낙산"이 대장세포의 에너지원이라는 의미는 낙산이 부족하면 대장이 제 기능을 못 한다는 의미입니다. 우선 낙산이 부족하면 대장세포의 자가포식(세포의 자살)이 증가합니다. 대장세포 전체가 교체되는데 5~7일이므로 낙산부족이 일주일 지속되면 대장세포는 그야말로 황폐해집니다. 다음으로 낙산이 부족하면 면역의 1차 방어선인 장점막의 얇아지거나 없어지며, 또한 장벽기능이 약화되어 장 누수가 발생합니다. 낙산이 대장기능의 핵심물질로 작용한다는 사실은 2천 년대 이후 마이크로바이옴 연구가 활발해지면서 수없이 많은 논문에 의해 입증되고 있습니다.

낙산은 밀착연접 단백질 (Tight Junction) 발현을 유도하여 장누수를 예방 (Perez Reytor, 2021)

"낙산"은 대장을 산소가 없는 공간으로 유지시켜주는 핵심물질

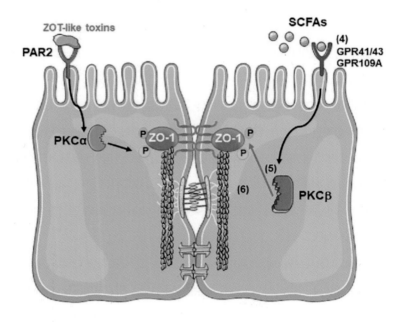

낙산의 두 번째 작용기전은 대장을 산소가 없는 공간(절대혐기공간)으로 유
지한다는 점입니다. 대장에 존재하는 유익한 균들은 모두 절대혐기균, 즉 산
소가 없는 곳에서 활동하는 균입니다. 반면 대장균, 살모넬라균, 비브리오균
등의 유해균들은 통성혐기균, 즉 산소가 다소 있는 곳에서 생존력이 뛰어난
균입니다. 그런데 낙산은 대사과정에서 산소를 소비하여 대장을 계속 산소가
없는 공간으로 유지시켜 줍니다. 2018년 Science에 발표된 논문에 따르면 이
것이 장항상성의 핵심 요인으로 지목되었습니다. 즉 낙산이 부족하면 대장에

산소가 늘어나 유해균들이 증식되고, 낙산이 풍부하면 대장을 절대혐기공간
으로 유지하여 유익균들이 증식하는 것입니다.

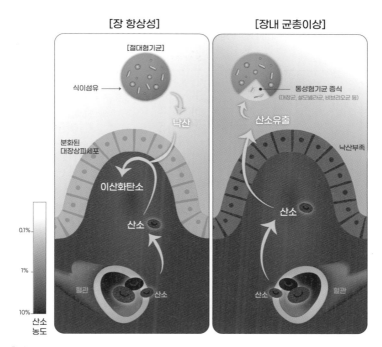

출처 : Litvak, Science 2018

"낙산"은 포만감과 대사를 조절하는 GLP-1 분비의 트리거

마지막으로 낙산은 포만감과 대사를 조절하는 호르몬 물질인 GLP-1과 PYY
의 트리거물질입니다. 2023년에 삭센다, 위고비 등 다이어트 주사제가 그야

말로 대히트를 쳤는데, 다이어트 주사제의 작용기전이 GLP-1 유사체입니다. 그런데 막상 GLP-1은 원래 대장에서 분비되는 호르몬이며, 낙산이 트리거물질인 것입니다. 따라서 비만, 당뇨 등 각종 대사질환에도 낙산은 중요한 역할을 하며, 다양한 인체임상을 통해 밝혀졌습니다.

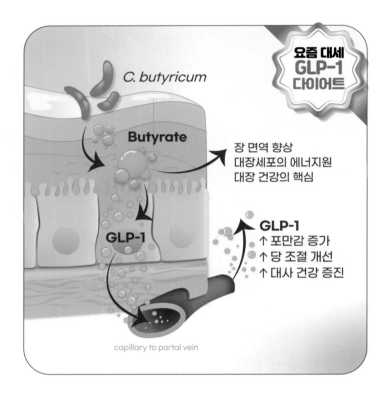

위에서 밝혀진 낙산의 작용기전들은 2000년대 이후 마이크로바이옴 연구를 통해 밝혀진 핵심 내용들입니다. 따라서 마이크로바이옴 연구자들 사이에서

는 낙산이 대장세포의 에너지원으로서 대장건강을 좌우하는 핵심물질로 간주되고 있으며 낙산을 잘 생성하는 균의 개발에 집중하고 있습니다. 현대인들의 부족한 낙산을 보충하기 위해서는 채소섭취도 늘려야겠지만 낙산을 생성하는 프로바이오틱스인 낙산균이 반드시 필요합니다.

일본 병원 처방 정장제 1위가 낙산균

낙산균을 먼저 연구하고 상용화한 곳은 일본입니다. 의약품, 건강기능식품, 일반식품으로 다양하게 활용되고 있으며, 일본 병원에서 처방되는 정장제 중에서 1위가 바로 낙산균입니다. 이유는 효능효과가 명확하며, 수십 년간 사용해 본 결과 부작용이 보고된 바 없으며, 과학적 근거가 충분히 밝혀져 있기 때문이라고 하였습니다.

일본병원 처방 1위 낙산균

1위	낙산균 48.4%
2위	비피더스균 38.6%
3위	유산균 6.7%
4위	락토민 6.3%

2023년 7월 닛케이 메디컬 일본의사 8,427명 앙케이트 결과

한국인에게는 한국 유아로부터 유래한 K-낙산균

한국은 수십 년 동안 일본 낙산균을 의약품으로 수입하여 판매하거나 또는 유산균 제품의 부원료로 사용해 왔습니다. 다만 낙산균의 원료가격이 고가이다 보니 적은 함량만 사용하였습니다. 최근에 국산 특허 낙산균이 나오게 되어 이제 한국에서도 낙산균을 다양한 방식으로 활용할 수 있게 된 것은 반가운 소식입니다. K-낙산균은 자연분만과 모유 수유를 거친 한국 유아로부터 유래한 균주에서 분리하였다고 합니다. 국책연구기관에서 특허를 받았는데 항바이러스 활성이 특허 내용이라고 합니다. 프로바이오틱스가 항바이러스로 특허를 받는 것은 흔치 않은데 그만큼 강한 균이라고 할 수 있겠습니다.

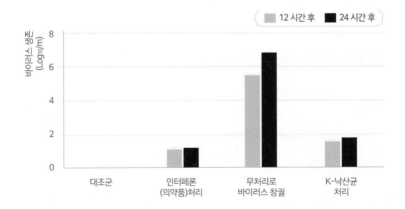

인플루엔자 바이러스에 대한 K-낙산균의 항바이러스 실험

인체전반의 저강도 염증이라면 낙산균을 고려해 볼 필요가 있다

강한 염증 반응이 있다면 그 부위에 치료를 한다거나 항생제, 항염제 등의 의약품 처치를 해야 합니다. 그러나 막상 정작 까다로운 것은 신체전반의 저 강도 염증입니다. 저강도 염증이 있다고 하여 매번 항생제, 항염제를 남발했 다가는 오히려 약물내성이 생겨 더 큰 문제를 불러일으킬 수도 있기 때문입 니다. 저강도 염증은 알레르기, 피부질환, 안구건조증, 면역력 취약, 비만, 당 뇨, 혈관질환의 원인 중 하나가 되며 특정 부위에서만 문제를 일으키는 것이 아니라 신체기관 곳곳을 염증물질이 돌아다니면서 온갖 문제들을 일으키게 됩니다.

이러한 염증의 약 70%가 대장에서 만들어집니다. 그래서 장이 만병의 근원 이라는 말도 있습니다. 미국에서 대장암 발병이 급증한 때부터 이에 대한 연 구를 시작하였는데, 처음에는 식이섬유에 주목하였고, 이후로는 유산균, 장 내 균총 등 다양한 연구가 진행되었습니다. 그리고 2000년대 이후로 다양한 실험과 인체임상을 통해서 낙산을 비롯한 단쇄지방산(SCFA)이 핵심 바이오 마커라고 결론을 내렸습니다.

이제 장건강도 과학적으로 관리할 때입니다. 식습관으로는 식이섬유 섭취를 늘리는 것, 그리고 프로바이오틱스를 섭취하신다면 기왕이면 낙산을 생성하 는 낙산균이 유산균보다 낫다고 말씀드리겠습니다.

02 건강 백세 혈관 건강을 도와줄 삼칠삼

건강 100세의 길을 함께 할 인삼보다 더 뛰어난,
압도적인 사포닌 함량의 삼칠삼

삼칠삼, 압도적인 사포닌 함량

삼칠삼, 전칠삼이란?

한반도를 비롯한 동북아시아 산간지대에 인삼 (학명 Panax ginseng)이 있다면 베트남에 가까운 중국남부 산간지대에 삼칠삼, 다른 이름으로 전칠삼이 있습니다. 학명으로는 Panax notoginseng입니다. 여기서 Panax는 인삼속을 가리키며 notoginseng은 종명인데 남쪽인삼이라는 뜻입니다. 즉 인삼과 동일 속, 다른 종이 되겠습니다. 서식지는 삼국지에 나오는 맹획의 활동무대였던 운남성이 주된 지역으로 해발 3000미터 이상의 산간지대에서 나는 식물입니다.

한의에서 보는 삼칠삼

본초강목에 산어지혈, 소종지통, 각혈, 토혈, 변혈, 요혈, 붕루, 외상출혈, 흉복자통, 육혈에 모두 효과가 있다고 쓰여있습니다. 크게 보아 어혈을 없애는 것과 지혈을 하는 두 가지 작용으로 혈액순환을 촉진하는 것과 관련한 약재입니다. 현대 중국에서는 심혈관질환과 뇌혈관질환에 의약품으로 사용하고 있기도 합니다.

삼칠삼(三七蔘)
삼 종류의 하나. 중국의 윈난성 동북부로부터 광시성 서남부에 이르는 지역에서 야생으로 자라거나 재배된다.

인삼과 삼칠삼 비교

인삼과 삼칠삼의 공통점은 Rb1, Rg1, Rg2, Rg3 등 공통 진세노사이드가 함
유되어 있으며 이들은 신경계 및 면역질환에 약리학적 효과를 가지고 있습니
다. 차이로 보면 인삼에는 다당류와 아미노산이 더 많이 들어있어 영양 측면
에서 삼칠삼보다 더 뛰어납니다. 따라서 활력강화를 목적으로 한다면 인삼이
더 낫습니다. 반면 삼칠삼은 사포닌 함량이 인삼보다 4배가량 높아서 항염과
혈액순환 촉진에는 삼칠삼이 더 낫다고 할 수 있습니다.

출처 : Chemical constituents of Panax ginseng and Panax notoginseng explain why they differ in therapeutic efficacy,
Pharmacological Research Volume, 2020

심혈관질환과 뇌혈관질환에 탁월

나토키나제 등의 일반적인 혈행개선 영양제는 혈전을 용해하는, 즉 피를 묽게 하는 방식으로 피가 잘 통하게 하는 것입니다. 그러나 삼칠삼은 혈관확장과 항염증 두 가지 효과를 동시에 가지고 있습니다. 한편으로는 혈관확장을 통해 피가 잘 통하게 만들고, 한편으로는 항염증 작용을 통해 혈관장벽의 염증을 없애고 혈관을 튼튼하게 만들어 주는 것이 삼칠삼입니다. 이로 인해 현대중국에서는 삼칠삼을 심혈관, 뇌혈관 관련 의약품으로 쓰고 있기도 합니다.

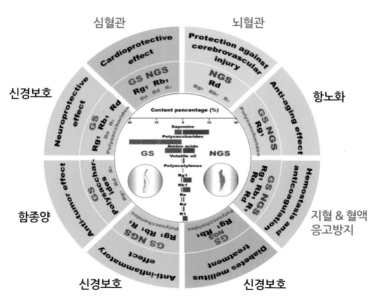

출처 : Liu Hanbing, 2020

한국에서는 의약품으로 쓰이지는 않지만 관련 질환을 앓은 적이 있으신 분들이 치료 후 혈관건강 관리목적으로 더없이 좋은 약재가 될 수 있습니다. 그리고 나이가 듦에 따라 나빠진 혈관건강을 관리하기 위한 목적으로도 괜찮습니다.

또한 수술 이후 회복 과정에 있는 분들에게도 도움이 될 수 있습니다. 수술을 하면 인체는 많은 피를 흘리게 되어 이를 빠르게 회복할 필요가 있는데 산어지혈과 지혈효과를 동시에 가진 삼칠삼이 회복과정을 도울 수 있습니다.

강력한 항염효과, 사포닌이 4배

진세노사이드의 항염효과에 대해서는 굳이 언급할 필요가 없을 정도로 많은 연구가 이루어져 있습니다. 인삼이 오랜 세월 사랑받아온 것도 강력한 항염효과 때문입니다. 강력한 항염효과로 인해 과거에는 인삼이 치료제로 쓰이기도 했고, 현대에 와서는 질환치료 후 회복목적이나 예방목적으로 인삼을 많이 먹고 있습니다.

그런데 삼칠삼에 함유된 사포닌은 인삼의 4배에 이릅니다. 사포닌 함량이 4배인 만큼 삼칠삼의 항염증효과가 매우 강력할 것입니다. 삼칠삼 또한 운남, 사천 등에서 고래로부터 만병통치약으로 쓰여온 강력한 약재입니다.

성기능강화에도 탁월한 삼칠삼

1992년 Science지에 심혈관의사들에 의해 혈관확장의 기전을 규명한 논문이 실렸습니다. 혈관 내피세포에서 eNOS라는 효소가 아르기닌을 산화질소(NO)로 바꾸고, 산화질소에 혈관장벽에 작용하여 혈관을 확장시킨다는 내용이었습니다. 이들은 혈관확장 원리를 규명한 공로로 1998년에 노벨 생리의학상을 수상하기도 하였습니다.

남성활력제품들도 위에서 밝혀진 혈관확장기전과 동일합니다. 혈관치료제였던 비아그라가 발기부전 치료제가 된 것도, 장어가 스태미나음식이 된 것도 모두 혈관확장의 원리 때문입니다.

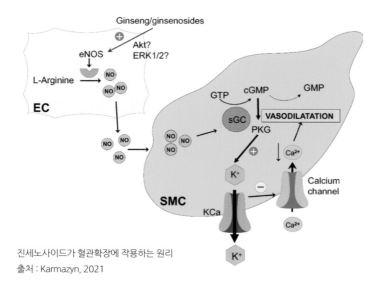

진세노사이드가 혈관확장에 작용하는 원리
출처 : Karmazyn, 2021

삼칠삼에 대량으로 함유된 진세노사이드는 산화질소생성효소인 eNOS의 활성을 증가시킴으로써 성기능 강화에 도움을 줍니다. 성기능 강화가 목적일 때는 진세노사이드 단독으로도 좋지만 산화질소의 전구물질인 아르기닌과 함께 섭취한다면 더욱 좋은 효과를 누릴 수 있습니다.

인삼은 보약, 삼칠삼은 혈관확장

인삼과 삼칠삼은 비슷하면서도 서로의 강점이 명확하게 차이가 있습니다. 인삼에는 다당류와 아미노산이 많이 들어있기 때문에 활력을 보충하는 보약의 개념으로는 인삼이 더 낫고, 혈관확장이 목적일 때는 삼칠삼이 더 낫다고 할 수 있습니다. 상황과 목적에 맞게 인삼 또는 삼칠삼을 섭취하시기 바랍니다.

03 단백질을 보충하는 BCAA 및 류신

근손실이 많은 갱년기와 노년기에 가장 필요한 영양소중 하나인 BCAA 및 류신에 대해서 알아보자

나이가 듦과 근육량의 관계

젊었을 때는 적절한 운동과 단백질 보충으로도 근육이 잘 만들어지지만, 나이가 들어가면서 근육 형성이 줄어들고, 소실되기도 한다. 또한 노화로 인 해 근육을 구성하는 근 섬유의 기능이 약해지고, 근육량을 유지해주는 호르몬도 급격하게 줄어들고, 염증 유발 물질은 증가 한다. 또한 체중 조절을 위해 격한 운동을 하면서도 적절한 영양을 섭취하지 않으면 만들어진 근육까지도 소실될수 있다.

류신 효능

류신은 단백질을 구성하는 필수 아미노산중 하나로 우리몸에서는 합성이 안되지만, 자연계에는 유리상태로 널리 분포되어 있어 음식을 통해 섭취하거나, 류신 영양제 형태로 보충해야 한다.

최근 류신이 주목받고 있는 이유는, 류신이 단백질 분해를 억제하고, 단백질 합성을 촉진하는 효과가 있어 근육량을 늘리고 유지하는 효과가 뛰어나기 때문이다. 또한, 이소류신, 발린과 함께 BCAA(가지 사슬 아미노산)중 하나로 신진대사와 헤모글로빈 생성, 혈당조절, 피부미용에도 도움이 된다.

단백질은 에너지와 근육생성에 도움이 되지만, 류신과 같은 필수 아미노산 중에서도 근육에 직접 관여하는 BCAA가 풍부한 양질의 단백질을 충분히 보충하는 것이 중요하다.

특히 류신 영양보조제는 단백질 합성을 자극하는 촉매제 역할을 하는 보충제로 근육 단백질 합성을 촉진하고, 근육 단백질 분해를 억제하는 효과가 있어 근육을 만드는데 도움이 된다.

또한, 단백질과 류신을 함께 섭취하면 근감소증 유병률이 감소한다는 연구 보도도 있다.

류신이 풍부한 유청 단백질

9가지 필수 아미노산 중에서도 류신이 포함된 BCAA는 과격한 운동뿐만 아니라 근력운동, 유산소 운동후에 보충하면, 근육의 손상과 피로를 빠르게 회복시켜주며 근육을 만드는데 사용돼 근육 형성에 큰 도움이 될 수 있다.

특히 유청 단백질(whey protein)은 다른 단백질 음식에 비해서도 류신이 풍부하게 함유되 있으며, 소화 흡수가 잘되기 때문에 근육을 만드는 근력운동에 최적화된 단백질 보충체로 꼽힌다.

갱년기부터 노년기까지 주욱 지속적으로 일어나는 근 손실을 예방하고 근 유지를 하는데 중요한 역할을 하는 류신은, 근육 단백질의 합성을 촉진하고 분해를 방지하는 역할을 하는 아미노산으로, 유청 단백질은 류신이 풍부하게 함유 되어 있을 뿐아니라 모든 필수 아미노산이 다 들어 있는 완전 단백질로 알려져 있는 단백질 공급원이기도 하다.

또한, 유청 단백질은 저칼로리 식단과 함께 적당한 운동을 병행하면, 체성분 개선의 효과를 볼 수 있으며 근육량을 유지하는데 도움이 된다.

류신은 노년층뿐만 아니라, 갱년기의 장년층의 근 감소증 예방과 유지에 도움이 된다는 연구 보고도 있다.

경희대학교 동서의학대학원 영양학과 와 아주대학교 병원, 사코페니아연구소의 공동 연구 결과, 장노년층을 대상으로 진행한 인체적용시험 결과, 필수 아미노산인 류신과 단백질등으로 구성된 영양식을 충분히 섭취한 장노년층 모두에서 근육의 양과 힘 모두 향상 된 것으로 나타났다.

류신 보조제는 체내에 흡수되면 다른 아미노산과 함께 근육을 형성하고 유지하는데 도움이 되며 근육에서 연료로 사용되기도 한다. 또한 BCAA(가지 사슬 아미노산)는, 근육을 비롯한 뼈와 피부 조직을 치유하고 회복시켜주는 효과가 있어, 근육을 만들거나 체중 조절에 효과적일뿐만 아니라,수술이나 병후 회복 중인 사람에게도 도움이 된다.

특히, 류신은 성장 호르몬 합성과 혈중 혈당 수치를 낮추는데 도움이 된다.

류신 결핍

류신은, 발린과 이소류신 과 함께 근육을 회복하고 혈당 수치를 조절하며 우리 몸에 에너지를 공급하는 기능을 한다. 또한, 류신은 성장 호르몬 생성을 증가시키고 내장 지방 연소를 촉진하는 효능이 있다.

류신은 포도당으로 쉽게 전환되기때문에 류신 보조제를 섭취하면 혈당 수치를 조절하는데 도움이 될 수 있다.

하지만, 류신이 결핍되면 저혈당증과 유사한 두통, 피로감, 현기증,우울증등을 유발할 수 있다.

류신을 많이 함유한 식재료 및 류신 보조제

류신의 모든 종류의 육류고기에 많이 함유 되어 있어, 소고기, 돼지고기, 가금류, 유제품, 견과류 등을 비롯한 통밀과 현미와 같은 단백질이 풍부한 음식에 많이 들어 있다.

또한, 류신이 많이 필요한 사람은 류신 보조제로도 섭취 할 수 있다. 발린과 이소류신이 포함된BCAA(가지 사슬 아미노산)을 함께 섭취하면 더 큰 효과를 볼 수 있다. 특히, 류신, 발린, 이소류신 비율을 각각 2:2:1로 섭취하는 것이 좋고, 시중에도 혼합 보충제 형태로 많이 판매되고 있다.

류신 보조제의 주의점

류신 보조제의 하루 권장 섭취량은 1~4g 정도로 다른 필수 아미노산과 균형을 이루어야 한다.

또한 과잉 섭취시 펠라그라와 저혈당증과 유사한 증상을 유발 할 수 있으며 암모니아 수치를 증가시킬수 있다.

과도한 류신은 신장과 간 기능을 방해 할 수 있으므로, 신장과 간의 기능이 약화 되거나 손상된 사람들은 이 아미노산을 다량으로 복용하면 증상을 악화시킬 수 있으므로 류신 보조제를 복용하기 전에 의사와 상담하는 것을 권한다.

BCAA 아미노산 효능

BCAA는 branched chain amino acid(가지 사슬 아미노 산)의 줄임말이다.

3개이상의 탄소 원자와 결합한 아미노산을 말한다. 피트니스센터를 다니거나, 근육운동을하는 사람들이라면 가장 쉽게 접하는 단백질 보충제로 BCAA를 많이 접했을 것이다.

운동후 BCAA를 섭취하면 필수 아미노산을 섭취함으로써 단백질 생성을 도와 근육을 늘이고 유지하는데 도움이 될 수 있다는 것이다. 가지사슬 아미노산의 경우 근육의 생성, 유지, 기능에 중요한 역할을 하는 성분으로 류신,발린, 이소류신 등이 이에 해당된다.

몸무게 1kg당 단백질 섭취 권장량의 경우 1~15g 정도인데, 전문가에 따라

단백질의 섭취량을 늘리는 것이 근력을 유지하고 근육을 만드는데 더 이점이 있다고 보기도 한다. 그러나 과도한 단백질의 섭취는 이점이 없다는 것이 정설이다. BCAA 섭취에 대해서도 의견이 갈리는 것도 사실이지만, 해당 성분의 섭취, 체내의 유지가 근육의 생성과 쓰임에 이점이 있다는 것에 대해서는 대부분의 전문가가 동의 하는 팩트이다.

류신, 발린,이솔신에 해당하는 BCAA의 효능

＊근육의 성장을 돕는다.

＊근육의 양 유지에 도움을 준다.

＊단백질 생산, 에너지로의 전환에 도움을 준다.

＊체내 에너지를 생성하고 쓰도록 하는데 도움을 준다.

＊근육 생성을 돕는다.

＊혈액 등에 필요한 헤모글로빈 생성에 도움을 준다.

＊체내 손상 조직(근육,인대,건,장막)등의 회복에 도움을 준다.

＊몸살, 근육통의 빠른 회복에 도움을 준다.

＊신체사용(운동, 노동)에 따른 피로 회복에 도움을 준다.

＊운동중 근육의 부상, 손상의 예방에 도움을 준다.

이와 같이 다양한 이점을 지닌 것으로 알려진 BCAA효능은 사실 삼시세끼를 고르게 영양을 갖추어 먹는 경우 따로 챙기지 않아도 된다는 의견이 많기는 하다.

아미노산의 효능을 제대로 발휘하기 위해 양질의 단백질 위주로 음식을 삼시 세끼 차려서 먹기란 사실상 쉽지 않다.

그렇기 때문에 BCAA보조제등을 활용하는 것이 좋다.

BCAA의 경우 뚜렷하게 알려진 이렇다 할 부작용이 없지만, 과다 섭취하는 것은 지양해야하고, 식간, 식전, 운동전, 운동후, 언제든 먹어도 괜찮다고 알려져있다.

다만 운동을 하는 경우, 운동 중간중간 섭취하며, 근육이 다치거나 손상 되는 것을 예방하고 회복을 돕는다고 보는 의견이 많다. 언제든 본인 편한 시간에 섭취를 하면 될 것이다.

풍요로운 일상에 만족감과 지혜로운 갱년기와 노년기를 보내기 위해, 적절한 운동과 식이, 충분한 휴식과 함께 하나의 플러스 요소로 섭취하는 것이 바람직 할것이다.

뇌건강, 치매없는 활기찬 노후 생활

뇌건강에 좋은 뇌영양제를 복용함과 동시에 뇌 운동을 함께 해주는 것이 개선에 훨씬 효과가 좋을 것이다.

뇌건강, 치매예방, 기억력향상, ADHD에 좋은 음식은 어떤게 있을까?

콩류, 두부, 그릭요거트, 고등어, 시금치 올리브오일, 토마토, 다크 초콜릿, 연어 등이 있다.

이런 음식을 꾸준히 섭취를 해야하는데, 이들을 음식으로 거르지 않고 꾸준하게 챙겨 먹는다는 것은 쉬운 일이 아니다.

최근에 포스파티딜세린이 뇌건강과 기억력에 도움을 주는 영양소로 각광 받고 있다.

포스파티딜세린(Phosphatidylserine)이란 무엇인가?

포스파티딜세린은 뇌세포, 세포막 연골세포의 주요 성분이 되고 뇌의 신경세포막에 다량 함유되어있다.

노화와 스트레스로 인해 혈액 순환이 제대로 이루어지지 않을 경우, 뇌내 혈액 순환도 제대로 되지 않게 되고, 뇌에 충분한 산소와 영양소가 제대로 공급되지 않으니 뇌기능이 활성화 되지 않게 되는 것이다.

포스파티딜세린은 저하된 인지력 개선에 도움을 주고, 피부 보습 개선으로 피부 건강유지에 도움을 주는 기능이 있다. 그리고 혈액순환에도 도움을 주고, 장기간 꾸준히 복용해도 별다른 부작용은 보고 되지 않고 있다.

포스파티딜세린의 효능

포스파티딜세린은 세포간의 물질 전달을 원활하게 해주므로 뇌 기능이 활발해져서 머리가 빨리 회전하지만, 나이가 들게 됨에 따라 이 물질이 줄어 들게 되어, 머리 회전이 느려지게 되어 각종 뇌기능이 퇴화하게 된다.

이론적으로 포스파티딜세린을 공급하게 되면, 뇌기능이 개선된다고 보는 것이다.

한국에서는 최근에 알려졌지만, 미국과 유럽 선진국에서는 이미 수십년전부터 많은 연구가 진행되고 기능이 알려져있다.

노화로 인한 인지력, 기억력 개선

2022년의 한 연구에서는 기억력이 감퇴되는 평균 60대의 성인들에게 매일 포스파티딜세린을 매일 300mg씩 12주간 복용케한 결과 학습 기능 개선, 기억력 개선, 암기능력 개선과 노화로 인한 인지력 감퇴된 사람들의 인지력이 개선 되었음을 보였다고 한다.

ADHD 증후군 증상의 저하

ADHD(attension deficit hyperactivity disorder)는 주의력 결핍과잉 장애로써, 일반적으로 분노 조절도 잘안되고, 잠시도 가만 있지 못하는 경우가 허다하다.

일반적으로 소아기에 발생하나, 청소년기, 성인기에도 증상이 나타나기도 하는데, 이 경우에도 포스파티딜세린의 꾸준히 복용케 한 결과 증상이 차분해지고, 우울증 증상이 저하 되었다는 보고도 있다.

이는 포스파티딜세린이 작용할때 스트레스 호르몬인 코르티솔 수치가 저하되기 때문이라고 한다.

포스파티딜세린 복용법

매일 300mg, 1회 복용하는 것이 좋다.

300mg이상 과 섭취시 두통, 불면증 같은 가벼운 부작용을 보일수 있다.

치매약을 복용중인 경우, 함께 섭취하는 것은 피해야한다. 변비, 배뇨장애, 시각장애등의 부작용등이 발생할수 있다.

포스파티딜세린은 혈액응고 억제 효과가 있기때문에, 혈액 응고제 복용시, 피해야 한다.

이런 뇌건강에 좋은 뇌영양제를 복용함과 동시에 뇌 기능 개선을 위해, 뇌에 자극을 주는 여러 뇌 운동을 함께 해주는 것이 기억력 개선, 인지력 개선에 훨씬 효과가 좋을 것이다.

뇌자극을 주는 여러 학습및 취미 활동을 적극적으로 해야한다. 예로 들면,외국어 학습, 노래 가사 외우기, 스도쿠 같은 게임도 도움 이 될 것이다.

05 노년생활을 지키는 관절염 예방 관리

관절건강을 지킬수있도록 운동, 식습관, 적절한 치료를 동시에 병행하시기 바랍니다.

골관절염과 류마티스 관절염

관절염에는 2가지 종류가 있습니다. 골관절염과 류마티스관절염인데요. 증상은 얼핏 비슷하지만 원인도 치료제도 전혀 다른 종류의 질환입니다. 골관절염은 관절연골이 마모되어 발생하는 질환이고, 류마티스관절염은 면역시스템이 연골주위의 활막을 공격하여 염증이 발생하는 자가면역질환입니다. 물론 병의 진행과정에서 두 가지가 동시에 나타나기도 합니다.

여기서는 류마티스 관절염에 대해서 설명하고 치료 후 관리에 도움이 되는 물질을 안내해드리고자 합니다.

류마티스 관절염은 대표적인 자가면역 질환

류마티스관절염을 관리하려면 자가면역질환의 개념에 대해서 알아두는 것이 좋습니다. 자가면역질환이라는 단어를 이해하려면 우선 면역이 무엇인지부터 설명해야 합니다.

면역을 한마디로 정의하라고 하면 self와 nonself의 투쟁, 즉 我와 非我의 투쟁이라고 할 수 있습니다. self는 인체세포, nonself는 외부에서 들어온 물질입니다. self를 지키기 위해서 nonself를 공격하는 것이 면역입니다.

면역에는 선천적 면역과 후천적 면역이 있습니다.

선천적 면역은 비특이적 면역이라고 하는데, 외부에서 침입한 이물질에 대한 일반적인 방어작용입니다. 1차 방어막은 피부와 장상피입니다. 피부와 장상피는 인체기관의 외부와의 접촉면에 해당합니다. 장상피의 점액층으로 직접 접촉을 방지하고, 밀착연접단백질은 장누수를 예방합니다. 장상피가 제 역할을 못한다면 1차 방어막이 뚫려 병원균이나 이물질은 체내로 침투됩니다. 체내염증의 70%는 장상피에서 만들어집니다.

2차 방어막은 방어세포, 방어단백질, 염증반응, 열 등입니다. 방어세포는 큰 포식세포와 NK세포를 가리킵니다. 인체를 지구, 외부물질을 외계인이라고 가정한다면 방어세포는 지구방위군 같은 개념입니다. 외부침투물질을 죽이는 세포들입니다. 방어단백질은 병원균에 결합하여 기능을 마비시키는 원리입니다. 그 외에도 염증반응과 열을 통해 외부에서 침투한 균들이 생존하기 힘든 환경적 조건을 만듭니다. 병에 걸리면 염증이 발생하는 것도, 고열이 발생하는 것도 모두 면역시스템의 정상적인 작동 과정입니다.

선천적 면역을 비특이적 면역이라고 하는데 그 이유는 모든 이물질에 대한 일반적인 공격방식이기 때문입니다. 고열이 발생하면 특정 병원균만 죽이는 것이 아니라 유익균을 포함하여 모든 균이 살기 힘든 환경을 만드는 것입니다.

후천적 면역은 특이적 면역이라고 합니다. 인체의 방어시스템은 일종의 AI 학습기능이 있습니다. 외부에서 병원체가 한번 침투한 뒤에는 특정 병원체(항원, antigen)를 기억해두었다가 전담 공격 물질을 만들어내는데 이를 항체(antibody)라고 부릅니다. 이러한 항원 항체 반응을 후천적 면역, 또는 특이적 면역이라고 합니다. 참고로 항체단백질을 이용하지 않고 NK세포를 생성하여 특정 세포를 공격하기도 합니다.

이제 자가면역질환을 설명드리겠습니다. 외부에서 침투한 이물질을 공격하여야 정상적인 면역시스템인데, 인체기관 즉 self를 병원체로 착각하여 공격하는 질환을 자가면역질환이라고 부릅니다.

류마티스 관절염은 어떻게 발생하는가

그러면 이제 왜 관절에서 자가면역질환이 발생하는지 설명드리겠습니다. 관절연골은 2형콜라겐과 히알루론산, 글루코사민, 콘드로이친 등으로 구성되어있습니다.

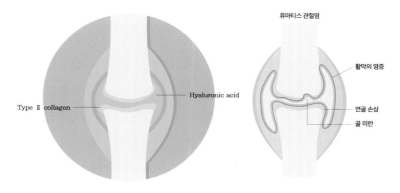

관절연골의 구성성분
수분 60~80%
비변성2형 콜라겐 15~20%
기타(글루코사민, 콘드로이친, 히알루론산) 3~5%

뼈와 뼈를 지탱하는 근육이 약해지거나, 호르몬 변화 등으로 연골에 염증이 발생하면 T세포가 활성화되어 면역시스템이 작용합니다. 여기까지는 선천적 면역, 즉 비특이적 면역에 해당합니다. 그런데 이런 일이 자주 발생하게 되면 면역시스템은 관절연골의 성분물질들을 병원체로 오인하여 같은 성분을 만나면 가리지 않고 공격하기 시작합니다. 그래서 관절 뿐만 아니라 2형 콜라겐이 존재하는 심장, 폐, 눈, 말초신경, 혈관 등 신체전반을 공격하는 질환이 류마티스 관절염입니다.

류마티스 관절염이 발병하면 당장의 통증이 삶의 질을 매우 무너뜨리며 치료가 쉽지 않으며 치료과정에서 부작용이나 합병증이 많은 질환입니다.

예방하려면 장건강에 좋은 식이섬유과 낙산균

예방 혹은 관리를 위해서는 염증발생 자체를 줄이는 것이 중요합니다. 체내 염증의 70%는 장상피에서 발생합니다. 따라서 장상피가 제 기능을 하도록 식습관을 바꾸어야 합니다. 장상피세포의 에너지원은 낙산 등의 단쇄지방산 입니다. 낙산은 식이섬유가 낙산균이나 혐기성 균들에 의해 발효되어 만들어 집니다. 따라서 단쇄지방산 생성을 늘리려면 식이섬유 섭취를 늘리고, 낙산 을 잘 생성하는 낙산균을 섭취하는 것이 좋습니다.

관절염일수록 꾸준한 운동이 필수

류마티스 관절염은 단기간에 잘 치료되지 않고 장기에 걸친 치료와 관리를 요합니다. 병원의 치료를 충실히 받는 것은 기본이고, 거기에 더하여 관절건 강에 도움을 줄 수 있는 생활습관과 영양소 섭취가 필요합니다.

일단 힘들더라도 운동을 꾸준히 해주어야 합니다. 관절염이 발병하고 나면 통증 때문에 운동량이 급격히 줄어드는데 운동감소는 뼈를 지탱해야 할 근육 의 감소를 부르게 되고, 그러면 관절연골은 작은 충격에도 마모되고 염증이 발생하는 악순환이 시작됩니다. 따라서 관절염에 걸린 분들은 과격한 움직임 은 좋지 않되 산책 등 운동을 꾸준히 해주어 근육이 감소되지 않도록 관리해 주어야 합니다.

비변성 2형 콜라겐으로 면역관용

외부에서 들어온 물질 중에는 병원균처럼 나쁜 물질도 있지만 인체에 흡수되어야 하는 영양소들도 있습니다. 영양소들도 외부물질이라 하여 면역시스템의 공격을 받는다면 인간은 굶어죽게 되겠지요. 그래서 이러한 영양소들이 면역세포들의 공격을 받지 않도록 허가증을 발급해주는 세포들이 있습니다. 소장의 Peyer's patch 라는 기관인데 출입국관리소처럼 여권을 발급하여 면역시스템의 공격을 받지 않도록 해줍니다. 이것을 "면역관용"이라고 합니다. 즉 공격당하지 않도록 봐준다는 의미입니다.

류마티스관절염은 관절연골의 성분들이 병원체로 오인되어 발생한 자가면역질환입니다. 따라서 근본적인 해결을 위해서는 관절연골의 성분들이 면역세포의 공격을 받지 않도록 해주어야 합니다. 여기에서 면역관용을 활용할 수 있는 것입니다. 관절연골의 주성분인 비변성 2형콜라겐이 소장의 peyer's patch 에 도착하도록 하여 면역관용이 되도록 해주는 것입니다.

참고로 일반적인 2형 콜라겐은 모두 고열처리 과정에서 구조가 변했기 때문에 면역관용이 일어나지 않습니다. 비변성, 즉 변하지 않은 상태의 2형 콜라겐이어야 면역관용이 가능합니다.

관절염 예방으로 노년 삶의 질을 지키자

최근 들어 암 등 특정 질병 그 자체 때문에 사망하는 경우는 드뭅니다. 그 정도로 한국의 의료 수준이 많이 올라갔습니다. 최근에 사망에 이르는 공식은 질환발생 - 운동량감소 - 근육감소 - 영양소섭취 감소 - 장건강파괴 - 영양섭취 감소 의 악순환 끝에 사망에 이르게 됩니다. 그런데 이러한 관절염은 운동량감소를 유발하는 대표적인 질환입니다. 따라서 건강한 노년을 보내고자 한다면 관절염의 예방과 관리가 그 핵심이라 할 수 있습니다. 관절건강을 지킬 수있도록 운동, 식습관, 적절한 치료를 동시에 병행하시기 바랍니다.

06 나이가 들수록 필요한 아미노산을 알아보자

관절건강을 지킬수있도록 운동, 식습관, 적절한 치료를 동시에 병행하시기 바랍니다.

단백질과 아미노산

- 아미노산 중에서 1/3 식이섭취, 2/3 인체내전환.

- 근육, 뼈, 피부, 손톱, 머리카락, 세포막형성, 효소, 호르몬(생리), 항체(면역), 헤모글로빈(혈액).

- 근육이 풍부하다면 일반적인 음식섭취로 충분하지만 근손실이 있는 경우 부족할 수 있음.

- **동물성 단백질** : 필수아미노산 풍부. 단점 지방도 함께 섭취하게 됨.

- 식물성 단백질(대두단백): 메티오닌과 트립토판을 제외한 아미노산 골고루 함유. 파이토케미컬, 미네랄도 함께 섭취한다는 장점.

- **효모 단백질** : 단백질이나 비타민함량이 우수. 메티오닌은 부족하므로 첨가 필요.

- 특정 아미노산만 집중 섭취하면 근감소 확인됨 -> 아미노산 스코어 (9종 필수 아미노산)
- 근육운동시, 수술 등 환자들도 많이 필요.
- 단백질은 나이가 들수록 흡수율이 떨어짐. 아미노산 형태가 흡수에 유리.
- 비타민B1, B12, D 도 근력향상, 근손실 감소에 필요함.

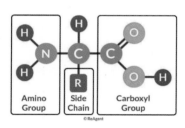

아미노산의 구조

아미노산 : 한 분자 내에 염기성인 아미노기와 카르복실기를 동시에 가지고 있는 유기 화합물

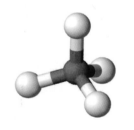

알려져있는 아미노산의 50여종, 그 중 단백질을 구성하는 것은 20여종

NH2 아미노기

COOH 카르복실기

R 곁사슬분자

카이랄 분자 (비대칭, Glycine 제외) - L폼 이성질체

산으로도 염기로도 가능 (아미노산의 양쪽성)

D, L 입체이성질체

· 이성질체란 분자식은 같지만 물리적, 화학적 성질이 서로 다른 분자를
  말함.

· 아미노산은 왼쪽감기(L-형), 오른쪽감기 (D-형)의 두 가지 광학이성질체를
  갖고 있다. 생체 내에서는 한 가지 광학이성질체만 생리적 활성을 갖는 경
  우가 많다. 생체분자를 구성하는 아미노산은 L-형만 사용한다.

· 단백질가수분해효소들이 L-형의 펩타이드결합만 끊어냄. 항생제를 이루는
  펩타이드결합에 D-형 아미노산이 상당수 포함되어있음.

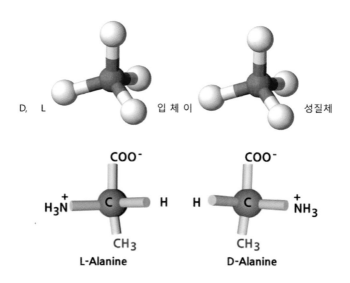

D, L   입 체 이   성질체

아미노산의 종류 (20종? 22종?)

필수아미노산(9종)	조건부 필수 아미노산(9종)	비필수 아미노산(9종)	비단백질 아미노산
히스티딘[1] (H)	아르기닌 (R)	알라닌 (A)	오르니틴
아이소류신 (I)	시스테인 (C)	아스파르트산 (D)	타우린
류신 (L)	글루타민 (Q)	아스파라긴 (N)	테아닌
리신 (K)	글리신 (G)	글루탐산 (E)	시트룰린
메티오닌 (M)	프롤린 (P)	세린 (S)	카르니틴
페닐알라닌 (F)	타로신 (Y)	셀레노시스테인[2] (U)	가바
트레오닌 (T)		프롤린[2] (O)	아스파탐
트립토판 (W)			셀레노메티오닌
발린 (V)			

필수아미노산이란 체내에서 합성되지 않아 식품으로부터 섭취해야 하는 아미노산.

1 과거에는 조건부 필수로 분류되었지만 최근에는 필수로 분류됨.

2 표준아미노산은 20종이며, 셀레노시스테인과 피롤리신을 포함한 22종을 단백질생성성 아미노산이라 한다.

제한아미노산

필수아미노산이 하나라도 부족하면 단백질 합성은 일어나지 않음.

따라서 섭취된 아미노산의 효율은 섭취량이 가장 적은 아미노의 양을 기준으로 결정되는데 이를 제한아미노산이라 함.

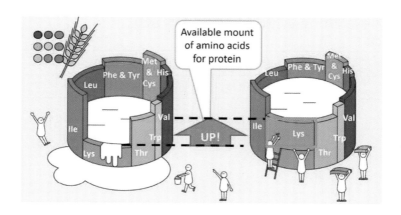

아미노산 스코어

세계보건기구(WHO)가 제정한 것으로, 9가지 필수아미노산 함량을 비교하고 단백질의 질을 평가하는 지표.

-기준 필수아미노산 조성표의 아미노산 함량과 단위를 맞추어 백분율로 환산한 후 가장 적은 아미노산의 비율을 아미노산스코어라 하며, 이 때 스코어가 85점 이상이어야건강기능식품으로 이용될 수 있음 (국내 식약처기준)

〈아미노산스코어 환산을 위한 기준 필수아미노산 조성표〉

(단위: mg/g 조단백질)

기준조성 (mg/조단백질)	히스티딘	이소류신	류신	라이신	메티오닌 +시스틴	페닐알라닌 +티로신	트레오닌	트립토판	발린
	15	30	59	45	22	38	23	6	39

가수분해효모추출물(NPK_22.09.27 대량생산)

〈예시〉

아미노산 함량 (mg/조단백질)	23.25	44.7	69.62	69.72	27.72	72.58	51.29	10.74	54.6
기준조성 대비 비율(%)	155	149	118	155	126	191	223	179	140

기준조성 대비 함량 비율(%)이 가장 적은 아미노산값

단백질 종류별 아미노산스코어

아미노산스코어

식물성		동물성	
백미	65	우유	100
현미	68	달걀	100
밀가루	38	닭고기	100
식빵	44	치즈	92
우동	41	연어	100
콘후레이크	16	오징어	71
콩	86	전복	68
아스파라거스	68	바지락	81
당근	55	새우	85

일반적으로 동물성 ⇨ 식물성.

식물성 중에서는 대두가 86점

효모의 경우 79-118점.

대두의 경우 메티오닌이 제한아

미노산.

효모의 경우 메티오닌과 류신이

제한아미노산.

이런 경우 메티오닌과 류신을 첨가하는 방법이 가능.

필수 아미노산

분지사슬아미노산, 분지쇄아미노산(BCAA, branched chain amino acid)

- 류신, 이소류신, 발린

- 근육 단백질의 35%

- 단백질 합성 및 전환

- 신호전달 경로

- 포도당 수치 감소

- 지방산 산화를 증가시켜 비만에 중요한 역할

- 면역계와 뇌 기능

- 류신, 이소류신, 발린을 2:1:1 로 조합 또는 4:1:1

Valine　　　　　Leucine　　　　　Isoleucine

류신 (Leucine, Leu)

- $C_6H_{13}NO_2$

- 권장섭취량 19세 남성 3.1g, 여성 2.5g (2020한국인 영양소 섭취기준)

- 모든 아미노산 중에서 단백질 합성의 가장 강력한 활성화제(단백질 합성의 트리거 역할)
- 간에서 단백질 합성 촉진하여 간기능 개 선(류신, 이소류신, 발린)
- 근육생성 촉진 (FoureA,2017)
- 노년층은 근육 단백질 합성 활성화를 위해 젊은 성인에 비해 두 배 더 많은 류신이 필요함 (Isabelle Rieu, 2006)
- 급성 근력 운동 후 근육 손상을 줄이는 데 도움 (Waskiw-Ford M, 2020)
- 인슐린 분비를 자극하여 혈당조절에 도움 (KalogeropoulouD, 2008)
- 과잉섭취 시 혈액 내 암모니아 증가할 수 있음 (Borack MS, 2016)

이소류신 (Isoleucine, Ile)

- C6H13NO2
- 권장섭취량 19세 남성 1.4g, 여성 1.1g (2020한국인 영양소 섭취기준)
- 간에서 단백질 합성 촉진하여 간기능 개선

- 근육 단백질 합성 과정에 필요함. 그러나 류신에 비해 자극의 정도는 크지 않으며 필수 아미노산이 모두 존재할 때 최적의 결과가 나옴(Moberg M, 2016)
- 근육통과 근육 손상을 줄임 (Kenji Doma, 2021)
- 포도당이 근육에 흡수되는 것을 촉진하여 혈당 억제(Masako Doi, 2007)

발린 (Valine, Val)

- C5H11NO2
- 권장섭취량 19세 남성 1.7g, 여성 1.3g (2020한국인 영양소 섭취기준)
- 간에서 단백질 합성 촉진하여 간기능 개선
- BCAA중 하나이지만 단독으로는 쓰이는 경우가 드물고, 셋 중에 가장 덜 중요한 BCAA

라이신 (Lysine, Lys)

- $C_6H_{14}N_2O_2$
- 권장섭취량 19세 남성 3.1g, 여성 2.6g (2020한국인 영양소 섭취기준)
- 일반적으로 비타민 C와 짝을 이루는 아미노산
- 단일제제는 대상포진의 증상을 줄이는 용도로 사용됨 (감기, 피부 등)
- 면역력 증진. 백혈구인 호중구의 강화에 도움. 바이러스 질환인 대상포진,
  입가 물집, 헤르페스, 간염 치유
- 포진 증상을 줄이기 위해 라이신을 섭취하는 경우 아르기닌 섭취는
  역효과를 낳을 수 있으므로 아르기닌 섭취를 줄여야 함
- "비타민C와 라이신의 적절한 사용만으로 심혈관 질환과 뇌졸중을 거의
  완벽하게 통제할 수 있다고 생각합니다."

  -노벨 화학상 수상을 두 번 수상한 라이너스 폴링 박사

트레오닌 (Threonine, Thr)

- $C_4H_9NO_3$
- 권장섭취량 19세 남성 1.5g, 여성 1.1g (2020한국인 영양소 섭취기준)

- 글리신과 세린의 전구체

- 고기에만 풍부하게 들어있어 채식주의자들에게 많이 부족

- 성장 촉진 효과

- 콜라겐, 엘라스틴, 치아의 에나멜질을 만드는 데 쓰임

- 중추 신경계 및 면역 시스템의 정상적인 기능을 지원

- 아모레퍼시픽에서 생명연장으로 논문 발표 (김주원, Nature, 2022)

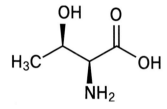

메티오닌 (Methionine, Met)

- C5H11NO2S, 필수아미노산

- 권장섭취량 19세 남성 1.4g, 여성 1.0g (2020한국인 영양소 섭취기준)

- 식물성 단백질에 메티오닌이 부족하므로 첨가 또는 별도 보충이 필요

- 시스테인, 카르니틴, 타우린, 레시틴, 포스파티딜콜린 생합성에서의
  대사 중간생성물

- 글루타치온의 전구체

- 조직의 성장과 복구에 필요, DNA RNA 합성에 필요,

- 메티오닌 결핍은 머리카락 강도 및 색깔 손실(흰머리)로 이어짐

- 알코올 과다섭취 시 간에서 대량소비되는 아미노산 (북어, 계란, 치즈)
- 과다 섭취 시 부작용이 있을 수 있음. 임신 및 수유 시 안전성에 대한 데이타 없음

페닐알라닌 (Phenylalanine, Phe)

- C9H11NO2
- 페닐알라닌+티로신으로 권장섭취량 19세 남성 3.6g, 여성 2.9g (2020한국인 영양소 섭취기준)
- 티로신, 모노아민, 도파민, 노르에피네프린(노르아드레날린), 에피네트린 (아드레날린), 멜라닌, 펜에틸아민의 전구체
- 도파민 분비에 영향을 줘 항우울증 기대 (20명 중 12명 우울증 사라짐)
- ADHD 증상 완화에 도움. 다른 약물과 함께 처방
- 멜라닌 생성을 자극해 백반증 개선
- DLPA (Dextro-Levo-Phenyl-Alanine) 은 부작용 없는 통증완화제

트립토판 (Tryptophan, Trp)

- C11H12N2O2
- 권장섭취량 19세 남성 0.3g, 여성 0.3g (2020한국인 영양소 섭취기준)
- 세포막에서 막 단백질을 고정하는 역할
- 유아 시기에 중요한 역할을 함. 식욕, 기분 상태, 통증에 영향을 끼침
- 세로토닌과 멜라토닌의 전구체이므로 우울증 증상 개선함. 항우울제, 항불안제로 미국에서 일반의약품, 일부 유럽 국가에서 처방전 의약품, 영국에서 식이보충제로 사용중
- 2001년 우울증에 대한 코크란 리뷰가 발표되었는데 위약보다 효과적이지 만 증거의 질이 충분치 않으며 임상적 유용성은 제한적이라 결론.

히스티딘 (Histidine, His)

- C6H9N3O2
- 유아에만 필수 아미노산으로 분류되지만 최근에는 성인에게도 필수적으로 보기도 함

- 히스타민의 전구체로 면역에 영향을 끼침

- 정상적인 뇌 기능

- 건강한 피부 장벽 유지

- 심혈관 건강

- 자유 라디칼 보호 • 중금속 제거

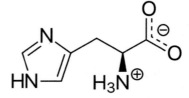

비필수 아미노산 &비단백질 아미노산

아르기닌 (Arginine, Arg)

- C6H14N4O2

- 강한 염기성

- 일일 최대 20g 섭취 시 GRAS. 표준 복용량 3~6g. 그러나 6g을 3회 먹는
  방식은 무방하다.

- 오르니틴 -> 시트룰린 -> 아르기닌 -> 오르니틴 (요소회로). 이 과정에서 암
  모니아가 제거되고 요소를 생성. 요소는 오줌으로 배출

- 해독, 콩나물에서 숙취해소를 돕는 성분이 아스파르트산으로 알려져있으
  나 연구 결과 아르기닌이 숙취해소를 담당하는 것으로 확인됨

- 간기능회복

- 화상, 부상, 패혈증 회복하는 동안, 또는 소장,콩팥의 기능이 저하된 경우에 아르기닌 필요
- 아르기닌 ⇨ 시트룰린+산화질소 (산화질소 회로)
- 혈관 확장, 근육 회복, 피로 회복
- 산화질소는 혈관을 확장하는 작용이 있어 혈압 조절, 면역계에 작용. 메타 분석에 따르면 수축기혈압 5.4mmHg, 이완기 혈압 2.7 mmHg 감소
- 발기부전이 있는 남성의 경우 증상 완화
- 흡수율이 다른 보충제보다 낮아서 흡수율이 관건 (공복섭취가 유리, 강염기성이므로 물과 희석, 비타민C 로 중화해서 먹는 것을 권장)

아르기닌과 산화질소 (Nitric Oxide)

- 세포 내에서 아르기닌으로부터 형성
- 1998년 노벨 생리의학상 수여 (혈관확장 효과 규명)
- 산화질소는 화학적으로 불안정하며 기체상태로 수초간만 존재
- 혈관 내벽 세포가 산화질소를 이완하여 혈관 확장
- 면역 작용, 혈관 확장, 신호 전달에 관여
- 장기로 공급되는 혈류의 흐름을 개선하여 뇌졸중 예방, 심근경색 예방에

도움. 발기부전

- Nobel의 다이너마이트공장 협심증, 비아그라

오르니틴 (Ornithine)

- C5H12N2O2
- 비단백질성 아미노산
- 아르기닌에 대한 아르기네이스의 작용 산물 중 하나로 요소를 생성한다.
- 에너지 소비 효율을 높이고 암모니아의 배설을 촉진하는 항피로 효과가 있다.

시트룰린 (Citrulline)

- C6H13N3O3
- 요소회로의 중간 대사생성물
- 산화질소회로에서 부산물
- 아르기닌의 단점을 극복하는 목적으로 사용 (Kuhn et al., 2002)
- 강염기성 & 아르기나아제에 의한 대사 등으로 인해 아르기닌 경구섭취 후 기대만큼 NO전환이 일어나지 않는 문제가 있음

글루타민 (Glutamine, Gln)

- C5H10N2O3
- 건강한 성인의 안전 수준은 하루에 14g
- 일반적으로 충분한 양의 글루타민을 합성할 수 있지만, 스트레스를 받는 경우 글루타민에 대한 신체의 요구량이 증가함
- 주요합성부위는 골격근 (90%)
- 사람의 혈액과 조직에서 가장 풍부한 아미노산. 타 아미노산 대비 10~100배의 농도
- 대장상피세포의 에너지원 (30%)
- 암, 감염, 수술, 외상, 강렬한 운동 시 글루타민 수요급증. 글루타민 고갈 시 근감소 발생, 감염 위험 증가
- 아르기닌 합성을 위한 전구체 (글루타민 ⇨ 시트룰린 ⇨ 아르기닌). 글루타치온 합성을 위한 전구체
- 격렬한 유산소 운동과 과격한 운동으로 유발된 부상과 염증에 대한 보충제 투여의 긍정적인 효과가 있음
- 과도한 운동 후 신체 저항능력 향상에 도움 (건강기능식품 대상)
- 환자 대상 면역 주사 요법으로 활용 (의약품. 디펩티벤 주)
- 2017년 FDA는 낫 모양 적혈구 빈혈증 환자의 합병증을 줄이기 위한 희귀의약품으로 지정

글루타민과 장건강

1. 대장세포의 에너지원 (30%)

2. 장은 다른 기관보다 글루타민에 더 많이 의존하므로 글루타민 고갈 시 장 내벽은 손상 가능성이 올라감

3. 장내 미생물 총에 긍정적 작용. 밀착연접 단백질 조절. 장 정막 자극 상황에서 염증 유발 신호 경로 억제. 세포사멸에 대한 보호

4. 면역 (림프구 증식과 사이토카인 생산에 필수적). 글루타민 부족시 림프구 낮음. 대식세포의 식균작용 때 글루타민이 관여.

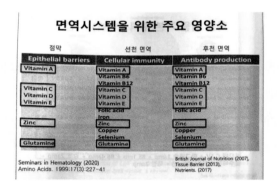

글루타민과 GLP-1

1. 장분비 L세포에서 GLP-1분비의 트리거이자 강화제 (7배 증가. 특이적인 GLP-1 분비촉진제)

Samocha-Bonet D, et al. Glutamine reduces postprandial glycemia and augments the glucagon-like peptide-1 response in type 2 diabetes patients. The Journal of nutrition. 2011

2. 비만인 사람에게 글루타민 비율이 낮음. 식사와 함께 글루타민 보충 시 식사량 감소 확인. 장내미생물총 개선.

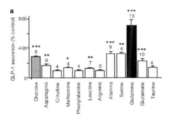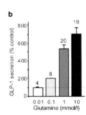

3. DPP-4억제제와 함께 또는 DPP-4억제제없이 2형 당뇨병 환자에서 매일 글루타민을 보충한 결과 혈당 감소 효과 확인. 병용 치료 시 인슐린 대 포도당 비율과 활성 GLP-1을 증가시키는 데 더 효과적인 것으로 나타남
Samocha-Bonet D, et al. Glycemic Effects and Safety of L-Glutamine Supplementation with or without Sitagliptin in Type 2 Diabetes Patients—A Randomized Study. PLOS ONE 9(11). 2014

시스테인 (Cysteine)

- C3H7NO2S
- 20개의 기본 아미노산 중에서 유일하게 티올기(-SH)를 포함하고 있다. 티

올기는 시스테인이 산화되어 시스틴(cystine)을 형성할 때 산화 환원 반응을 겪는다.

• 산화환원에 관여하는 능력 때문에 항산화능력을 가지고 있다.

• 글루타치온의 전구체 중 하나 (글루타치온은 시스테인, 글리신, 글루탐산으로 구성된 항산화제)

글리신 (Glycine, Gly)

• C2H5NO2
• 콜라겐에서 가장 풍부한 아미노산 (글리신, 프롤린, 하이드록시프롤린)
• 중추신경계, 특히 척수, 뇌줄기, 망막에서의 억제성 신경전달물질 REM 수면 중 근육이완
• 인체임상에서 수면의 질 개선효과

프롤린 (Proline, Pro)

• C5H9NO2
• 프롤린은 글루탐산으로부터 생합성된다.
• 콜라겐에 풍부

티로신 (Tyrosine, Tyr)

- 페닐알라닌으로부터 티로신을 합성한다.
- 뇌의 도파민작동성 세포에서 도파민으로 전환된다. 그런 다음 도파민은 노르에피네프린(노르아드레날린), 에피네프린(아드레날린), 카테콜아민으로 전환될 수 있다.
- 스트레스, 추위, 피로, 수면 부족 시 스트레스 호르몬 수치 감소, 인지 기능 및 신체 기능향상에 도움이 된다.
- 갑상선 기능 도와줌

타우린 (Taurine)

- C2H7NO3S
- 시스테인으로부터 생합성
- 간기능회복

테아닌 (Theanine)

- C7H14N2O3
- 녹차 특유의 아미노산

- 뇌혈액 장벽을 통과해 정신적인 영향을 끼친다. 스트레스 감소, 안정된 기분
- 카페인과 길항작용이 있음
- 기능성 : 스트레스로 인한 긴장을 완화시키는데 도움을 줄 수 있음

  (200~250mg/d)

카르니틴 (Carnitine)

- 비타민B 복합체 중 하나로 발견 초기에는 비타민B군으로 분류된 바 있음
- 지방산을 분해하는 데 필요하므로 권장섭취량보다 부족하면 중성지방이
  축적되어 비만을 유발함
- 미토콘드리아 내부의 산화스트레스를 낮추어 항산화 작용. 이 과정에서 피
  로물질을 빠르게 해소하는데 도움
- 2형 당뇨병 치료율을 20% 올려준다. 포도당을 물과 이산화탄소로 분해시
  키는 반응을 활발하게 일으키기 때문
- 뼈의 조직에 작용하여 뼈를 단단하게 만든다.